U0138032

Atem-schaukel

后浪

Herta Müller

呼吸秋千

〔德〕 赫塔·米勒 著

余杨 吴文权 译

贵州出版集团
贵州人民出版社

图书在版编目（CIP）数据

呼吸秋千 / (德) 赫塔·米勒著；余杨, 吴文权译
. —— 贵阳：贵州人民出版社, 2022.11（2024.1重印）
ISBN 978-7-221-17234-1

Ⅰ.①呼… Ⅱ.①赫… ②余… ③吴… Ⅲ.①长篇小
说—德国—现代 Ⅳ.①I516.45

中国版本图书馆CIP数据核字(2022)第163709号

Title of the original German edition:
Author: Herta Müller
Title: Atemschaukel
©2009 Carl Hanser Verlag GmbH&Co.KG, München
Chinese language edition arranged through HERCULES Business & Culture GmbH,Germany

本书中文简体版权归属于银杏树下（北京）图书有限责任公司。

著作权合同登记图字：22-2022-092号

HUXI QIUQIAN

呼吸秋千

[德] 赫塔·米勒 著

余 杨 吴文权 译

出 版 人：朱文迅
选题策划：后浪出版公司
出版统筹：吴兴元　　　　　　　　　　编辑统筹：朱 岳　梅天明
责任编辑：徐 晶　　　　　　　　　　特约编辑：孙皖豫　赵 波
装帧设计：墨白空间·黄海 | mobai@hinabook.com
出版发行：贵州出版集团　贵州人民出版社
地　　址：贵阳市观山湖区会展东路SOHO办公区A座
印　　刷：天津联城印刷有限公司
经　　销：新华书店
版　　次：2022年11月第1版
印　　次：2024年1月第4次印刷
开　　本：880毫米×1194毫米　1/32
印　　张：11.25
字　　数：170千字
书　　号：ISBN 978-7-221-17234-1
定　　价：68.00元

贵州人民出版社微信

写给中国读者

对于我既往的全部作品，能在世界上人口最多的国度出版发行，这无疑是一种莫大的荣幸。我相信很多中国读者对西方文学的阅读和体验，会丰富他们的当下生活，甚至会使他们对人性的省察与对社会现实的感知，具有了"另一种技巧"。但我宁肯你们把我视为您身旁的一个普通写作者，你们都可能是我诸多书中人物的命运共同体。我们以相似的姿势飞翔，也极可能以相同的姿势坠落。

赫塔·米勒

于 2010 年 8 月 11 日

An meine chinesischen Leser

Ich fühle mich geehrt, dass meine bisher publizierten Werke in dem bevölkerungsreichsten Land der Erde erscheinen sollen. Die Erfahrungen, die Sie als chinesische Leser aufgrund westlicher Literatur machen, könnten im Hinblick auf Ihr Leben bereichernd sein. Sie mag Ihnen als eine neue Optik dazu dienen, den Menschen in seiner individuellen Beschaffenheit wahrzunehmen und sich seiner gesellschaftlichen Lebensumstände bewusst zu werden. Was ich mir persönlich wünsche, ist, dass Sie mich als eine Autorin Ihrer Nähe empfinden können. Vielleicht teilen Sie gar ein gemeinsames Schicksal mit manchen Figuren in meinen Werken: Beim Flug sind wir alle ähnlich, aber sehr wahrscheinlich gleichen wir uns im Absturz.

Herta Müller

den 11. August 2010

目录

收拾行装

我所有的东西都带在身边。

换句话说：属于我的一切都与我如影随形。

当时我把所有的家当都带上了。说是我的，其实它们并不属于我。要么是经过了改装，要么是别人的。猪皮行李箱是以前装留声机用的。薄大衣是父亲的。领口镶着丝绒绲边的洋气大衣是祖父的。灯笼裤是埃德温叔叔的。皮绑腿是邻居卡尔普先生的。绿羊毛手套是费妮姑姑的。只有酒红色的真丝围巾和小收纳包是我自己的，是前一年圣诞节收到的礼物。

一九四五年一月还在打仗。大冬天的，我要被送到俄国人那里去，天晓得是什么鬼地方，这消息让大家震惊。每个人都想送我点儿什么，指望它们兴许能派得上用场，虽然它们什么忙也帮不上，因为这世界上没有什么东西能帮得上忙。因为我上了俄国人的名单，这是铁板钉钉的事，所以大家都各怀心思地送了我点儿东西。我收下了它们，十七岁的我心想，这次离家来得正是时候。不一定非得是俄国人的名单，只要能离开家，只要将来情况不会变得太糟，于我而言甚至是件好事。我要离开这针尖大的小城，这里所有的石头都长着眼睛。我一点儿都不害怕，而是掩饰着自己迫不及待的心情。还有几分良心不安吧，因为那份让我的亲人感到绝望的名单，于我而言，却是颇可以接受的处境。他们担心我在异地他乡会出事儿。我却只想去一个没有人认识我的地方。

其实我已经犯了点事儿，见不得人的事儿。它变态、肮脏、无耻、妙不可言。这事儿发生在桤木公园，就在浅草丛生的小山包后面最隐秘的地方。回家的路上，我去了公园中央的那个圆亭子，每逢节假日总有乐队在那里演奏。我在里面坐了一会儿。透过细木缝，阳光刺眼地扎了进来。我看到了恐惧，空心的圆形、四边形、梯形的恐惧，经由白色的藤枝蔓爪连成一片。这个图案里有我的迷乱，也有我母亲脸上的震惊。在亭子里我对自己发誓：我再也不来这个公园了。

我越是不让自己去，就去得越勤。两天之后我又去了，公园里的人都管这叫幽会。

第二次幽会时，我约的还是第一次约的那个男人，绰号叫作"燕子"。第二个男人是新来的，绰号叫"圣诞树"。第三个叫"耳朵"。接着来的是"绳子"，然后是"黄鹂"和"帽子"，再后来是"兔子""猫""海鸥"，还有"珍珠"。只有我们知道，哪个绰号对应哪个人。在公园里大家肆意更换着伴侣，我也任由他们把我转来转去。那是夏季，桦树皮是白色的，茉莉花丛和接骨木林中，茂密的枝叶组成了一道道密不透风的绿色墙垣。爱情是季节性的。秋天的到来结束了公园里的这一切。叶子掉光了，幽会也随我们一起转移到了海王星游泳馆。铁门旁挂着绘有天鹅的椭圆形徽章。每个星期我都会去跟一个比我年龄大一倍的男人约会，他是个已婚的罗马尼亚人。我不问他叫什么，也不说自己叫什么。我们错开时间去，售票亭碎花玻璃隔板后卖票的女人，明亮照人的石板地，圆圆的中柱，绘有睡莲图案的墙砖，雕花的木台阶，这一切都应该想不到，我们是来赴约的。我们先和其他人一起去泳池游泳。一直要到了发汗箱[1]那儿，我们才碰头。

1　旧时用来发汗的木结构装置，内有木凳，能容一人坐入，门关闭，顶板有一洞，人可将头伸到外面。（本书注释均为译者注）

当年，每一次这样的幽会都可能引来牢狱之灾。我去劳动营之前是这样，自我返乡到一九六八年离开这个国家时，情况也是如此。要是给抓住了，至少要蹲五年牢。有些人就被抓到了，直接从公园或市游泳池带走，严刑审讯之后，被投进了监狱，从那儿再送到运河边的监禁营。现在我才知道，去运河的人都有去无回。就算回来了，也是一具行尸走肉：身心俱毁，未老先衰，与这世上所有的爱都再无瓜葛。

在劳动营的时候，如果给抓住，我就没命了。

五年后我从劳动营中被放出来，日复一日漫步在喧哗的街道上，脑海里翻来覆去地想着，如果被捕的话，说是"当场抓获"再恰当不过了。我已经编好了无数的借口与不在场的证据，来反驳这一指控。我一直都背负着隐秘的包袱，已经太深、太久地将自己裹入了沉默之中，再也无法用语言倾诉心曲。即使我在诉说的时候，也不过是用另外一种方式裹缚自己罢了。

为了能延长从桤木公园到家的路程，在最后一个幽会的夏季，我偶然走进了圆形广场上[1]的三圣教堂。

1　赫尔曼城的中心广场。赫尔曼城是德语的叫法，罗马尼亚语称之为"锡比乌"（Sibiu）。

这次偶然昭示着命运。我看到了后来的岁月。在教堂侧立柱上的圣坛旁，圣者身着灰色的大衣，脖子间围着一头绵羊作衣领。这脖子间的绵羊就是缄默。有些事情是不能说的。但是，如果我说脖子间的缄默与嘴里的缄默是两码事，我知道自己在说些什么。在我的劳动营岁月之前、之中与之后，我有二十五年的时间生活在对国家与家庭的恐惧中，畏惧那双重的毁灭：国家把我当罪犯囚禁，家人把我当耻辱放逐。麋集的街道上，我狐疑地盯着陈列柜、电车和楼房窗户的玻璃，盯着喷泉和小水洼反射出的镜面，好像自己就该是个透明人。

我父亲是绘画老师。只要他一说"水彩"这个词，我就像被人踹了一脚似的悚然一惊，因为我脑子里满是海王星游泳池那些事。这个词告诉我，自己已经陷得有多深。我母亲在吃饭时说：别用叉子戳土豆，一下就戳散了，用勺子吧，叉子是用来对付肉的。我的太阳穴怦怦直跳。不是在说土豆和叉子吗，怎么又扯上肉了？她说的是什么肉呀？我的肉体已经被那些幽会搞得颠三倒四了。我做贼心虚，这些词总会出其不意地冒出来，击中我的要害。

就像小城里所有的德国人一样，我母亲、尤其是我父亲坚信金发辫与白色长筒袜的美丽，坚信希特勒胡子的黑色四边形，坚信我们特兰西瓦尼亚[1]的萨克森人[2]属于雅利安人种。从纯身体的角度来看，我的秘密都已是最恶心不过了。和一个罗马尼亚人有染，更是种族的耻辱。

我只想离开家，哪怕是要进劳动营。我母亲不知道，她对我的了解有多么少，而且我走后，她想我肯定会多过我想她。这些让我深感歉疚。

除了脖子间围着沉默之羊的圣者，我在教堂内的白色壁龛上还看到了一行刻字："天命启动时间"。收拾行装的时候我就想：白色壁龛显灵了。现在就是已启动的时间。我还庆幸自己不用去前线的雪地里打仗。我勇敢得愚蠢，乖乖地收拾着行装，没有丝毫不情愿。系带子的皮绑腿、灯笼裤和带丝绒绲边的大衣，没有一样东西适合我。衣服不重要，重要的是这已启动的时间。不管是经历这样或是那样的事情，总之人是要长大的。我想这世界虽然不是化装舞会，但在这深冬季节要被送到俄国人那儿去

---

1 罗马尼亚中西部地区。位于欧洲东南部，东喀尔巴阡山以西，多瑙河支流蒂萨河流域。居民除罗马尼亚人外，其余多为马扎尔人（匈牙利人）。一九四一年，德国人占总人口的百分之九。二〇〇二年占百分之零点七。
2 这一地区的德国人最初来自德国萨克森地区。

的人，没有谁是可笑的。

一个罗马尼亚警察和一个俄国警察组成了一个巡逻队，拿着名单挨家挨户查访。我记不得他们在家里是否说了"劳动营"这个词。如果没说，那么是否提到除"俄国"之外的其他字眼。如果说了的话，那"劳动营"这个词也没有吓着我。战争和幽会的事儿并未让我成熟，十七岁的我心智上其实还处在极无知的孩童时代。"水彩"和"肉"这样的词会让我心惊肉跳，而我的脑子对"劳动营"这个词却无动于衷。

那次用叉子吃土豆，我母亲说"肉"这个字点到了我的痛处。就是那次，我还想起了一件事。小时候在下面的院子里玩，有次母亲在阳台的窗口大吼道："如果你不马上回来吃饭，还要我再叫一次的话，你就待在那儿别回来了。"我还是在下面多待了一会，等我上去时，她就说：你现在可以收拾书包去闯世界了。你想干嘛就干嘛。她边说着边把我拽进房间，拿出个小背包来，把我的羊毛帽子和夹克塞了进去。我问她，我是你的孩子，你叫我去哪儿啊？

很多人都认为，打点行装是件熟能生巧的事，就像学唱歌或者祈祷一样，可以无师自通。我们从未练习过，也没有箱子。父亲当年参加罗马尼亚军队上前线打仗时，就没什么行李好收拾。当兵的什么都会发，这是装备的一部分。除了离家外出或是抵御严寒，我们想不出为了什么别的理由收拾衣物。我们手头没有该带的东西，于是就即兴发挥。用不上的成了必备的，必备的就是唯一正确的，而这只是因为手头恰巧有这些东西。

母亲把留声机从客厅拿出来，放到厨房桌上。我用螺丝刀将留声机箱子改装成了行李箱。我先是把机体和转盘卸了下来。接下来用软木塞堵上了原先插手摇柄的那个洞。箱子火狐红的丝绒里衬原样保留。还有那个三角形的徽章，上面印着小狗坐在留声机喇叭前的图案，图案上方标着"主人的声音"几个字[1]，我也没拆下来。我放了四本书压箱底：亚麻布面的《浮士德》，《查拉图斯特拉如是说》，一本薄薄的魏因黑伯尔[2]的集子，还有一部收集了八个世纪作品的诗歌集。我没带小说，因为小说读完一遍，就不会读第二遍了。书上放的是收纳包。里面有：

1　即著名音乐商标"His Master's Voice"，中文译为"狗听喇叭"。
2　魏因黑伯尔（Josef Weinheber，1892—1945），奥地利抒情诗人、小说家和散文作家。

一瓶香水，一瓶陶尔牌须后水，一块剃须用的肥皂，一把剃须刀，一把修面刷，一块明矾石，一块洗手肥皂，一把指甲剪。收纳包旁我放了一双羊毛袜（是棕色的，里面已塞了东西），一双及膝长袜，一件红白格子的法兰绒衬衫，两条棱纹平布的短内裤。为了不被压皱，最上面放的是那条新的真丝围巾，它印着酒红色的暗方格，色泽亮哑交替。箱子就这样装满了。

接着收拾包袱：一床日用的沙发毯（羊毛的，镶着浅蓝与米白色的方格，体积超大，却并不保暖）。卷到包袱里去的还有：一件薄大衣（雪花呢的，已经穿得很旧了）和一双皮绑腿（老掉牙了，还是一战时候的东西，香瓜黄色，带有皮质的小绑带）。

接着来整理干粮袋，内有：斯坎迪亚牌[1]火腿罐头一听，涂了黄油夹了火腿片的面包四个，圣诞节时剩下的饼干几块，装满水的军用水壶一只，带有可作水杯用的盖子。

接着我祖母把留声机行李箱、铺盖和干粮袋放到了门附近。那两个警察说好午夜时分来带我走。行

---

1 罗马尼亚锡比乌地区的肉类罐头品牌，享有国际声誉。

李都已整理好放在门边了。

接着我开始穿衣：一条长里裤，一件法兰绒衬衫（淡棕色间绿色格子），一条灯笼裤（灰色的，说过是埃德温叔叔的），一件袖口带绣花的布马甲，一双羊毛袜和一双雪地靴。费妮姑姑的绿手套就放在桌上，随手就能拿到。我在系鞋带时，忽然想起多年前某个夏季，我们在文奇山[1]度假时的情景。那时母亲穿着一件自己缝制的水兵服，我们正在草地上散步，她突然倒在深草中装死。我当时八岁，吓得要命，觉得天塌到草里去了！我紧闭双眼，不敢看天会如何将我吞噬。这时母亲跳了起来，猛摇着我问道："喜欢我不？我还活着呢。"

鞋带系好了。我坐到桌边，等待午夜来临。午夜到了，巡逻队却迟迟未到。等了三个小时，都快让人受不了了，他们才来。母亲帮我穿那件带黑丝绒绲边的大衣。我穿上了，她哭起来。我戴上绿手套。在木地板的门厅内，就在挂煤气表的地方，祖母说："我知道你会回来的。"

我并没有刻意去记这句话。只是不经意地把它带

1　特兰西瓦尼亚地区的一座山岭。

到了劳动营。我并不知道，它会一直伴随着我。但是，这样一句话有自己独立的生命。我所有带去的书加在一块，也没有它对我的作用大。"我知道你会回来的"——这句话后来成了心铲的同谋、饥饿天使的对头。因为我真的回来了，所以我有权说："这么句话能让人活下来。"

巡逻队来带我走时，是一九四五年一月十五日凌晨三点钟。寒气渐重，气温零下十五度。我们上了带遮篷的卡车，穿过空旷的街市，直奔展览厅。它原是萨克森人举行各种盛大庆典活动的地方，如今成了集中报到处。厅内已经挤了约三百来号人。地上铺着床垫和草褥。整夜都不断有车开抵，卸下集中来的人，包括附近一些村子的。清晨时分已经有大概五百来人了。那天夜里，想要清点人数是徒劳的，没有人能统观全局。大厅内整夜灯火通明。大家都四处闲逛找熟人。有人说火车站征募了一些木匠，在牲口车厢内用刚伐下来的木头钉木板床。另外一些工匠给火车安装小圆铁炉，还有一些负责在地板上锯出蹲厕坑。人们轻声地聊了很多，聊的时候双目圆睁，人们也轻声地哭了很多，哭的时候双目紧闭。空气中混杂着旧羊毛、被汗浸透了的恐惧、肥腻的煎肉、香草饼干和白酒的味道。有个女人把头巾摘了下来。她肯定是乡下人，把辫子在后脑勺绕了两圈，并用一把半圆形的羊角梳将它在头中央盘了起来，梳齿的那头已没入发间，圆拱形的那边只露出两只角，像竖着的小耳朵。这耳朵和厚厚的发辫使她的后脑勺看上去像是一只蹲着的猫。我坐在站着的人群和行李堆间，像个观众。我打了个小盹，梦见：

我与母亲站在墓地里一座新坟前。坟上长出一株植物，快齐我的腰高了，叶子上满是毛，茎上有一个带皮扣手的果荚，是只小箱子。它开了手指宽的一道缝，衬里是火狐红的丝绒。我们不知是谁死了。母亲说：把粉笔从大衣口袋拿出来吧。我说：我没有呀。我手伸到口袋里，发现有一截裁缝用的粉笔。母亲说：我们得在箱子上写个简短的名字。就写露特吧。我们的熟人里没人叫这个。我把露特写了上去。

在梦中我明白死的人就是我，但不愿告诉母亲。忽然我从梦中一下惊醒过来，因为有个上年纪的男人，带了把雨伞，在我身旁的草垫上坐了下来，并凑近我的耳朵说：我连襟还想赶过来，但这大厅四周已经被看得严严实实了。他们不让他进来。我们可还是在城里呢，可他却过不来，我也回不去。他外套的每一只银纽扣上，都有一只鸟儿振翅欲飞，野鸭什么的，更有可能是信天翁，因为我欠身靠近时，发现他胸前徽章上的十字架原来是个船锚。雨伞就像是散步时用的拐杖一样，立在我和他之间。我问：您把这个也带上了？他说：那儿下雪可比这儿还要多。

没有人告诉我们，必须什么时候、怎样从大厅去火车站。我其实想说的不是"必须"，而是"允许"。我一心只想离开这儿，哪怕是带着留声机箱子，脖子贴着丝绒绳边，坐着牲口车厢去俄国人那里。我不记得是怎么到的火车站。牲口车厢非常之高。我也想不起上车的过程，因为我们在牲口车厢度过了那么多个日日夜夜，好像我们本来就一直待在里面似的。我记不得我们坐了有多久。我的想法是，坐得时间越长，离家就越远。只要还在车上，我们就不会有事的。只要还在车上，就一切平安。

男人、女人、年轻的、年老的，都带着行李，靠着床头。说话、沉默、吃饭、睡觉。白酒瓶被传来传去。当坐车成为一种习惯之后，有些地方开始出现一些暧昧的行为。大家都睁一只眼，闭一只眼。

我对坐在身边的特鲁迪·佩利坎说：我觉得这就像是去喀尔巴阡山的滑雪旅行，那次有一所女子中学，半个班的学生都在布勒亚小屋[1]被雪崩埋了。我们不会发生这样的事情，她说，我们根本就没带滑雪的装备。你可以骑上留声机行李箱，骑啊，骑啊，穿过白昼、黑夜、白昼，你不是对里尔克很熟吗？特鲁迪·佩利坎穿着一件悬钟式的大衣，袖口的皮毛长得都快到手肘了。每边的棕色毛袖口看上去就像半条狗，她不时地将双手交叉着伸入袖笼，两个半条狗便合二为一。当时我还未见过荒原[2]，不然会想到土狗[3]的。特鲁迪·佩利坎身上有股温热的桃子味，甚至嘴里都有，在牲口车厢待了三四天后还有。她穿着这件大衣，就像一位女士坐在电车里正在上班的路上。她告诉我说，她在邻家花园工具棚后面的地洞里藏了四天，然后却下起了雪，房子、工具棚与地洞间的每一步都变得清晰可见。她母亲再也没法悄悄给她送吃的了，整个花园里都可以看到脚印。

1　喀尔巴阡山南部罗马尼亚境内海拔两千零三十四米的布勒亚湖中一个小半岛上的旅社，时至今日都负有盛名。
2　原文是 Steppe，特指东南欧及西伯利亚树少的大草原，干草原。
3　原文是 Erdhunde，实为土拨鼠。

是雪出卖了她，她必须自愿地离开藏身之所，被雪强迫的自愿。她说，我永远不会原谅雪。新下的雪是无法仿制的。人们无法在雪上做手脚，让它看上去就像没人碰过一样。她说，泥土是可以做手脚的，要是花点心思，沙子、甚至草都可以。水自己就会做手脚，它吞噬一切，之后又马上闭合。空气更是早已被做过手脚，因为人们根本看不见它。除了雪，所有一切都会替我保密的，特鲁迪·佩利坎说。厚厚的积雪要负主要责任。虽然它好像知道自己身处何方，像在家一样熟门熟路，落在我们城里，可却立刻成了俄国人的帮凶。因为雪出卖了我，我才在这儿的，特鲁迪·佩利坎说。

火车开了十二天，也许是十四天，不知多久没有停。然后又停下来，不知多久没有开。我们不知道到了哪儿，除了上铺的人，透过上悬窗的缝隙，可以看到站牌，上面写着：布泽乌[1]。小圆铁炉在车厢正中发出空鸣声。白酒瓶被传来传去。大家都有了些许醉意，有的人是因为喝了酒，有的是因为心里没有底，或许两者兼而有之。

1　罗马尼亚城市。

被俄国人拉去了，这究竟意味着什么，每个人虽然脑子里都想过，却并未影响到心情。现在还在路上呢，只有到了目的地，他们才能枪毙我们。他们没有像家乡的纳粹宣传的那样，一开始就枪毙我们，这几乎让我们的心情称得上是无忧无虑了。在牲口车厢里，男人们学会了有事没事喝上几口，女人们则学会了有事没事唱上几句：

林中月桂吐艳

战壕白雪皑皑

一封短短信笺

字字伤我心怀

总是哼着这同一首歌，直到人们再也没法分得清，究竟是人在唱，还是空气在唱。这首歌在人的脑海里回荡，配合着火车行驶的节奏，它是牲口车厢的布鲁斯，是由天命启动的时间之伴奏曲。它成了我生命中最长的一首歌，女人们整整唱了五年，把它也变得跟我们一样，害了思乡病。车厢门从外面用铅封了起来，推拉门是带滑轮的，总共打开过四次。我们还在罗马尼亚境内时，有两次分别有半只褪了毛的山羊被扔了进来。那羊已经冻得结结实实，砸在地上哐啷作响。第一次时，我们把山羊大卸几块，当成柴火给烧了。它又干又瘦，也就没什么异味，很好烧。第二次时，大家都盛传这是PASTRAMA，即用来吃的风肉。不过我们还是笑着把这半只羊也当柴火烧了。它跟第一只一样冻得发紫，瘦骨嶙峋。我们都笑得太早，过于自负，没有收下这两只罗马尼亚的、善意的山羊。

对环境的熟悉感与日俱增。在狭小的空间内，人们做着些琐碎的事：坐下、起身、翻箱子，把东西清出来、放进去，到两条竖起来的毯子后上厕所。每一件小事都会带出另一件来。在牲口车厢内，个性化的东西都萎缩了。人更是因为与他人在一起、而非独处才感受到自己的存在。顾忌毫无必要，大家像在自己家里一样，互相照应。也许是今天讲起来，我才会谈及自己，也许连自己也谈不上。也许牲口车厢内的狭窄已让我没了脾气，因为反正我想离开家，箱子里又还有足够吃的。我们没有料到，不久之后，疯狂的饥饿将如何席卷我们，在接下来的五年里，饥饿天使造访我们的时候，我们有多少次就像那冻得发紫的山羊一样，并对它们充满了缅怀之情。

罗马尼亚已在我们身后，俄罗斯的夜晚来临了。在一次长达数小时的停车时，我们感受到了强烈的冲撞。车厢的轮轴换上了新轮子，是给更宽些的俄国铁轨、给荒原的广阔准备的。皑皑白雪让外面的夜晚亮了起来。这天夜里，在空旷的野外，我们第三次停车。俄国卫兵高叫着"UBORNAJA"。所有车厢的门都打开了。我们跌跌撞撞地跑到了雪地深处，雪深及膝。虽然不懂俄语，我们都明白了"UBORNAJA"是集体大小便的意思。高高的天际上，是一轮圆月。我们呼出的气息在脸前飘过，晶莹剔透，一如脚下的白雪。四周是上了膛的冲锋枪。现在要做的是：脱裤子。

那份难堪，那份从整个世界袭来的耻辱感。还好只有这片雪地和我们在一起，没有人看到，我们是怎样被迫紧挨着，做同样的事情。我并不想上厕所，但还是脱了裤子蹲着。这夜晚的国度是何其的卑鄙与沉默，看着我们如厕出丑，看着在我左边，特鲁迪·佩利坎是如何提起她的悬钟式大衣，把它夹在腋下，褪下裤子，鞋间响起嘶嘶的撒尿声；看着在我身后的律师保罗·加斯特在用力憋时是如何地呻吟；他的妻子海德伦·加斯特在腹泻时肠胃如何咕咕乱叫；四周升腾起的热蒸气如何立刻在空气中被冻得发亮；这雪地是如何给我们下了一味猛药，让我们和光着的屁股、下半身发出的声音一起，感受到孤独；我们的五脏六腑在这种一致性中，是何其遭罪。

也许这一夜突然长大的并不是我，而是我心中的恐惧。也许一致性只有通过这种方式才能实现。因为所有的人在如厕时，都无一例外地面朝路堤，背对明月，不敢让敞开的车门离开自己的视线。这扇门已让我们心生眷恋，如同眷恋家中的一扇房门。我们无比恐惧，怕我们还没上车它就关上了，怕火车会丢下我们开走。我们中有人冲着无边的夜色喊道：怕什么，来什么吧，拉屎的萨克森人，大家挤在一齐拉呀。江河日下呀，下的可不只是尿呀。你们都喜欢活着，对不对？他干笑着，声音像金属一样刺耳。大家都推搡着，想离他远一些，他有了足够大的地方，便像演员一样向我们鞠躬，并用高亢的声音庄重地重复道：你们都喜欢活着，对不对？

他的声音引起了共鸣。有几个人哭了起来。空气如玻璃般透明，他的神情像是沉浸在某种幻想中。

外套上的唾液也像上了釉似的发亮。这时我看到了他胸前的徽章，就是那个纽扣上有信天翁图案的男人。他独自一人站在那里，抽泣的声音像个孩子。留下来陪着他的只有污浊不堪的积雪，他的身后是一片冰封的世界，天际一轮明月，宛如 X 光照片。

火车鸣起一声沉闷的汽笛，是我听过的最低沉的"呜……"声。大家朝车门蜂拥而去，上车后继续前行。

即使没有胸前的徽章，我也能认出那个男人。在劳动营我一次也没有见过他。

山菠菜

我们在劳动营发的所有东西都没扣子。内衣和长内裤各有两根小系带。枕头两端各有两根小系带。夜里它是枕头。白天就成了我们随身挎的亚麻布袋，什么场合都用得上，比如去偷东西或是乞讨。

我们管乞讨叫兜售，这个时候我们不偷，还有，工棚内邻伴的东西是不拿的，除此之外，我们什么时候都偷，上班前、上班时、下班后。其实也算不得偷，只不过是下班回家的路上，去瓦砾堆上摘些野菜，直到枕头袋塞满了为止。农村来的女人早在三月里就发现，这种锯齿状叶子的野菜罗马尼亚语叫萝柏笪（LOBODǎ），家乡人开春时也吃它，味道像野菠菜，德语名字叫山菠菜（MELDEKRAUT）[1]。我们还摘一种叶子上长了毛的草，那是野生莳萝。

---

1 山菠菜（学名：Prunellaasiatica）为唇形科夏枯草属下，又称茄茉菜、野菠菜，榆钱菠菜，外形与菠菜相似，主要分布在中国北方、欧洲与西伯利亚。

前提是：要有盐。盐要在集市上通过物物交换才搞得到。它又灰又粗，像铺路用的碎石，用之前还必须得敲碎。盐可是值钱的宝贝。山菠菜有两种吃法：

山菠菜的叶子可以像野莴苣一样生吃，当然要放盐，野生莳萝也可以撕碎了撒上去。或者把山菠菜的茎整根放进盐水里煮。用勺子捞出来时，它会有种令人沉醉的、类似菠菜的味道。熬出的汁也能喝，或当清汤啖、或作绿茶饮。

早春的山菠菜是柔软的，整株植物只有一指高，银绿色。待到初夏时节，它已齐膝高，叶状如指。每片叶子都各不相同，像一只只形状各异的手套，最下面永远竖着大拇指。山菠菜色银绿，喜清凉，适宜早春时食用。夏天就要注意了，它会一下蹿得老高，枝叶茂密，茎秆坚硬，苦若黏土，有木质感。等它齐腰高时，粗壮的主茎周围会长出一蓬松散的茎叶。盛夏时分，叶茎开始变色，先是粉红，继而转血红，再变成紫红。秋天时，色已暗若深青。所有的枝桠顶端会结出一串串的锥形花序，花状如球，像荨麻一般。只不过山菠菜的锥形花序不会垂下来，而是斜斜地朝上长着。它也会由粉红变成深青色。

奇特的是，只有到变了色，早就没法吃了的时候，山菠菜才会显出真正的美丽来。有此美丽作保护伞，因此它仍在路边摇曳。吃山菠菜的时节过去了，但饥饿却不会，它变得比人自己还强大。

该怎么来描述这慢性饥饿病呢？可不可以说，有一种饥饿，会把你的饥馑变成病态。总会有更多的饥饿加入原有的饥饿之中。新来的饥饿不知饱足地增长着，跃入旧的、永恒的、好不容易才克制住的饥饿之中。如果除了谈饿之外，关于自己就无话可说，如果除了饿之外，别的事都无法去想，那么人该如何在这世上生存？硬腭大过头，一个高而敏感的圆拱，直达头颅。饥饿让人无法忍受时，硬腭内就会抽着痛，好像有人把一张刚剥下来的兔皮在脸后撑开了去晒干，脸颊变得干枯，覆盖着苍白的茸毛。

我一直不知道该不该责怪这苦涩的山菠菜，人们不能再吃它了，因为它口感变得很柴，拒绝再被吃掉。它知不知道，它不再为我们服务，让我们填饱肚子，而是在替饥饿天使效劳。这一串串的红色锥形花序就是饥饿天使的项圈。初秋第一场霜之后，它便一日比一日浓艳，直至完全冻坏。这毒药般美艳的颜色刺痛眼球。锥形花序，一排排红艳的花环，所有路两边都在打扮着饥饿天使。它带着它的花饰。我们的硬腭却已如此高旷，走路时脚步的回声都会在口腔内发出刺耳的声音。脑袋里有一种透明，像是吞了太多刺眼的光。这光在口腔内自顾自盼，柔媚地滑进小舌，渐渐地涨起来漫入大脑，直到脑壳里不再有思维的大脑，而只有饥饿的回响。饥饿的痛苦无以言表。时至今日我还要向饥饿表明，我已逃脱了它的掌控。从不用挨饿的那天起，我简直就是在以生命本身为食。只要吃东西，我就会为食物的味道所囚禁。六十年来，从劳动营回乡之后，我就是在为反抗饿死而吃。

我看着已经没法吃了的山菠菜，试图去想些别的东西，譬如在寒冬来临之前，想想去年夏末那慵懒的温暖。结果这没想起来，却偏偏记起了这里没有的土豆，想起那些集体农庄上的妇女，或许已经能在每天的野菜汤里吃到新土豆了。除此之外，她们没有什么让人羡慕的。她们住在地洞里，每天干活的时间比我们长得多，从日出一直干到日落。

劳动营的早春时节，就是我们这些去瓦砾堆上的"山菠菜行者"煮山菠菜的季节。"山菠菜"（MELDEKRAUT）这个名字挺无耻的，因为根本无法体现它的意义。MELDE 这个词对我们而言没有弦外之意，不会扰乱我们的心神。它不是"报到"[1]的意思，不是集合点名草，而是路边随手可拾的一个词。反正它是表示临近晚集合的词，是临近集合的草，而绝不是集合草。煮山菠菜的时候，我们时常是焦灼不安地等待着，因为之后马上要集合点名，并没完没了，因为人数总是点不对。

我们劳动营一共有五个 RB，即五个工作大队（RABOTSCHI BATALLION）。每个支队又称 ORB（Odelna Rabotschi Batalion），分别由五百到八百人组成。我的工作队编号为 1009，我的工号是 756。

我们整齐地列队站好。这么说其实很荒谬，你看，这五个惨不忍睹的工作队，每个人都眼睛浮肿，鼻子硕大，面颊深陷。肚子和双腿都水肿着。不论是严寒还是酷热，我们就这样整晚整晚地在静静的站立中度过。只允许虱子在我们身上爬动。在没完没了的点名中，它们可以喝个饱，检阅着我们可怜的肉体，不知疲惫地从头部一直爬进阴毛。大多数时候它们已经吃饱喝足，并在棉制服的接缝处躺下

---

1 德文是 Melde Dich, 意为报到、发言。

睡了，而我们却仍在静静地站立着。劳动营的指挥官施矢万涅诺夫依然在咆哮。我们不知道他的名。只知道他叫托瓦利施奇－施矢万涅诺夫。这已经长得足够让我们在说出它时害怕得直磕巴了。托瓦利施奇－施矢万涅诺夫这个名字让我想起被放逐时，火车头发出的呼啸声，想起家乡教堂里那个白色神龛，上面刻着"天命启动时间"。也许我们长达数小时地静立，是为了反抗那白色的神龛。骨头重得像灌了铅。如果身上的肉没有了，撑起这副骨头便会成为一种负担，它直把你往地里吸。

集合点名时，我会练习在静立中达到忘我的状态，不去将呼与吸区分开来。不抬头，眼睛上翻，在空中寻找云的一角，可以把这副骨头挂上去。如果我已达忘我之境，并找到这样一个空中挂钩之后，它便会牢牢地固定我。

时常没有云，只有清一色的像海水般的蓝。

时常只有遮蔽了天空的云毯，清一色的灰。

时常云飘走了，挂钩也不会静止不动。

时常雨水会灼痛我的双眼，并把衣裳紧紧黏在皮肤上。

时常严寒仿佛将我的五脏六腑扯得粉碎。

在这种日子里，天空会让我的眼球向上翻，而集合点名会把它再拽下来，骨头只能无依无靠地悬挂在我的身体里。

工头图尔·普里库利奇在我们和指挥官施矢万涅诺夫之间僵直地走来走去，点名册在他的指间滑动，由于翻的次数太多，已经褶皱不堪了。他每叫一个号，胸脯就像公鸡一样颤动着。他的手依然像个孩子的。我的手在劳动营这段日子却长大了，棱角分明，又硬又平，像两块板子。

如果点名之后，我们中有人鼓起全部的勇气问其中一位干部或者甚至指挥官施矢万涅诺夫本人，我们什么时候才可以回家，他们会简短地回答说："SKORO DOMOJ"。意思是：你们马上就可以走了。

这个俄语的"马上"偷走了我们在这世上最长的时间。图尔·普里库利奇还让理发师奥斯瓦尔德·恩耶特修剪鼻毛和指甲。理发师和图尔·普里库利奇是老乡，都来自喀尔巴阡－乌克兰[1]，一个三国交界的地方。我问他，在理发店给上等的客人剪指甲在三国交界处是不是件很平常的事。他说不，在

1　在今乌克兰最西边，和罗马尼亚、匈牙利、斯洛伐克、波兰接壤。

三国交界处不是这样。这是图尔的规矩，可不是老家的。在老家，第九个理完了才轮到第五个。我问，这是什么意思？理发师回答说，有一点巴拉穆克。这又是什么意思，我问。就是有点乱，他说。

图尔·普里库利奇不是施矢万涅诺夫那样的俄国人。他既会德语，又会俄语。但他是俄国人一边的，跟我们不一样。虽然也被关在这儿，他却是劳动营负责人的副官。他把我们在一张纸上划分到不同的工作大队，翻译俄语的命令，再加上他自己的、德语的命令。他在纸上把我们的名字和工号整理到大队编号之下，以便查阅。每个人都必须日夜牢记自己的号码，知道自己不是有私人身份的人，而是有编号的囚徒。

在我们名字旁边的一栏里，图尔·普里库利奇会写上集体农庄、工厂、清理废墟、运沙、铁路线、工地、运煤、车库、焦煤组、炉渣和地下室等字。一切都取决于名字旁边写着什么。它决定了我们会累，像狗一样累，还是会累得要死；决定了我们在干活之后还有没有时间和力气去兜售，决定了我们是否能在食堂后的厨房垃圾里悄悄地翻东西吃。

图尔·普里库利奇从不去干活，不去任何工作队和生产组，不用三班倒。他只发号施令，因此身手敏捷、目光轻蔑。如果他微笑，那就是个圈套。如果回应他的微笑，这是我们不得不做的，那我们就会出丑。他微笑，是因为他又在我们名字后面那一栏里新添加了东西，更糟的东西。在劳动营工棚之间的林荫道上，我躲着他，更愿意和他保持着一个无法说话的距离。他高高地抬起那双锃亮得像两只漆皮袋一样的鞋踩在路上，好像空虚的时间会从他体内由鞋底漏出来。他事无巨细都记得一清二楚。人们说即使是他忘掉的事也会变成命令。

在理发店图尔·普里库利奇高我一等。他想要什么就说什么，任何风险也没有。他如果伤害我们甚至还好一些。他知道，如果要一直保持这样，就得轻贱我们。他总是扯着脖子，俯视着我们说话。他有整天的时间去自我欣赏。我也欣赏他。他有着运动员般的体格，铜黄色的眼睛，目泛油光，一对小招风耳像两枚胸针，下巴像瓷雕的，鼻翼粉红如烟草花，脖子像是蜡做的。他从不会弄脏自己，那是他的运气。这运气使他比实际上要显得漂亮。不认识饥饿天使的人，可以在集合点名的操场上指手画脚，可以在劳动营的林荫道上挺直着走来走去，可以在理发店虚伪地微笑，但他没有参与说话的权利。我知道图尔·普里库利奇很多事，比他愿意告诉我的还要多，因为我和贝娅·查克尔很熟。她是他的情人。

俄语的命令听上去就像劳动营指挥官托瓦利施奇－施矢万涅诺夫的名字，是由"克、施、切、吃"等音组成的一种粗哑的、咬牙切齿的声音。命令的内容反正我们也听不懂，但却明白其中的蔑视。慢慢地我们习惯了被蔑视。久而久之，这些命令听上去只不过像是在不断地清嗓子、咳嗽、打喷嚏、擤鼻涕、吐痰，总之是在不断地产生黏液，所以特鲁迪·佩利坎说：俄语是一种感冒了的语言。

当其他所有人还在晚集合的静立中备受煎熬的时候，那些要当班而不用去集合的人，早就在劳动营角落的井后面生起了火，煮锅里放着山菠菜或者其他一些稀罕的东西，为了不让别人看见，上头还得加个锅盖。能做成一笔划算的交易的话，就会有胡萝卜、土豆，甚至小米：一件夹克能换十根小萝卜，一件毛衣换三升小米，一双羊毛袜换半升糖或是盐。

想打牙祭的话，就非得盖上锅盖。其实并没有真正的锅盖，也许那只是一块铁皮，也许只存在于我们的脑海里。不管怎样，人们每次都能想出一个东西来当锅盖，并固执地说：一定要盖上锅盖，虽然从来就没有锅盖，有的只是关于锅盖的说法。当人们已经记不得锅盖是由什么做的，从来没有过锅盖，又总能找到点什么来当锅盖用的时候，也许回忆也已被盖封住了。

反正在黄昏时分，在劳动营角落的井后，总会有十五到二十堆这样在两块砖之间升起来的小火。其他的人除了吃食堂里的垃圾饭菜以外，就没有小灶开了。煤会起烟，这些锅的主人会手里拿着勺子在一旁看着。煤应有尽有，锅是食堂的，当地工厂生产的劣质餐具，灰棕色上过釉的铁皮容器，釉已斑驳，满是凹痕。在院内的火堆上它们是锅，在食堂的餐桌上就是盘子。一个人煮完了之后，另外有锅的人就等着用他的火。

没有东西可煮的时候，炊烟就会透迤地爬进我的嘴里。我缩回舌头空嚼着，把唾液混着黄昏的炊烟一起吃，一边想着煎香肠。没有东西可煮的时候，我会走到锅的附近，假装睡前到井边来刷牙。不过在把牙刷放进嘴里之前，我已经吃过两道了。我眼里的饥饿啃食火苗，嘴里的饥饿吞噬炊烟。我在吃的时候，周围一切都静悄悄的，透过黄昏，从对面的工厂区传来阵阵焦煤组工作时发出的咕隆声。我越是想快些离开井边，就越是挪不动步子。我必须把自己从这些火堆旁拽走。在焦煤组工作的咕隆声里，我听到自己肚子的咕噜声，整个夜景都饿了起来。黑色的苍穹覆盖大地，我摇摇晃晃地走进工棚昏黄的灯光里。

刷牙也可以不用牙膏。从家里带的牙膏早就用完了。而盐又太宝贵了，没人舍得把它吐出来，它可值很多钱。我清楚地记得盐和它的价值，却压根也记不起牙刷的样子了。在收纳包里我曾带过一支，但不可能用了四年。而如果我还买过一支新牙刷的话，一定是在第五年，也就是最后一年，我们手里能拿到干活所得的现钱之后。不过即使有过这么一支新牙刷，我也想不起来了。也许我宁愿拿这现钱去买了衣服，而不是牙刷。我从家里带来的第一支、肯定存在过的牙膏是克罗霍栋特（CHLORODONT）牌的。这牌子我还有印象。而第一支肯定存在过的和第二支可能有过的牙刷却已被我遗忘了。我对梳子的记忆也是如此。我肯定有过一把。我还记得巴克利特（BAKELIT）这个牌子。战争快结束时，我们家乡的梳子都是这个牌子的。

可能我对在劳动营买的东西比对从家里带的印象更深。如果我还记得从家里带的东西的话，那也是因为它们是跟我一起去的，因为它们属于我，我也可以继续使用它们，直到用旧，另外和它们在一起时感觉像是在家里，而不是身处异乡。也许我对别人的东西印象更深，因为我必须要去借它们。

　　我清楚地记得劳动营里用的铁皮梳子，它们出现在虱子猖獗的时候。工厂的车工和钳工将它们做出来送给女人们。它们是铝片做的，梳齿上有些缺口，拿在手里或碰到头皮时感觉潮潮的，因为它有一种冷冷的气味。在手中把玩一会，它就会迅速地带走体热，闻起来像白萝卜一样苦。即使人们早已将它搁置一旁，这气味也会残留在手中。用铝皮梳梳头发很容易打结，得用力去拉和扯。梳中夹的头发比虱子还要多。

　　不过要把虱子梳下来，还有一种长方形两边带齿的牛角梳，是农村的姑娘们带来的。它一边梳齿很宽，可以用来给头发分路子，另一边梳齿很细，可以用来梳掉虱子。牛角梳质地坚固，拿在手里很有分量，头发会顺着它走而保持光滑，我们可以向农村来的姑娘们借用它。

六十年来，我想要在夜里回忆起劳动营的事物。它们是我夜晚行李箱内的东西。从劳动营归乡之后，无眠之夜就是一只黑皮行李箱。这箱子就存在于我脑海之中。只是六十年来我都没有弄清楚，究竟是因为我想回忆起那些事物，所以无法入眠，还是恰恰相反。因为反正也睡不着，所以才会和那些事物纠缠不清。不管是怎样，我想强调的是，夜晚毫不顾及我的意愿，自顾自地收拾着它的黑行李箱。尽管不情愿，我却必须得忆起它们。即使不是必须，而是想要，我也宁愿我不必想要去做这件事。

有时，劳动营的事物并非一个接一个，而是成群地、一股脑地来突袭我。因此我知道，它们并不是来唤起我的回忆，而是为了来折磨我。我还没完全想起，是否在收纳包里带了针线，就会有一条手绢冒了出来，它的样子我已记不起了。这时又会冒出一把指甲刷，我也不知道是否真有过，接着又会再冒出一面小梳妆镜，或许真有过，抑或没有。过会儿又加上一块手表，如果我真带过这么一块去的话，也不知道把它弄到哪里去了。也许跟我没有什么关系的事物都找上我了。它们想在这夜晚将我流放，带回劳动营。因为它们成群结队而来，所以并不仅仅停留在我的脑海里。我感到胃里一阵抽搐，直冲向硬腭。呼吸的秋千翻滚起来，我得大口大口地喘粗气。这样的一个齿——梳——针——剪——镜——刷就是一个怪物，正如饥饿也是怪物一样。如果饥饿不曾作为一个物体存在过的话，也就没有这些事物的骚扰。

每当夜晚这些事物前来骚扰时，我喉咙内的空气就会发紧，我就会猛地推开窗，把头伸出窗外。天际一轮明月，宛如一杯冰凉的牛奶，洗濯着我的双眼。呼吸重新找到它的节奏。我吞咽这寒冷的空气，直到不再身处于劳动营之中。接着我关上窗，重新躺下。对此床一无所知，依然温热。房里的空气注视着我，散发着一种温热面粉的味道。

水泥

水泥总是不够。煤应有尽有。炉渣砖、碎石和沙也一直够。水泥却老是用完了。它会自动地变少。对付水泥可得当心，它有可能会成为你的噩梦。它不仅会自动消失，甚至会消失于无形。这样水泥既无处不在，却又无处可觅。

班长大吼着："你们要看好水泥。"

工头大吼着："你们要节约水泥。"

风来的时候："水泥不能被吹跑。"

雨雪来临的时候："水泥不能被淋湿。"

水泥袋是纸做的。对满满一袋水泥而言，这纸太薄了。一个或两个人搬一袋水泥，抱在肚子前或是抓住袋子的四角，袋子会被扯破。袋子破了就没法节约水泥了。干的水泥袋破了，一半都会掉在地上。湿的水泥袋破了，一半都会黏在纸上。越是要节约水泥，它就会越快耗尽，对此谁也无可奈何。水泥就像街上的尘土、雾和烟一样，让人捉摸不定，它会在空中飞舞、地上爬行、黏附于我们的肌肤。四处可见它的身影，却哪里也抓它不着。

要节约水泥，不过，搬水泥时更要当心自己。即使是小心翼翼地搬着袋子，水泥还是会越来越少。他们骂我们是经济建设的害虫、法西斯、破坏分子和偷水泥的贼。我们跌跌撞撞地在辱骂声中穿行，装聋作哑，把装满了灰浆的小车从一块斜放的木板上直推到脚手架上，送给泥瓦工。木板摇摇晃晃，我们紧紧抓住小车。不然摇晃的时候，我们可能会飞上天去，因为空空的胃轻飘飘地直冲头顶。

这些看守水泥的人怀疑什么呢？我们作为强制劳动工人，除了身上穿的一套普佛爱卡（Pufoaika），也就是棉制服，工棚里的一只箱子和一个床架，一无所有。我们偷水泥干什么呢？身上带着的水泥不是赃物，而是令人厌烦的污秽。我们每天都饿得发晕，水泥又不能吃。我们要么冻得发抖，要么挥汗如雨，水泥也不会带来温暖和凉爽。它只会令人起疑心，因为它会飞、会爬、会黏附，色如灰兔，质如丝绒，飘忽不定，会莫名其妙地消失。

建筑工地就在劳动营后的马厩旁，那里早就不养马了，只留下一些食槽。听说是要给俄国人建六栋居民楼，六栋分别由两户人家合住的房子。每栋房子有三间房。不过我们认为每栋房子至少会住五户人家，因为我们在兜售时看到了当地人的贫穷，以及许多骨瘦如柴的学童。无论男孩女孩都剃着光头，穿着浅蓝色的小裙子。总是排着路队，两人一组，手牵手地唱着革命歌曲，穿过工地旁的泥泞。路队前后各有一位身材浑圆、一言不发的女士，目光阴郁，步伐笨重，甩着她们像船一样的屁股。

工地上有八个班。他们负责挖地基，搬运炉渣砖和水泥袋，调制石灰浆和混凝土，浇铸地基，给泥瓦工准备灰浆，用背筐背着它，用小车推着它到脚手架上，把它做成刷墙用的抹灰。六栋房子同时在建，所以到处都一片混乱，人们奔来跑去，工程却几乎不见进展。我们可以看到脚手架上的泥瓦工、灰浆和砖，却看不见墙在长高。这就是建房时让人费解的地方，如果整天盯着看的话，就见不到墙是如何变高的。三周之后，忽然间，它们已高高矗立在那里，毫无疑问是长高了。也许像月亮一样，在夜间自为自在地生长。水泥会不可思议地消失，墙也会不可思议地变高。我们被指挥得团团转，刚开始做个什么又被呵斥开。我们被打耳光，被脚踢。

内心变得固执而忧郁，外表却变得像狗一样谦卑与懦弱。水泥裂伤了我们的牙龈。只要一开口，嘴唇就会像水泥袋纸一样开裂。我们都闭嘴听命。

比任何一堵墙都要长得快的是怀疑。在工地的抑郁氛围中，每个人都怀疑别人：他是不是在搬水泥时抬了较轻的那一头，他是不是在剥削我而自己却偷懒。每个人都为叫骂所侮辱，为水泥所捉弄，为工地所欺骗。至多在有人死了的时候，工头会说：Schalko，otschin Schalko（很遗憾）。但马上他就会换语气叫道：Wnimanje（注意点）。

我们像牛马一样地干着活，听着自己的心跳，耳边回响着：要节约水泥，要看好水泥，水泥不能弄湿了，水泥不能飞跑了。但水泥还是会飘散开去，自我挥霍着，对我们则吝啬之极。水泥决定了我们的生活。它是小偷，它偷走了我们，而不是我们偷走了它。不仅如此，由于水泥，我们变得敌意和仇视。它在飘散开来的同时，也散播了怀疑的种子，它是个阴谋家。

每天晚上，在回家的路上，等到离水泥有了一定的距离，工地也已被抛在了身后时，我才明白过来，不是我们在相互欺骗，而是俄国人和他们的水泥欺骗了我们。但到了第二天，怀疑又会重新再来，不顾我的理智，针对所有的人。所有的人都感觉到了这点，他们也都会怀疑我，这一点我也感觉得到。水泥和饥饿天使是同谋犯。饥饿撕扯开我们的毛孔，爬了进去。之后，水泥就把毛孔堵上了，我们被水泥封起来。

水泥塔内的水泥是可能会要人命的。塔高四十米，没有窗户，里面是空的。应该说，几乎是空的，但人还是有可能在里面淹死。相对于塔的规模而言，留在塔内的水泥只能算是残余，散落在四处，没有装袋。我们要用手把它刨到桶里去。这是些陈年旧水泥，但是阴险而机灵。它们身手敏捷，埋伏在那里守候着，灰色而无声地滑向我们，让我们闪避不及。水泥是会流动的，流淌得比水更快、更平。我们有可能被它攫住而溺毙。

我得了水泥病。连着好几个星期看什么都是水泥：无云的天空是抹平了的水泥，多云的天空里全是水泥堆。连接天地的雨线是水泥做的，我那灰色斑驳的铁皮碗是水泥做的。看门狗的毛是水泥做的，食堂后厨房垃圾里的老鼠也是如此。在我们工棚之间爬来爬去的无脚蜥蜴的躯干是水泥的。桑树上结着许多蚕做的窝，状如喇叭，也是丝和水泥做的。太阳刺眼的时候，我想把它们从视线内抹去，它们却已不在那儿了。每晚，井边的集合操场上都蹲着一只鸟，水泥做的。它的啼鸣嘈杂刺耳，是水泥之歌。律师保罗·加斯特在家乡见过这种鸟，是一种百灵。我问：它在我们家乡也是水泥做的吗？他犹豫了一会儿，答道：在我们那里，它是从南方飞来的。

其余的我就不问他了，因为我们在值班室里挂的画上看得到，在高音喇叭里听得到：斯大林的颧骨和声音是铸铁浇的，他的胡子却是纯水泥做的。在劳动营内无论干什么活，身上都会变得肮脏不堪，但没有什么脏得像水泥一样令人厌恶。它就像地上的尘土一样，让人无处可逃。人们看不见它从何而来，反正它已经在那里了。除了饥饿之外，我们的脑子里只有思乡的念头可以转得像水泥一样快。它完全占据我们的身心，让我们无法自拔。我觉得在人脑子里只有一样东西可以比水泥转得更快，那就是恐惧。只有这样才能解释为什么我早在初夏时分，就会从工地上的水泥袋子上偷偷扯下一片纸来，并写下：

太阳高悬面纱之中

黄色玉米，没时间了

　　我没有写下更多，因为要节约水泥。其实我本想
写点完全不同的东西：

深远的、倾斜的、微红的、潜伏的

半月在天际

已逐渐隐退

　　我把它送给了自己，静静地在口中玩味。它随即
破碎了，水泥在牙间格格作响。然后我沉默了。

　　纸也要节约，并把它藏好。谁被发现挟带字纸，
就要关禁闭：禁闭室是一个混凝土做的井穴，要走
十一级台阶到地下，非常窄，人在里面只能站着。
四处是粪便的臭味和蚊虫。上面由一个铁栅锁死了。

　　晚上回家的时候，我经常拖着慢吞吞的脚步对自
己说：水泥变得越来越少，它会自动消失。我也是
水泥做的，也会变得越来越小。为什么我就不能消
失呢？

石灰妇女

在工地上的八个班中，有一班是由石灰妇女组成的。她们先要把装着石灰石的马车从马厩旁一个很陡的斜坡拉上去，然后再把它拉下去，拉到工地边的熟石灰池。马车是一个巨大的梯形木箱。车辕两边各拴五名妇女，肩和腰上都绑着皮带。有一个看守在一旁监督。由于拉的时候很费劲，女人们都泪眼浮肿，嘴唇半张着。

特鲁迪·佩利坎就是这些石灰妇女中的一个。

如果雨水已数周不再光顾荒原，熟石灰池周围的烂泥也已像皮草花一样干枯时，烂泥苍蝇就会让人不胜其烦。特鲁迪·佩利坎说它们可以闻到人眼里的盐味和嘴里的甜味。身体越是虚弱，眼睛就流泪得越厉害，唾液也会变得越甜。特鲁迪·佩利坎被拴在车的最后面，她太虚弱了，在前面根本不行。烂泥苍蝇不再落在眼角，而是落到瞳孔上，不再落在唇边，而是飞进嘴里。特鲁迪·佩利坎脚步踉跄起来。她摔倒的时候，车轮碾过她的脚趾。

鱼龙混杂的一群人

特鲁迪·佩利坎和我——雷奥帕德·奥伯克——是赫尔曼城来的。上牲口车厢之前，我们并不认识。阿图尔·普里库利奇和贝娅特里斯·查克尔，就是图尔和贝娅，他们打小就认识，都来自喀尔巴阡-乌克兰，一个三国交界处名叫陆基的山村。理发师奥斯瓦尔德·恩耶特来自拉克耶夫[1]，也是那片的。另外来自三国交界处的还有手风琴师康拉德·凡恩，来自小城苏霍洛[2]。跟我一起跑车的同伴卡尔利·哈尔门来自克兰贝契科黑克[3]，后来和我一起在矿渣地窖干活的阿尔伯特·吉翁是阿拉德[4]人。手上长着像丝一般小绒毛的莎拉·考恩慈来自沃尔姆洛赫[5]，另一位食指上长着小肉痣，叫莎拉·旺特施奈

1　乌克兰西部外喀尔巴阡州城市。
2　离陆基不远的小城镇，中间有森林火车相连。
3　罗马尼亚巴纳特地区的一个小镇，1786 年迁移来第一批德国人。
4　罗马尼亚城市，阿拉德县首府。
5　罗马尼亚锡比乌地区的一个村庄。

德，来自卡斯滕霍尔茨[1]。来劳动营之前，她们并不相
识，但长得像姐妹一样。在劳动营我们就管她们叫
策莉[2]姐妹。伊尔玛·普费佛来自小城德塔[3]，聋哑人
米茨，全名安娜玛丽·伯克，来自梅迪亚什[4]。律师
保罗·加斯特和妻子海德伦·加斯特是上威绍[5]人。
鼓手科瓦契·安彤来自巴纳特[6]的山区小城卡兰塞贝
什[7]。卡特琳娜·塞德尔，我们都叫她巡夜人卡蒂，
来自巴克瓦[8]。她是个弱智儿，整整五年都不知道自
己身处何方。因石煤烧酒过量而致死的机械师彼
得·施尔来自柏加霍施[9]。"唱歌的萝妮"，伊萝娜·米
悉是卢戈日[10]人。裁缝霍易施先生来自顾滕布伦[11]，如
此等等。

我们都是德国人，都是从家里被带走的。除了科
琳娜·玛尔库，她来劳动营时，头顶着像酒瓶一样

1　罗马尼亚特兰西瓦尼亚的一个地区，行政上属于罗西亚地区管辖。
2　策莉（Zirri）在特兰西瓦尼亚德语方言中即指莎拉（Sarah）。
3　罗马尼亚巴纳特地区的城市。
4　罗马尼亚锡比乌地区的城市，是罗马尼亚中部的交通枢纽。
5　罗马尼亚北部马拉穆列什县的小镇。
6　中欧一个历史悠久的地区，现在跨罗马尼亚、塞尔维亚和匈牙利三国。
7　罗马尼亚西南部巴纳特地区卡拉什－塞维林县的小城。
8　巴纳特地区罗马尼亚部分的一个村庄，为蒂米什县布济亚什镇所辖。
9　罗马尼亚蒂米什县的村庄。
10　罗马尼亚巴纳特地区蒂米什县的小城。
11　罗马尼亚巴纳特地区阿拉德县的小镇。

的卷发，身穿皮大衣，脚蹬漆皮鞋，丝绒长裙上还别着一枚猫型胸针。她是罗马尼亚人，夜里在布泽乌的火车站被押运我们的士兵抓了，塞进了牲口车厢。可能是我们旅途中有人死了，用她来顶名单上的缺。来这里的第三年，她在给一个铁路段铲雪时冻死了。另外还有大卫·洛玛，他是犹太人，因为会弹奏齐特琴，大伙都叫他齐特－洛玛。他的裁缝铺被没收了，所以做了个游方裁缝，出入于上流社会人家。他不明白怎么会作为德国人上了俄国人的名单。他老家在布科维纳[1]地区的多罗霍伊城[2]。父母、妻子以及四个孩子为了躲避德国人逃难去了，他不知道他们去了哪里，他们也早在他流放到此之前，就和他断了音讯。他被带走的时候，正在格罗斯泊特[3]给一位军官夫人缝制羊毛套装。

我们都没参过战，但对俄国人来说，作为德国人就该对希特勒所犯下的罪行负责，包括齐特－洛玛在内。他在劳动营待了三年半。一天早晨，工地前停了辆黑色轿车，两个头戴着优雅的卡拉库尔羊

1　中欧地区的一个历史悠久的地域，南部属于罗马尼亚。
2　罗马尼亚最东北部的城市。
3　罗马尼亚锡比乌地区的一个地方。

毛帽的陌生人下车和工头说了几句，然后就带齐特 – 洛玛上了车。从那天起，工棚里齐特 – 洛玛的床就一直空着。他的箱子和齐特琴可能被贝娅·查克尔和图尔·普里库利奇拿到集市上卖掉了。

听贝娅·查克尔说，戴着优雅的卡拉库尔羊毛帽的人是来自基辅的高官。他们把齐特 – 洛玛带到敖德萨市[1]，再从那儿送他上船，回了罗马尼亚。

理发师奥斯瓦尔德·恩耶特是图尔·普里库利奇的老乡，所以有胆子问他：为什么去敖德萨呢？图尔说：这里不是洛玛待的地方，从敖德萨他可以想去哪里，就去哪里。我没对图尔，而是对理发师说：他会想去哪儿呢？家里都没人了。图尔·普里库利奇正屏住呼吸，不让自己摇晃。理发师用一把生锈的剪刀给他剪鼻毛。等第二个鼻孔也弄妥了之后，他把那些蚂蚁一样的碎毛屑从下巴上刷下来，并半转身背对着镜子，这样图尔就看不见他在对我使眼色了。你还满意吗？他问。图尔说：鼻子还行。外面院子里的雨已住了。大门口那儿，装着面包的手推车正穿过水洼，喤啷作响。每天都是同一个男人，

1　乌克兰最重要的黑海港口城市。

推着装满了盒式面包的车，经由劳动营的大门到食堂的后院。面包被一块白色床单覆盖着，像一堆尸体。我问这个送面包的人是什么军衔。理发师说，什么军衔都没有，那套制服大概是什么人传给他的，或是他偷的。拥有这么多面包，置身于这么多饥饿之中，他需要制服来赢得别人的尊重。

推车有两个高高的木轮和两个长手柄。它像是老家磨剪子的师傅们走街串巷时推的车。整整一个夏季，他们会辗转于各地。送面包的人只要离开推车一步，就会一瘸一拐的。理发师说，他的一条腿是木头做的假肢，是用铲柄钉在一起而成的。我羡慕这个送面包的，他虽然少了一条腿，却有许多面包。理发师也目送着面包车，他只体会过半饥饿的状态，说不定间或还会跟送面包的人做点交易。就连腹中饱足的图尔·普里库利奇也会目送着他，也许是在监视他，也许只是漫不经心地看看。我也不知道为什么，但总觉得理发师想转移图尔·普里库利奇对面包车的注意。不然的话我没法解释，怎么会我刚坐到椅子上，他就说：我们劳动营里真是鱼龙混杂呀，什么地方的人都有，就像是住旅店，会暂时一起住上那么一段时间。

那时我们还在工地上干活。像"鱼龙混杂""旅店""暂时"这些词和我们有什么关系啊？理发师并不是劳动营负责人一伙的，但却享有特权。他可以在理发室里住和睡。我们住在工棚，成天和水泥打交道，脑子里已经连一个笑话都没有了。白天，奥斯瓦尔德·恩耶特也没法独享理发室，我们都在那里出出进进。不管有多么惨不忍睹，他都要给我们理发剃须。有些男人照镜子时哭了。月复一月，他看着我们进出他的门，变得越来越形容枯槁。整整五年他都清楚地知道，谁还会再来，虽然已经瘦得一半是蜡做的了。他也清楚地知道，谁再也不会来了，因为干活太累了，思乡成疾，或是已经死了。我可不愿意忍受他所看到的一切。但另一方面，奥斯瓦尔德·恩耶特不用忍受工作大队和那该死的水泥日子，也不用在地下室值夜班。他被我们的憔悴所包围，但却没有彻头彻尾地被水泥所欺骗。他必须要安慰我们，我们也在充分利用他，因为我们别无选择。因为我们饿坏了，思乡成疾，脱离了时间，也脱离了自己，跟世界不再有任何关系。应该说，这世界不再和我们有任何关系。

当时我从椅子上跳起来吼道，我跟他不一样，我没有什么旅店，只有水泥袋。然后我踹了凳子一脚，差点踹翻了。我接着说：您在这里是旅店老板，恩耶特先生，我不是。

雷奥你坐下，他说，我想我们是以"你"相称的。你弄错了，老板的名字叫图尔·普里库利奇。图尔从嘴角伸出粉红的舌头点点头。他傻透了，还觉得自己是受了恭维，对着镜了梳梳头发，吹了吹梳子。他把梳子放到桌上，剪刀放到梳子上，然后又把剪刀放到梳子旁边，梳子再放到剪刀上，接着就走了。图尔·普里库利奇到外面之后，奥斯瓦尔德·恩耶特说：看到了吗，他才是老板，管着我们，不是我。你还是坐下吧。搬水泥的时候你可以一声不吭，我却得跟每个人都说点什么。你该感到高兴才是，你还知道旅店是什么。对大部分人来说，他们所熟知的一切早就变了样了。是啊，一切都变了，除了劳动营，我说。

那天我再也没有坐回去，固执地走开了。那时我还不愿意承认，我其实和图尔·普里库利奇一样虚荣。恩耶特跟我讲和的态度其实没有必要，却让我很受用。他越是求我，我走得就越坚决，胡子都可以不剃。脸上的胡子茬儿让水泥变得更加无法忍受。四天以后我又去了他那儿，坐在凳子上，好像什么都没发生过一样。工地的活儿把我累坏了，他那句关于旅店的话我都无所谓了。理发师也再没提这茬儿。

几星期之后，一次，送面包的人把空车拉出劳动营大门时，我又想起了"旅店"这个词。我突然喜欢起它来，并不厌其烦地用着。我刚卸完水泥，下了夜班，像牛犊一样缓步踱过清晨的空气，工棚里还睡着三个人。我就那样脏兮兮地躺到床上对自己说：在这里住店的人都不需要钥匙。没有服务台，开放式住宿，就像在瑞典一样。我的工棚和箱子总是对外开放的。值钱的东西是盐和糖。枕头下面是干了的、从我牙缝里省下来的面包。它太宝贵了，自己都会看好自己。我是瑞典的一只牛犊，每次回到旅店房间时，牛犊做的都是同一件事：它先要看看枕头下的面包还在不在。

这半个夏季我都在搬水泥，是瑞典的一只牛犊，下了白班或夜班之后，脑子里就在转悠旅店的事。有时我禁不住偷偷乐，有时这旅店会可怕地自己、确切地说是在我心里轰然坍塌，泪水直涌上来。我想要振作起来，但我已经不认识自己了。这该死的词"旅店"！整整五年我们都紧紧挨着生活在一起，像在集合点名。

木头和棉花

鞋子分两种：橡皮套鞋是一种奢侈。木鞋是一种灾难，只有鞋底是木头的，一块两指厚的木板。鞋面是灰麻袋布做的，周边围有一圈细细的皮带子。布面就是沿着这条皮带用钉子钉到鞋帮上的。对钉子而言，麻袋布太不结实了，总是破，首先就是在鞋跟的地方。木鞋是高帮的，有系鞋带用的小孔，但鞋带是没有的。我们把细铁丝穿过去，在末端旋紧扭死。过不了几天小孔周围的布也就全破了。

穿木鞋没法屈脚趾。我们没法把脚从地面抬起来，只能拖着腿。老是拖着走路，膝盖都变得僵直。如果鞋底开裂的话，我们就轻松多了，脚趾会自由一些，也可以更好地弯膝盖。

木鞋不分左右脚，只有三种尺码：极小的、超大的和极少有的中等的。我们都是去洗衣房，在一大堆带帆布的木头中找出两只大小一样的鞋来。贝娅·查克尔是图尔·普里库利奇的情人，也是我们的服装总管。她会帮有的人翻出两只钉得不错的鞋子。有的人去时，她腰都懒得弯，只是把她的凳子移得离鞋近一些，守候在旁，以防有人偷东西。她自己穿着质量好的低帮皮鞋，天寒地冻的时候，会穿上皮毛靴子。要走脏的地方时，她会在外面再套上一双橡皮套鞋。

按照劳动营负责人的计划，一双木鞋要穿半年。但三四天之后鞋跟附近的布就全破了。每个人都想办法，通过交易去搞额外的橡胶雨鞋。它韧性好，又轻巧，比脚要宽一巴掌，里面足够穿上几层裹脚布，袜子我们是不穿的。为了防止走路时脚从雨鞋里滑出来，我们从脚底绕上来一节铁丝，在脚背处扭紧。脚背上铁丝打结处最敏感，脚总是在这个地方被磨破。伤口处会长出第一个冻疮。整整一个冬季，不管是木鞋也好，雨鞋也好，都会和裹脚布冻到一起，裹脚布又会和皮肤冻到一起。橡胶雨鞋虽然穿着比木鞋还要冷，但能穿好几个月。

劳动营服，就是我们囚犯穿的制服，每隔半年发一次。它就是我们的工作服，除此之外没有别的服装。男女装也没有区别。除了木鞋和橡皮套鞋之外，属于工作行头的还有内衣、棉制服、工作手套、裹脚布、床上用品、毛巾和从一长条肥皂上砍下来的一段，带着一股浓重的钠味，擦在皮肤上会有灼烧感，最好不要碰到伤口。

内衣裤是没经过漂洗的亚麻做的：一条长棉毛裤，在脚踝和肚子前面可以系带子；一条带系带的短内裤，一件带系带的内衣，所有这一切就组成了我们上半身、下半身、白天、夜晚、夏季和冬季的服装。

棉制服俄语叫普佛爱卡，做工像踏花被，有隆起的长条。普佛爱卡的裤子腹部有 V 字形的裁剪，适合肚子胖的人穿，脚踝处收口，有系带。只有前面肚子那儿有一颗纽扣，左右各一个裤口袋。普佛爱卡的上衣形状像麻袋，带立领，俄语叫鲁巴士卡领（Rubaschka），袖口有粒扣子，衣服前面有排纽扣，两边各缝一个四方形的口袋。男女头上戴的都是普佛爱卡帽，护耳可以翻下来系上带子。

普佛爱卡是灰蓝色或灰绿色，那要看染色的结果。反正干了一个星期活儿之后，制服脏得都硬了，清一色的棕色。普佛爱卡是个好东西。干燥的冬天，外面霜冻闪闪发亮，呼出的气都会在脸上结冰，它就是最暖和的衣服。炎炎夏日，普佛爱卡又宽松，又透气，而且还吸汗。天气潮湿的时候，它却成了一种折磨。棉花吸饱了雨和雪，几个星期都是潮潮的。我们冻得牙齿直打战，到了晚上都冷透了。工棚里，六十八张床、六十八个囚犯、六十八套棉制服、六十八顶帽子、六十八对裹脚布和六十八双鞋所产生的浑浊空气在蒸发。我们清醒地躺在那儿，看着昏黄的灯光，好像里面有冰雪在融化，好像和它一起融化的，还有我们用森林的泥土和腐叶盖住的大小便的臭气。

激动人心的年代

干完活之后，我没有回劳动营，而是到俄国人的村落去兜售。乌尼威马格[1]的店门开着，里面没顾客。女营业员正俯身对着柜台上的一面剃须镜，捉头上的虱子。剃须镜旁是留声机，放着"踏踏踏踏"的乐曲。这曲子我在家里的收音机里听过，是贝多芬的，用来给战时特别报道配乐。

早在一九三六年，为了收听柏林奥运会，我父亲买了一台带绿色猫眼的蓝点牌收音机。为了这激动人心的年代，他说。蓝点买得很值，往后的年代就更激动人心了。那是三年之后九月上旬的一天，又到了在阳台的荫凉中享用清凉的黄瓜色拉的时候。蓝点就放在角落的小桌上，一旁的墙上挂着一幅大的欧洲地图。蓝点里传来"踏踏踏踏"的乐声，特别报道。父亲倾斜了凳子，伸手够到了收音机的旋

1　此为该商店的俄语 Univermag 的音译。

钮，把音量调大。所有人都停下来不说话了，也没了餐具丁零咣啷的声音。连风儿也透过阳台的窗户驻足细听。九月一日开始的这件事，我父亲管它叫作闪电战。母亲叫它远征波兰。我祖父曾当过船上的帮工，并从普拉[1]出发，做过环球航海旅行，他是个怀疑论者。他一直感兴趣的是，英国人会怎么看待这件事。至于波兰吗，他宁愿不发表意见，而是再多吃一勺黄瓜色拉。我祖母说，吃饭是家事，和收音机里的政治不相干。

父亲是图画老师，在蓝点旁的烟灰缸里，他给彩色大头针上安装了三角形的胜利小红旗。接下来的十八天里，在地图上，小红旗一直朝东延伸。然后祖父说，波兰完了。小红旗用完了，夏天也结束了。祖母把欧洲地图和大头针上的小红旗扯了下来，又把大头针理好放回了她的针线盒。蓝点移到了父母的卧室。虽然隔着三堵墙，每天一大早，我就能听到慕尼黑广播电台的起床号。那档节目名叫早操，父母按照蓝点里体操教练的口令做体操，地板也随之有节奏地震动起来。我则被父母送去参加私人的

---

1 普拉（克罗地亚语：Pula）位于克罗地亚伊斯特拉半岛的南端，是该半岛上最大的城市。

体操训练课，一周一次，是给残疾人练的康复体操，因为我那时又矮又胖，父母认为我应该像个军人些。

昨天，一位军官专程从外地赶来。他戴着顶绿色的帽子，大如蛋糕盘，在集合点名的操场上给我们做了讲话。这是一篇关于和平和"脚文化"[1]的讲话。图尔·普里库利奇不敢打断他，恭顺地立在边上，像牧师做弥撒时的辅童。之后他把内容总结了一番：脚文化强健我们的心灵。在我们的心房里跳动着社会主义苏维埃共和国的心。脚文化让工人阶级坚强如钢。通过脚文化，苏维埃为着共产党的力量、为着人民的幸福和和平，变得繁荣昌盛。手风琴师康拉德·凡恩是图尔·普里库利奇的老乡，他告诉我说，俄语里的字母Y是要写成U的。所以指的不是什么"脚文化"[2]，而应是"体力文化"[3]和它的力量，就是西里尔文[4]的"体操文化"。这个军官肯定是在哪里错学了这个词，而图尔又不敢去纠正他。

在残疾人康复体操和学校举办的"民族星期四"

---

1 此处德语为 Fusskultur。
2 此处德语为 fusische Kultur。
3 此处德语为 Physische Kultur。
4 西里尔文又叫斯拉夫字母，俄罗斯以及苏联的大部分加盟共和国（格鲁吉亚除外）、东欧原社会主义国家的一部分（比如保加利亚）、现在的蒙古国以及中国的俄罗斯族的语言都使用这种文字来表示。

活动中，我接触过"脚文化"这个概念。作为中学生，每逢星期四，我们都必须列队参加晚上的聚会，并在学校的院子里接受训练：卧倒、起立、爬栅栏、蹲下、卧倒、屈肘、起立。向左转、向右转、齐步走、唱歌。关于沃坦神[1]的、维京人[2]的，总之是日耳曼的谣曲。周六和周日我们会排好纵队行军出城。在山丘的灌木丛中，我们练习头戴树枝作为掩护，学猫狗叫来联系定位，并在胳膊上绑上红、蓝棉线，玩战争游戏。谁能把敌人的棉线扯下来，就相当于把他杀死了。谁手里的棉线最多，我们就会用血红的野蔷薇果实把他打扮成英雄。

有一次我干脆就没去参加"民族星期四"活动。说是干脆没去，其实还是事出有因。前一天夜里发生了大地震。布加勒斯特有一幢租住楼塌了，许多人被埋了。我们市里只倒了烟囱，我们家只有两根烤箱管子掉在了地上。我就以这个为借口没去参加活动。体操教练什么也没问，但残疾人体操训练已经开始在我的脑子里起作用了。我觉得自己这样不

1　即日耳曼诸神之王奥丁（Odin）。

2　即北欧海盗，他们从公元 8 世纪到 11 世纪一直侵扰欧洲沿海和英国岛屿，其足迹遍及从欧洲大陆至北极广阔疆域，欧洲这一时期被称为"维京时期"。

听话，就证明自己真是个残疾人。

在那段激动人心的日子里，父亲拍了很多张身穿萨克森民族服装的姑娘和女体操运动员的照片。为此，他甚至买了一部徕卡照相机。而且，他养成了周日打猎的习惯。每个星期一，他给猎获的兔子剥皮，我就在一边观看。那些兔子给剥得光溜溜的，颜色发青，身体僵硬，伸得老长，和正在杠边做动作的萨克森女体操运动员有几分相似。兔肉被我们吃了，兔皮就钉到工具棚的墙上，晒干之后收到阁楼的一个铁盒子里。每隔半年弗兰卡先生就会来收一次。后来他再没来过。人们也不愿多打听。他是犹太人，黄中带红的头发，身材高大，苗条得简直像只兔子。我们下面院子里住的矮个子费尔第·赖希和他的母亲也不见了。人们也不愿意多打听。

什么都不知道是让人轻松的。从比萨拉比亚[1]和德涅斯特河沿岸地区来了难民，他们安顿下来，待了一段时间，然后又离开了。从帝国来了德国士兵，他们安顿下来，待了一段时间，然后又开拔了。邻居、亲戚和老师们参战去了，不是投奔了罗马尼亚

<hr>

1 旧地区名。是指德涅斯特河、普鲁特河—多瑙河和黑海形成的三角地带。

的法西斯，就是投奔了希特勒。有的人从前线回来度假，有的人没有。有的人逃避了上前线，却在家乡搞煽动，穿着军装出入舞会和咖啡馆。

就连自然老师也穿着长靴和军装，向我们解释金色的欧洲杓兰是苔原植物。雪绒花也是。它不仅仅是一种植物了，而是一种时尚。所有人都佩戴着徽章和别针作为护身符，上面印有不同型号的飞机、坦克和各类武器，或是雪绒花和龙胆图案。我收集徽章，跟别人交换，对军衔等级烂熟于胸。我最喜欢的徽章是三等和一等兵。我觉得，二等兵都是嫖客，三等和一等才是情人。因为我们家里就安置了一位帝国来的一等兵，名叫迪特里希。我母亲在工具棚顶上晒日光浴，迪特里希就拿着望远镜从小天窗里偷窥。我父亲则从阳台上盯着他，把他拖到院子里，在棚屋旁院子里的石板地上，用锤子把望远镜砸了个稀巴烂。母亲收拾了一小袋衣服，到费妮姑姑家住了两天。早在这事发生前的一个星期，迪特里希送了两只摩卡咖啡杯给母亲做生日礼物。这是我的错，是我告诉他，母亲在收集摩卡咖啡杯，并且和他一道去了瓷器店。我向他推荐了两个小杯子，知道母亲一定会喜欢。它们粉中透白，像最上等的软骨的颜色，镶着银边，杯柄上面也点缀着一点银。我其次喜欢胶木做的徽章，上面印着一朵带磷光的雪绒花，夜里，它会像闹钟一样闪闪发亮。

自然老师参战之后就再也没回来。拉丁语老师从前线回来度假，来学校看我们。他坐在讲台前，上了一节拉丁语课。课很快就结束了，跟他预计的完全不一样。有一位常被野蔷薇果实打扮成英雄的学生一开始就说：老师，您给我们讲讲前线吧。老师咬了咬嘴唇，说：不像你们想的那样。接着，他脸上表情变得僵硬起来，双手发抖，这种情形我们从未见过。不像你们想的那样，他重复道。然后，他把头伏到桌上，双臂像是破布娃娃的，从椅子上垂了下来，他哭了。

俄国人的村子很小。我们要去兜售的话，不希望碰到其他从劳动营来兜售的人。所有人兜售的都是煤。真是乞丐的话，会把手藏起来的。我们把煤包在破布里抱着，像是抱着一个熟睡的孩子。我们上前敲门，要是开了的话，就稍稍掀开破布给人看。从五月到九月，兜售煤的生意都不大好。但我们只有煤。

在一家花园里，我看到了矮牵牛花，以及一整玻璃柜镶银边的小茶杯，粉中透着白。我继续往前走，一边念着"摩卡咖啡杯"[1]，一边数着共有几个字母：十个。接着我数了十步，紧接着为那两只杯子数了二十步。等我停步时，却看不见有房子。在家里，母亲在玻璃柜里摆了十只摩卡咖啡杯，我就为它们数了一百步，过了三幢房子，到了一家没有牵牛花的花园，我敲了第一扇门。

---

[1] 此处德语为 MOKKATASSE。

关于坐车

坐车总是一种幸福。

第一：只要在坐车，就还没到目的地。只要没到目的地，就不用干活。坐车是休息。

第二：坐车时，你就到了一个根本没人管的地带。一棵树总不会对你吼叫，对你施拳脚。当然，树下有可能发生这种事，但这不是树的错。

我们来到劳动营时，所能找到的唯一的线索就是 NOWO-GORLOWKA 这几个字母。也许这是劳动营的名字，也许是一个城市、甚至整个地区的名字。这不会是工厂的名字，工厂叫 KOKSOCHIM-SAWOD。劳动营大院的水龙头边有个铸铁井盖，上面有西里尔文的字母。我用学校里学的希腊语拼出了 DNJEPROPETROWSK 这个词。也许这是附近一个城市的名字，也许只是在俄国另一头某个铸铁厂的名字。一出劳动营，就见不到任何字母了，只有广袤的荒原和村落。也因为这个，坐车是种幸福。

每天早晨在劳动营后面的车库里，负责运输的人被分配到各辆车上，一般是两人一组。卡尔利·哈尔门和我被分配到一辆载重四吨的蓝旗亚车，是三十年代的车型。车库里一共五辆车，各有什么优缺点，我们都很了解。蓝旗亚不错，不是很高，全铁皮的，不带一点木头。比较糟糕是曼集团生产的五吨载重车，车轮齐胸高。这辆车况较好的蓝旗亚车有个歪嘴司机，叫柯贝里安。他人很好。

只要柯贝里安一说 KIRPITSCH，我们就明白，今天是要穿过无边的荒原去装红窑砖。夜里下过雨的话，洼地里可以看到烧焦了的汽车和坦克残骸的倒影。土狗在车轮前四散奔逃。卡尔利·哈尔门和柯贝里安坐在驾驶室。我宁愿站在后面的车厢里，紧紧扶住驾驶室的顶部。远远地可以看到一幢七层高的红砖居民楼，空空的窗洞，没有屋顶。它孤独地耸立在这个地区，像半座废墟，却极其现代。也许这是一片新建住宅区的第一栋楼，却突然有一天被叫停了。也许在封顶之前正赶上了战争。

乡间道路崎岖不平，蓝旗亚丁零哐啷地响着，驶过零零散散的院落。有的院子里长着齐腰高的荨麻，里面竖着铁床架，一些白色的母鸡蹲在上面，瘦得像扯碎的薄云。我祖母曾说过，荨麻只长在有人住的地方，牛蒡只长在有绵羊的地方。

院子里从来见不到人。我特别想看见人，不在劳动营生活的人，有家，有篱笆，有院子，有带地毯的房间，甚至有敲打地毯的掸子。我觉得，哪里有人给地毯拍打灰尘，那里的和平该是可靠的，那里的生活该是正常的，那里的人可以平静地生活。

第一次和柯贝里安出车时，在一家院子里，我看到个挂地毯用的长杆。它有个转轮，在给地毯拍打灰尘时，可以来回扯动它。长杆旁放着一个白色的搪瓷大水罐，修长的壶嘴和厚重的壶身像天鹅一样，漂亮极了。后来每次出车，我都会在荒原空旷的风中找寻，却再也没有见过挂地毯的长杆，也没有见过天鹅。

穿过了这些郊区的院落，就看到一座小城，有许多赭黄色的房屋，灰泥已经剥落了，铁皮屋顶也锈迹斑斑。在沥青的残余之中隐约可见电车轨道。轨道上不时有马拉着从面包厂出来的两轮车。所有的车都盖着白床单，就像劳动营里的手推车。但这些饿得半死的马常让我感到疑惑，究竟床单下面盖的是面包呢，还是饿死的人。

柯贝里安说，这城市名叫诺沃－果罗卡[1]。我问：这座城和劳动营名字是一样的吗？他说：不，劳动营和这座城的名字一样。路牌无处可见。开车来这里的人，像驾驶蓝旗亚的柯贝里安，是知道这个地方的名字的。像卡尔利·哈尔门和我这样人生地不熟的，才会问路。谁没人可问的话，也找不到这里来，这儿就不是他该来的地方。

取窑砖的地方在城市后面。要是两人一组，并把兰西亚开到离砖很近的地方，装车要一个半小时。我们一次搬四块砖，并排压在一起，像手风琴一样。三块太少，五块又太多。一次五块也搬得动，但中间那块会滑下来，需要有第三只手才抓得住。我们把砖密密麻麻并排码在车厢里，约三至四层高。窑砖回音清脆，每一块响声都略有不同。红色的粉尘千篇一律，会粘在衣服上，不过是干燥的。窑砖的粉尘没有水泥粉尘那么缠人，也没有焦煤粉尘那么油腻。它让我想起红色的甜椒，虽然它什么味儿也没有。

回程的路上，兰西亚不再叮当作响，它装得实在

1　俄语为 Nowo-Gorlowka，在今乌克兰境内，是古拉格体系中的一座以严酷出名的劳动营。

是太重了。我们再次穿过小城诺沃－果罗卡，越过电车轨道，再次从那些郊区的院落旁驶过，驶上了荒原那一片片云彩下面的公路，一直到劳动营，再穿过营区，把砖运到工地上。

卸砖比装砖要快。虽然也要码砖，但不用太仔细，因为常常第二天它们就会被送到脚手架上的泥瓦工手里。

这样装砖、卸砖，加上往返路程，我们一天可以跑两趟。然后就到黄昏了。有时，柯贝里安还会一声不吭地再出一趟车。卡尔利和我都知道这是趟私活。我们只需装一层砖，铺满半个车厢就够了。回程的路上，我们在那幢七层高的楼房废墟后转了个弯，来到一片洼地。那里，房舍四周长着一排排白杨树。这时分，云彩也被晚霞映成了砖红色。我们在篱笆和木屋之间穿行，驶入了柯贝里安家的院子。车猛地一下停住，我已站在一棵光秃秃的果树的枝桠之中，也许它已枯萎，满树都是皱巴巴的小球，那是去年或者前年夏天结的果实。卡尔利也爬到上面来。最后一束日光将果实悬垂于我们面前。柯贝里安让我们在卸车前先摘些吃。

果实干得像木头，要含在嘴里吸吮，才会有些酸樱桃的味道。反复咀嚼的话，果核会在舌头上变得光润而温热。对我们而言，这夜晚的酸樱桃是种幸福，但会让人更感饥饿。

回程的路上，夜黑如墨。晚些回营是件好事。集合点名过了，晚饭早已开始。锅里上面那层薄薄的汤已舀给了别人。更有希望分到下面浓稠的汤汁。

但太晚回营就糟糕了。汤已经没有了。只有虱子陪你度过腹内空空的漫漫长夜。

关于严厉的人

贝娅·查克尔在井边洗了手，沿着营地的林荫道走过来，在一张扶手长椅上挨着我坐下来。她眼波流转一瞥，微微有些斜视的感觉。其实她并不斜视，只是在顾盼之间加进了某种迟疑，因为她知道，这样显得与众不同，与众不同得让我浑身不自在。她打开了话匣子，说得像图尔·普里库利奇一样快，只不过没他那么武断。她流转的目光投向了工厂的方向，注视着冷却塔上升腾起的云雾，讲起三国交界处的山脉，那是乌克兰、比萨拉比亚和斯洛伐克接壤的地方。

她细数着家乡的山峰，下塔特拉山[1]，贝斯基德山[2]，它们都汇入东喀尔巴阡山北部，蒂萨河[3]的上游。

1　全在斯洛伐克境内，东西长约 104 公里，宽 30 公里，最高峰琼别尔峰，海拔 2043 米。
2　西喀尔巴阡山的一部分，系波兰南部以及波兰与捷克、斯洛伐克边境上一系列山岳的统称。
3　多瑙河中游左岸支流。源出于乌克兰西南部东喀尔巴阡山，纵贯匈牙利东部，在塞尔维亚首都贝尔格莱德西北约 42 公里处汇入多瑙河。

我住的村子叫陆基，她说，是科希策[1]附近一个偏僻而贫穷的村落。那里的山从上面俯视我们，看穿了我们的脑袋，直到我们死去。留在那儿的人变得抑郁消沉，许多人都远走高飞。我也因此去了布拉格念音乐学院。

大冷却塔就像个威严的中年妇人。它腰间围着深色的木板保护层，像束身胸衣。由于束得太紧，无论白天黑夜，妇人嘴里都吐着白色的云雾。这些云雾也像贝娅·查克尔家乡的山民一样远走高飞。

我跟贝娅说起特兰西瓦尼亚的山，那里依然是喀尔巴阡山脉，我说。只不过我们那儿山里有又圆又深的湖泊。人们都说那是海的眼睛，湖底深得和黑海相连。你看着山间湖泊的时候，脚踩着山，而眼睛看着海。我祖父说，在地底下，喀尔巴阡山脉怀里抱着黑海。

接着贝娅聊起了图尔·普里库利奇。他是她童年的一部分。他和她是一个村的，住在同一条街上，甚至在学校坐同一张条凳。和图尔玩游戏时，她老得演马，图尔则驾着马。她摔了一跤，后来才发现，

1　斯洛伐克东部城市，靠近匈牙利边界。

脚都骨折了。图尔用鞭子赶着她，说她是不愿再演马了才装痛。街道很陡，她说，跟图尔一起玩的时候，他总是个施虐狂。然后我讲起蜈蚣游戏。小孩子们分成两组，演两条蜈蚣。一条必须将另一条扯过粉笔线，拉到自己的领地来，因为想吃掉它。组成每一条蜈蚣的孩子们都要抱着前面人的腰，用尽全力去拉。人都快给扯碎了，我的髋关节挤伤了，肩膀也脱了臼。

我不是马，你也不是蜈蚣，贝娅说。如果人演什么，自己就是什么，那么他会吃苦头的，这就像是条法则。即使你搬到了布拉格，也是逃不过这条法则的。来到劳动营也不行，我说。是啊，因为图尔也一起来了，贝娅回答道。他也去念了大学，想当传教士，没当成。但他留在了布拉格，转行做起了生意。你知道吗，小村庄的法则是严厉的，就连布拉格的法则也同样严厉，贝娅说，所以我们无法逃脱。它们是由严厉的人制定的。

接着她又在游移的目光中加入了某种迟疑，说道：

我爱严厉的人。

是爱某一个严厉的人吧，我心里想，忍住了没说出口，因为她就靠这种严厉生活，并且与我不同，她从她那位严厉的人那儿谋了一个好差事，在工作服发放室。她抱怨着图尔·普里库利奇，希望属于我们这些人，却又想过图尔过的生活。她说得很快的时候，有时几乎都能消除她与我们之间的区别了。不过就要成功时，她又溜回了自己的安全地带。也许正是因为这份安全感，她的眼睛才会在目光游移时变得狭长。也许和我说话时，她的优越感让她觉得不自在。她说得很多，因为除了那位严厉的人之外，她还想要一点点不为他所知的自由。也许她不过是要引我出洞，然后再向他汇报跟我们说的一切。

贝娅，我说，我童年的歌谣是这样唱的：

太阳高悬面纱之中

黄色玉米

没时间了

因为我童年里最强烈的气味就是发芽的玉米粒散发出的腐臭气。休长假时，我们在去文奇山待了八周。度完假回到家，玉米已在院子里的沙堆上发芽了。把它从沙子里扯出来的话，就可以看到白色的根须，以及旁边挂着的又臭又黄的老玉米粒。

贝娅重复道：黄色玉米，没时间了。然后嗫着手指说：人会长大，这多好啊。

贝娅·查克尔比我高半个头。她的辫子绕头盘着，像条胳膊般粗的丝带。她的头显得如此高傲，也许不仅仅是因为在工作服发放室上班的缘故，还因为她必须顶着这么重的头发。很可能她自小就顶着这么重的头发，这样，在那偏远穷苦的村子里，山峰就不会从上面俯视，看穿她的脑袋，直到她死去。

不过在劳动营里她死不了。图尔·普里库利奇会关照的。

对伊尔玛·普费佛来说，幸运太多了那么一点点

十月底，雨里面夹着雪籽。守卫和监工分配给我们每日的工作量之后，就马上回到了营地他们温暖的办公室里。工地上开始了静寂的一天，不用害怕那些呼来喝去的叫喊声。

不过伊尔玛·普费佛正是在这静寂的一天发出了叫喊。我们听不太清楚，也许喊的是"救命！救命！"，也许是"我再也受不了了！"。我们拿着铲子和木条朝砂浆池奔了过去，还不够快，工头已经站在那儿了。我们必须放下手中的一切。Ruki na sad，意思是把手放到背后，工头手中高举着铲子，逼着我们对石灰池中发生的一切袖手旁观。

伊尔玛·普费佛脸朝下趴在那里，砂浆冒着泡，先是吞噬了她的双臂，然后这灰色的毯子又移上去盖住了她的腘窝。它带着起褶子的镶边等待着，也许有永远那么久，也许只有几秒钟。接着一下子覆盖住了她的腰。这浓汤在头部和帽子之间摇晃着。

头沉下去，帽子浮了起来。帽子的护耳张开着，慢慢地漂到池边，像一只展翅的鸽子。她的后脑勺是剃光的，虱子咬的地方已结了痂，现在露在外面，像半只甜瓜。当脑袋也被吞噬，只有背还露在外面时，工头说话了：Schalko, otschin Schalko（很遗憾）。

然后，他用铲子把我们所有人赶回工地边上的石灰妇女们那里，大吼道：Wnimanje liudej。手风琴师康拉德·凡恩翻译道：大家注意了，如果哪个破坏分子想死的话，就死好了。她是自己跳进去的，泥瓦工在脚手架上看到了。

我们奉命列队，整齐地走回劳动营的大院。这天一大早就集合点名。仍然下着雨夹雪。我们都太震惊了，站在那里，外表和内心反而有种古怪的平静。施矢万涅诺夫从他的办公室跑了出来，大吼大叫。他说得嘴边都挂着唾沫，像一匹跑得兴奋过头了的马。他把皮手套扔到人群里。皮手套掉到哪里，哪里就会有人弯腰捡起，走到前面送还给他。一次又一次。然后他就把我们交给图尔·普里库利奇来处置。图尔穿着防水布的大衣和橡胶雨靴。他让我们报数、出列、归队、报数、出列、归队，一直到晚上。

没有人知道，伊尔玛·普费佛何时从砂浆池里给打捞出来，又草草地掩埋在何处。第二天早晨的太阳冰冷而明亮。池子里是新鲜的砂浆，一如往常。没有人提起前一天发生的事。肯定有人想起了伊尔玛·普费佛，想起她那顶不错的帽子和棉制服，她很可能是衣着整齐入的土，活人冻得发抖，死人还需要什么衣服。

　　伊尔玛·普费佛是想抄近路，可胸前抱着的水泥袋让她无法看见脚下的路。水泥袋浸透了冰雨，首先沉了下去。就因为这个，我们赶到砂浆池边时，没有看见水泥袋。这是手风琴师康拉德·凡恩的看法。看法可以有各种各样，真相却无从得知。

黑杨树

那是十二月三十一日到元月一日的夜晚，是在那里的第二个新年之夜。半夜里，我们被高音喇叭叫起去操场集合。两边是八个荷枪实弹的哨兵和警犬，沿着营地的路押着我们走。一辆卡车紧跟在后面。在工厂后面深深的积雪里，那荒地开始的地方，他们要我们在砌好的篱笆前排队等候。我们想，今天晚上会给枪毙了。

我挤到前排，想成为第一批，省得死前还要装运尸体，因为卡车就在路边候着。施矢万涅诺夫和图尔·普里库利奇钻进驾驶室，发动机一直开着，这样就不会挨冻。哨兵们来回走着。狗都挤在一起，寒霜让它们睁不开眼睛。它们不时地抬抬爪子，以免冻僵。

我们站在那里，面容苍老，眉毛已结了白霜。有些女人嘴唇直颤，不仅仅是因为寒冷，还因为她们在低声祷告。我对自己说，现在一切都结束了。告别时我祖母说：我知道你会回来的。虽然那也是在半夜时分，但那里却是世界的中央。这会儿在家里，他们也已庆祝过新年了，午夜时分，也许还举杯祝我能活下去。希望他们在新年的头几个钟头想到了我，然后才回温暖的床上去睡觉。祖母的婚戒已经放在床头柜上，因为勒手，每晚她都会把它取下来。而我站在这里，等着被枪决。我看到，我们所有人都站在一个巨大的盒子里。它的顶盖漆成了夜的黑色，点缀着磨得雪亮的星辰。盒底铺着齐膝深的棉花，这样我们就能倒在一团柔软之中了。盒子的四壁装饰着僵硬的冰织锦缎，还有乱糟糟的冰流苏和冰蕾丝，无边无际，如丝般光滑。在劳动营墙的那头，塔楼之间的雪地就是个灵柩台。台上立着一个塔楼般高的双层床，直入天际，它是一副双层棺材，我们在里面一层层躺着各就其位，就像在工棚的床板上一样。顶层上面是黑漆棺盖。在棺材两头的塔楼里，有两名黑衣人为我们守灵。在棺材放头的一端，也就是营地大门的方向，劳动营的探照灯像烛台一样闪着微弱的光。在棺材放脚的较暗的那一端，白雪覆盖的桑树树冠像是华丽的花圈，无数的纸带上写着我们所有人的名字。我想，雪是可以消音的，这样人们就几乎听不到枪声了。我们的亲人在世界的中央庆祝完了新年，疲惫地、醉意微醺地睡着了，对我们这里的一切毫不知情。也许他们会在新年梦到我们这被下了魔咒的葬礼。

我一点也不愿意逃出这带着双层棺材的盒子。如果谁想克服对死亡的恐惧，却又无法摆脱它时，它就会变成一种沉迷。就连如冰的寒冷也在以一种温和的方式，策划着这件可怕的事。我们在冰雪中一动也不许动，在冻僵的恍惚迷离中，我向枪决投降了。

但就在这时，两个蒙面的俄国人从卡车的拖车上把铲子扔到了我们跟前。图尔·普里库利奇和其中一个蒙面人一起，将四根打了结的粗绳摆放好，将它们放置在夜的黑暗与雪的明亮之间，与工厂的墙平行。指挥官施矢万涅诺夫已经坐在驾驶室里睡着了。也许他喝醉了。他睡的时候，下巴耷拉在胸前，就像一个旅人到了终点，在火车车厢里被人遗忘了一样。我们铲了多久土，他就睡了多久。不，应该说他睡了多久，我们就铲了多久土，因为图尔·普里库利奇要等着听他的指令。我们在绳索之间为我们的枪决铲出两条通道时，他在呼呼大睡。不知道过了多久，天空现出了灰蒙蒙的颜色。铲子的节奏对我来说是这样重复的：我知道你会回来的。铲土已让我重新变得清醒，我愿意继续为俄国人挨饿、受冻、卖苦力，而不愿被枪决。我承认祖母是对的：我会回来的，但同时却也在反驳她：但是你知道这有多难吗？

施矢万涅诺夫从驾驶室出来了，搓了搓下巴，抖了抖腿，因为可能腿还没醒呢。他招手让蒙面人过去。他们打开了卸车板，把锄头和铁撬棍扔了下来。施矢万涅诺夫用食指打着手势，说话时少有的简短和轻声。他又回到了驾驶室，空车载着他开走了。

图尔必须用命令声盖过窃窃私语，他大吼道：挖树洞。

我们在雪地里寻找着工具，就像在寻找礼物一样。泥土冻得像硬邦邦的骨头。鹤嘴锄挖下去，就弹了回来，撬棍撬下去，发出的声音就像是铁碰铁。坚果大小的碎块溅到脸上。在这刺骨的寒冷中，我流着汗，又在汗水中冻得发抖。身体一分为二，一半炙热，一半冰冷。上半身像已烧焦，机械地弯着，害怕完不成工作量，燥热难当。下半身已冻僵了，双腿冰冷地伸进肠子里。

到了下午，手都出血了，树洞却还不到一掌深。它的深度也就再没变化了。

直到开春很久之后，树洞才完全挖好，种上了很长的两排树。林荫道旁的树长得很快。这些树别的任何地方都没有，荒原上没有，俄国人的村落里没有，周边地区也没有。在劳动营那么多年，没有人知道它的名字。它长得越大，枝条和树干就变得越白。不像桦树那样纤细柔弱、蜡白透明，它体格伟岸，树皮像石膏一样缺乏光泽。

从劳动营回乡后的第一个夏天，在桤木公园里，我见到了这种白如石膏的营树，古老而巨大。埃德温叔叔的植物辞典里写着：这种树生长迅速，可以冲到三十五米高，其树干可达两米粗，寿命可达两百岁，足见其顽强。

埃德温叔叔给我念"冲"[1]这个词的时候，他没有想到，这个描述是何其正确，更准确地说，是何其贴切。他说：此树极易存活，且美丽夺目。但却是个弥天大谎：它的树干这般白，如何会叫作黑杨树呢。

我没有反驳他。只是心中暗想：要是谁曾经在漆黑的天空下，待了大半夜等待枪决的话，这个名字就不再是弥天大谎了。

---

1 "冲"这个动词在德语中为"schießen"，它同时也有"射击"的意思，此处一语双关。

手帕和老鼠

　　劳动营里有各种各样的布。生活就是由一块布转向另一块。从裹脚布到手巾，再到盖面包的布，山菠菜枕头用的枕巾，兜售时用的包布，甚至还有小手帕，如果你有一条的话。

　　劳动营里的俄国人是不用手帕的。他们用食指摁住鼻孔，然后把鼻涕像吹面团一样擤在地上。接着再把擤干净了的鼻孔摁住，鼻涕便从另一个鼻孔喷溅出去。我也练习过，但鼻涕就是飞不出去。在劳动营里，没人会用手帕擤鼻涕。有手帕的人会用它做装糖和盐的袋子。要是它破烂不堪了的话，就用来做厕纸。有一次，一位俄国女人送了我一块手帕。那天很冷，我饿得受不了，干完活之后就又带了一块无烟煤，到俄国人的村子里去兜售。我敲了一扇门，一位年老的俄国女人来应门，从我手中接过煤，让我进了屋。房间低矮，墙上的窗户跟我膝盖一般低。一张凳子上蹲着两只带灰白点子的花母鸡，骨瘦如柴的。有只母鸡的鸡冠遮住了眼，它使劲摇晃着头，就像是一个无手之人被头发遮住了脸。

这老妇人已经说了好一会了。我只是偶尔会听懂一个单词，但却能感觉到她的意思。她说害怕邻居们，很长时间了，只有这两只母鸡跟她做伴，但她宁愿和它们说话，也不愿和邻居交谈。她说她有个儿子，和我一般大，叫波利斯，也和我一样远离家乡，是在另一个方向，西伯利亚的一个流放营里，因为有个邻居告发了他。她说，也许你们，你和我的儿子波利斯，运气好，不久就可以回家了。她指了指一张凳子，我就坐到了桌角。她取下我头上的帽子放到桌上，摆了个木勺在帽子旁。然后她去灶台，从锅里舀了土豆汤，盛到铁皮碗里。那碗汤足有一升。我用勺子喝着汤，她站在我的肩膀旁看着。汤很烫，我喝得咂咂有声，侧过脸看了她一眼，她点点头。我想喝得慢一些，喝得时间长一点。但我的饥饿就像狗一样蹲在汤盘前，狼吞虎咽。两只母鸡把脚收了回去，卧在地上睡了。这汤让我一直暖和到脚趾。我流起了鼻涕。Abadschij，等着，俄国女人说，从旁边的房间里拿来一块雪白的手帕。她把手帕放到我手中，把我的手指合拢起来，示意我可以留下它。她把它送给我了。我没敢擤鼻涕。当时发生的一切，远远超出了兜售生意、我、她和一块手帕的范围。这关涉到她的儿子。我既觉得受用，又感到难受，是谁的行为过了头呢，是她的，是我的，还是我们两个人的。她一定要为儿子做点什么，正好我在场，而她儿子像我一样远离家乡。我觉得很尴尬，因为我正好在场，却又不是她儿子。她也感觉到了这一点，却对此视而不见，因为对儿子的担忧让她再也无法承受。而我同样再也无法承受同时作为两个人而存在，两个被放逐的人，这一切对我来说太过沉重，并不像凳子上并排蹲着两只鸡那么简单。我对于自己而言都是一种过重的负担。

我用来包煤的布粗糙而邋遢，出得屋子，来到街上，我就拿它当手帕使了。擤过鼻涕之后，我把它围在脖子上，成了围巾。我边走边用围巾两头儿擦拭眼睛，为了不引起注意，时不时快快地擦两下。不过没人注意我，而我甚至都不愿引起自己的注意。我深知这里面的道理，那就是，有太多理由哭泣的时候，就绝不能开这个头。我跟自己说，这泪水是严寒所致，我也就相信了自己。

那条雪白的手帕是旧的，用最上等的细亚麻布制作而成，做工考究，是沙皇时期的物件。它的边是手工镂织的，长针是丝线织成的。长针之间的空隙都一一细致缝合，手帕角上还有丝织的玫瑰小花饰。我已经很久没见过这么漂亮的东西了。在家里，日常用品的美不值一提，在劳动营，最好还是忘了有这种美存在。这手帕的美俘虏了我，让我心碎。对于这位俄国老妇而言，我和她儿子就是一个人。他有一天还会回来吗？为了摆脱掉这个念头，我唱起了歌，为我们俩唱起了牲口车厢的布鲁斯：

> 林中月桂吐艳
>
> 战壕白雪皑皑
>
> 一封短短信笺
>
> 字字伤我心怀

　　天空在走，云彩像是填满了芯的枕头。新月露出来，变成了母亲的脸。在她的下巴下和右脸颊后，云彩分别塞了个枕头，再把它透过左脸颊扯了出来。我问明月：我母亲已如此虚弱了吗？她病了吗？我们的家还在吗？她还住在那儿吗？还是她也去了劳动营？她还活着吗？她知道我还活着吗？还是想起我时，已像是想起一位死者那般悲泣？

　　已经是来劳动营的第二个冬天了，我们不准往家里写信，家人无从得知我们的生死。俄国人的村落里立着光秃秃的桦树，树下是白雪覆盖的屋顶，像空中搭建的工棚里被压弯了的床铺。在早合的暮色中，桦树皮不同于日间的苍白，也异于雪的白色。我看见风在枝条间柔软自如地穿梭游动。柳枝编的篱笆旁的小径上，一条棕木色的小狗向我走过来。它长着个三角脑袋，长腿又直又瘦，像鼓棒一样，嘴里冒着白气，好像要吃我的手帕，同时用腿来打鼓似的。它从我旁边跑了过去，好像我只不过是篱笆的影子。它做得没错，在回劳动营的路上，我不过是这暮色中一件普通的俄国物品罢了。

　　这亚麻白手帕还没人用过。我也从未用过它，而是把它保存在箱子里，作为一位母亲和儿子遗留下来的神圣物件，直到最后一天。最终还把它带回了家。

　　在劳动营，这样一方手帕是派不上用场的。那些年，我本可以把它拿到集市上卖了换吃的。我可以用它换糖和盐，也许甚至能换到小米。诱惑是存在的，因为饥饿足以让人盲目。让我没有这样做的原因是：我认为这条手帕就是我的命运。如果交出自己的命运，那么人就彻底迷失了。我坚信，临别时祖母说的那句话——"我知道你会回来的"——已化成了一条手帕。如果我说这条手帕是劳动营里唯一关心我的人，我不会为此觉得羞愧。我坚信这点，至今未变。

有些时候，一些事物会拥有一种人们始料不及的、怪异的温柔。

我的枕头后面靠头的地方放着箱子，枕头下面，面包布里裹着我从牙缝里省下来的无价之宝——面包。有天清晨，枕头上我耳朵枕的地方传来了吱吱的叫声。我抬起头来，惊讶地发现，就在面包布和枕头之间有一团粉红色的小东西正在乱踢乱动，和我的耳朵一般大。六只还没睁眼的小老鼠，每只都比小孩的手指还要小。它们的皮肤像会抽搐的丝袜，因为它们是肉做的。它们像是从石头缝里蹦出来的，没有来由的一份大礼。突然间，我为它们感到骄傲，好像它们也为我感到骄傲一样。骄傲，因为我的耳朵生出了孩子，因为工棚里虽然有六十八张床，它们却偏偏选择了我做它们的父亲。它们的母亲我从未见过，它们就那样孤零零地躺着。在它们面前，我觉得局促起来，因为它们是那样全心全意地信任我。我立刻感到，我爱它们，一定要摆脱掉它们，而且是马上，在它们还没有开始吃面包之前，在其他人还没有醒来发觉之前。

我把这一小团老鼠放到面包布上，为了不弄疼它们，手指蜷曲做了个窝。我悄悄溜出工棚，手托着这一窝东西穿过庭院。为了不让守卫的士兵看见，不让警犬嗅出什么，我赶得很急，脚都有些发抖，但我的视线始终没移开过面包布，没让一只老鼠在走的时候掉下来。我到了条沟形的厕所里，把布里的东西抖进了粪坑。老鼠们扑通扑通地掉了进去。没有吱吱声了。我只深吸了一口气，终于解决了。

九岁那年，我曾在洗衣房最后面的角落里，在那块旧地毯上，发现了一只刚出生的灰绿色小猫，眼睛还黏在一起没睁开。我把它放到手里，轻轻抚摸它的肚子。它不高兴地发出呼噜声，咬住我的小手指不放。我看见了血，就把大拇指和食指按了下去，我想我是用尽全力按的，而且就在它脖子上。我心跳得像是经历了一番肉搏。那只猫死了，它也就是我行凶的见证。我不是故意的，但这只让事情变得更糟。怪异的温柔掺杂在负疚中，那种感觉与蓄意的残忍掺杂在负疚中是不一样的。它更深刻，更持久。

那只猫和这些老鼠的共同之处在于：

它们都没来得及发出叫声。

那只猫和这些老鼠的不同之处在于：

干掉老鼠，我是出于同情，有意为之。干掉猫，我是出于愤慨，想去抚摸它，却被它咬了。这是其一。其二，干掉猫时我别无选择。一旦手开始往下按，就没有回头路可走了。

关于心铲

铲子有很多种，但心铲是我的最爱。我只给它取了名。心铲可以用来装卸煤，而且只是松散的煤。

心铲的铲面有两个头并排放着那么大。它是心形的，有很深的圆拱，里面约莫可以装五公斤煤，或者是饥饿天使的整个屁股。铲面收上去是一个带焊缝的长颈。相对于大铲面来说，心铲的铲柄较短。铲柄末端是一截横木。

一手握住长颈，另一只手握住铲柄上端的横木。不过，我更愿意说是握住铲柄下端的横木。因为我觉得心铲在上方，而铲柄无足轻重，可以说是在边上，或者下方。因此，我在上端靠长颈的地方握住心铲，在下端靠铲柄的地方握住横木，控制好平衡，心铲在手中就成了秋千，就像呼吸秋千在胸中一样。

心铲一定要用惯才行，直到铲面磨得锃亮，直到焊缝和手上的疤痕没有区别，直到整柄铲子成了外在的第二平衡系统。

因为用心铲卸煤和装运烧砖是不一样的。装运烧砖只能用手，纯粹是搬运，而心铲这一卸煤工具却把搬运变成了艺术。卸煤是最优雅的运动，马术、花样跳水和优美的网球都不及它。它像是花样滑冰。可以说：我和我的铲子在做双人滑。一旦使用过心铲，你就会为它的魅力所折服。

卸煤是这样开始的：汽车车厢的侧挡板砰的一声放下来，你就站到左上方去，像用铁锹挖土一样，脚踩在心铲的缘上，沿着煤的边缘斜铲下来，直至车厢底板。如果能在卡车边缘铲出一块可容双足的地方，能让你站在木底板上，就可以开始铲煤了。在有节奏的弧形摆动中，所有的肌肉都调动了起来。先用左手握住一头的横木，用右手握住心铲的长颈，手指刚好放到焊缝突出的接口上。然后，从左上方铲了煤，手臂向下一挥，这铲煤就到了车厢边上，手臂同样地再一挥，煤就飞出了侧挡板的边缘，直跌下去。也就是说，右手现在沿着铲柄向上滑，几乎快要接近横木了，身体的重心移到右小腿肚上，直移至脚趾尖。然后，空铲撤回到左上方，再次挥动，铲满煤，往右下方抛去。

如果煤已卸掉了大半，离车厢边缘已经太远了，这活儿便不能一挥而就了。现在需要的是击剑的姿势：右脚先优雅地前伸，左脚作为支撑轴稳稳地居后，脚趾微微外张。然后，左手握住横木，右手不再是抓住长颈下端，而是松松地握住铲柄，不断地上下滑动，平衡重量。现在一铲铲下去，右膝盖帮忙加点劲，收回铲来，一个灵活的转身，将重心移到左脚上，这样就不会有一丁点煤从铲叶上掉下来，然后再一个转身，右脚往后退一步，同时上身和脸也跟着转动。接着把重心移到右后方第三个新的立足点上。左脚现在姿势优美，像跳舞一样，脚跟微微抬起，只有大拇指的外缘着地，现在你可以大臂一甩，将铲叶上的煤抛向空中，铲子在空中呈水平状态，只有左手抓着铲端的横木。这就像探戈一样优美，在相同的节奏中交替转换着锐角。煤要飞得更远的话，击剑式就会自然而然被即兴华尔兹所取代，在一个大三角内完成重心转移，身体弯至四十五度，一扔之下，煤像鸟群一样飞出。饥饿天使也一同飞翔。它就在煤里、心铲里、我们的关节里。它知道，没有什么会比铲煤更热身，更耗尽我们全部的体力。但它也知道，饥饿几乎吞噬了这整个艺术过程。

卸煤时，我们总是两三人一组，饥饿天使没算在内，因为我们并不确定，究竟是我们所有人共同拥有一个饥饿天使，还是每人都有一位专属自己的。它肆无忌惮地靠近我们每个人。它知道，有卸货的地方就可以装货。按数学思维继续想下去，这结果将触目惊心：如果每个人都有专属自己的饥饿天使，那么每次有人死后，就会空出一个饥饿天使。到后来，将只会剩下孤寂的饥饿天使，孤寂的心铲，以及孤寂的煤。

关于饥饿天使

饥饿无时不在，无处不在。

正因如此，它想什么时候来，如何来，都由它。

这个因果原则就是饥饿天使的拙作。

它一旦来，便是来势汹汹。

非常清楚明了：

一铲子 = 一克面包。

我原本不需要心铲。但我的饥饿依赖它。我希望心铲是我的工具。但它却是我的主人。我才是工具。它统治我，我臣服于它。但它是我最喜爱的铲子。我强迫自己喜欢它。我之所以低三下四，是因为如果我听它的话而不是恨它，它就会是一位对我好一些的主人。我得感谢它，因为在为挣面包而铲煤时，我对饥饿的注意力就得以转移。因为饥饿是不会消逝的，心铲就把铲煤一事置于饥饿之前。铲煤时，首要的事就是铲煤，不然的话，身体是应付不了这项工作的。

煤被铲走了，却不会变少。幸运的是，每天都有新的煤从亚西诺瓦塔亚[1]运过来，车厢上是这么注明的。每天我们都埋头铲煤。由头控制的整个身体就是铲子的工具，除此之外，它什么都不是。

铲煤是个苦差事。必须铲煤却没这个能力，这令人绝望，而愿意铲煤又没这个能力，更是双重的绝望，是在为煤折腰和行屈膝礼。我怕的不是铲煤，而是我自己。确切地说，怕的是在铲煤时，我还在想除了铲煤以外其他的事。最初那段时间，有时便会这样。这极大地消耗了铲煤时所需的气力。心铲马上就会发觉我心不在焉。接着一阵轻微的恐慌便会让我喉头发紧。太阳穴里就像有个光秃秃的二冲程发动机在敲打。它抓住了我的脉搏，就像是一群暴徒抓住了汽车喇叭在猛按。我就要崩溃了，硬腭发甜，小舌肿胀。饥饿天使完全挂在了我的口中，就挂在软腭上。那是它的天平。它打开我的眼，心铲旋转起来，煤变得模糊。饥饿天使把我的面颊贴在它的下巴上，让我的呼吸打起了秋千。呼吸秋千就是一种谵妄，这是怎样的一种谵妄啊！我抬眼望

---

1 乌克兰东南部顿涅茨克州一城市，是铁路交通枢纽。

去，上面是静静的夏日云层，云层的织锦。我的大脑震颤着，只有针尖大的一块地方固定在天空，这是我拥有的唯一一个固定的点。它在想象着吃东西。我已经看到了空中那铺着洁白桌布的餐桌，脚下的碎石在格格作响。阳光明亮地照着我，从我的松果体当中穿过。饥饿天使看了看它的天平说：

你还是不够轻。为什么你就不让步呢？

我回答说：你用我的肉体欺骗我。它已经落入了你的手中。但是我不是我的肉体。我是其他的东西，我不会让步的。已经谈不上我是谁的问题了，但是，我不会告诉你我是什么。就是这个"什么"欺骗了你的天平。

在劳动营的第二个冬天常常是如此：清晨，下了夜班，我累得要死地回到住处。现在可以休息了，该睡觉了，躺下来却睡不着。工棚里六十八张床都是空的，其余的人都在工作。下午时分，院子里空无一人，我不由自主地走了出来。风中飘着薄雪，落在我脖子里嚓嚓作响。带着一览无遗的饥饿，天使和我一起来到了厨房后面的垃圾堆。我跟跄地跟在它身后，整个人斜斜地倚靠着我的软腭。我亦步亦趋地跟着我的脚，如果那不是饥饿天使的脚的话。饥饿就是我的方向，如果那不是它的方向的话。天使让我走在前面。它并非害羞，只是不愿意让别人看见它和我在一起罢了。接着我弯下腰，如果那不是它的腰的话。我的贪欲是放肆的，手是狂野的。它们是我的手，天使是不会碰垃圾的。我把土豆皮塞进嘴里，闭上双眼，这样能更好体会它的滋味，冻僵了的土豆皮是甜的，像玻璃一样光滑。

饥饿天使在寻找无法抹去的印迹，抹去留不住的印迹。土豆田穿越我的脑海，文奇山的干草地之间，是一块块倾斜的农田，种植着家乡的山里土豆。头茬儿的早熟土豆圆圆的，皮色苍白，玻璃蓝的晚熟土豆弯得走了样，粉土豆有拳头般大小，皮极富韧性，色泽橙黄，味道甘甜，玫瑰土豆呈修长的椭圆形，表皮光滑，久煮难软。土豆花盛开在夏季，植株茎秆棱角分明，苦青色的叶子上开着一丛丛黄白色、红灰色或者是紫色的打了蜡般的花朵。

然后，我是怎样迅速张大了嘴巴，把所有冻僵了的土豆皮都吃完了啊！我把土豆皮一条接一条塞进嘴里，像饥饿一样没有空隙，没有间断。全部的土豆皮连在一起就是一条完整、绵长的土豆链。

全部的、全部的、全部的。

夜晚来临。大家都干完活回来了。所有人都爬进了饥饿里。当一个饥饿的人看着其他饥饿的人时，饥饿就是一个床架。但这是一种错觉。我的体会是，饥饿爬进了我们的身体。我们才是饥饿的床架。我们所有人都在闭着眼睛想象吃饭。我们整夜都在给饥饿喂食。我们把它喂得肥肥的，要齐铲高了。

我吃完一个短梦，然后醒来，继续吃下一个短梦。所有的梦都一样，都是在吃东西。梦里的吃喝强迫症是恩惠，也是一种折磨。我吃着面包和婚宴上的汤，吃着带馅的辣椒、面包和塔形蛋糕。然后我醒了，看了看工棚里昏黄的灯光，接着又睡了，喝着紫甘蓝汤，吃着面包、腌兔肉和面包，还有银杯中的草莓冰激凌。之后，我又吃了坚果面条和新月形小面包。接着，吃了克劳森堡泡菜杂烩和面包，朗姆酒蛋糕。然后还吃了猪头肉、辣根和面包。最后我几乎吃着了狍子腿、面包和杏子蜜饯，但就在这当口儿，响起了高音喇叭刺耳的尖叫，天亮了。梦里吃得越多，睡眠越浅，饥饿永远不知疲惫。

我清楚地记得，我们当中最先饿死的三个人是谁，以及孰先孰后。很长一段日子里，我都会惦记着他们三人中的每一个。但是，数字"三"不会永远是最初的那个数字"三"，任何数字都会被从中导出来，变得麻木不仁。当自己都瘦得皮包骨头，身体虚弱的时候，人们会尽可能地让死者远离自己。因为沿着这条数学的轨迹，到第四年的三月已经死了有三百三十人。这时，人们已经负担不起明晰的情感，只会偶尔想起他们。

摆脱掉沉郁的心情，挥去那一丝疲软的忧伤，而且是在它即将出现之前。死亡变得强大，对所有人都充满了饥渴。别和它打交道，应该像对待一只讨厌的狗一样将它赶跑。

我从未像在劳动营的五年里那样坚决地抗拒过死亡。抗拒死亡无需用自己的生命，只需一个尚未完全终结的生命就够了。

不过，劳动营里最先遇难的三个人分别是：

聋哑人米茨被两节车厢给压扁了。

卡蒂·麦耶在水泥塔中被埋了。

伊尔玛·普费佛在砂浆池中窒息而死。

我的工棚里第一个死的人是机械师彼得·施尔，他喝了石煤烧酒中毒而死。

每个人的死因都不同，但总有饥饿参与其中。

沿着数学的轨迹，有次我在理发师奥斯瓦尔

德·恩耶特那里对着镜子说：所有简单的一切都是纯粹的结果，每个人都有软腭。饥饿天使会让每个人都去过秤，谁让步了，它就会从心铲上跳下来。这就是它的因果原则和杠杆原理。

这两者都不可轻视，但也不可摧毁，理发师说。这也是一条法则。

我对镜默然无语。

你头皮上长满了小脓包花，理发师说，剃个光头才会好。

什么花？我问道。

他开始给我理光头，真是做了件大好事。

我想，有件事是可以确定的。饥饿天使识得它的同犯。它宠爱他们，然后就对他们弃之不理。他们完蛋了，它也跟着完蛋。他和他所欺骗的对象拥有同质的肉体。这也是它的杠杆原则。

我现在该说什么好呢？所有正在发生的一切都是简单的。要是这简单的事持续下去，那么它的发生顺序就有规律可循。要是它持续了五年的话，就会变得让人琢磨不透，也就不会再引起人们的关注了。我觉得，事后再要讲述它时，没有什么是说不通的：饥饿天使的想法是对的，它从不缺席，不会离去，却会回来，它识得它的方向、我的极限，知道我的出身、它的威力。它睁着眼在一侧行走，毫不隐讳自己的存在。它的亲切令人作呕，它的睡眠通透。它是山菠菜、糖、盐、虱子和思乡的专家，腹部和腿部都有水肿。除了一一列举，人们什么也做不了。

你觉得，如果你不让步就不会那么糟。其实时至今日，饥饿天使还在通过你说话。无论它说什么，都非常清晰明了：

一铲子 = 一克面包。

只是在饿的时候不能谈饿。饥饿不是床架，不然它就会有个尺度了。饥饿不是物件。

石煤烧酒

那是一个辗转反侧的夜晚，根本别想睡得着。连吃喝强迫症的恩惠都不愿光临，因为虱子闹个不歇不休。在这样的一个夜晚，彼得·施尔看到我也没睡着。我在床上坐了起来，他也在斜对面的床上坐了起来，问我：

什么叫作给予与接受？

我说：睡觉。

然后我又平躺了下来。他依旧坐着，我听到了轻轻的咕噜咕噜声。贝娅·查克尔在集市上用他的羊毛衣给他换了石煤烧酒。他喝光了酒，没再继续问下去。第二天早晨，卡尔利·哈尔门说：他后来还问了好几次，什么叫作给予与接受。可你已经睡熟了。

齐柏林飞船

　　在没有焦炉组、抽风机和冒着蒸汽的管道的地方，冷却塔的白雾远远地向荒原飘去，只有它才能从上面看到，那里是最后几段铁轨的终结点。卸煤时，我们从卸煤站望过去，只能看到建筑垃圾上繁茂的杂草。就在工厂后面那片荒芜衰败的土地上，与荒原交界的地方有许多小径在那里交汇。它们都通向一个生了锈的巨大管道，那是一个曼内斯曼公司战前生产的管道，如今已废弃了，有七到八米长，两米高。它对着卸煤站方向的一头像蓄水池一样被焊死了，对着荒地方向的另一头是敞开的。这管道外形威武，没人知道它是怎么来的。自从我们到了劳动营之后，大家至少知道，它做什么最合适。所有人都叫它齐柏林飞船。

　　这艘齐柏林飞船本身是不会银光夺目地在空中飘荡的，但它却会让我们的理智飘荡起来。它是一个钟点旅店，劳动营的头头和干部们都默许它的存在。

在齐柏林飞船里，我们劳动营的女人们和德国战俘幽会。他们在附近的荒地上或者在炸毁了的工厂里清理废墟。科瓦契·安彤说，他们是来和我们的女人们完成猫婚的。你铲煤的时候，睁大眼睛瞧瞧！

还是在斯大林格勒战役的那个夏季，也是我在家里的阳台上度过的最后一个夏天，从收音机里传出了一个帝国女人的声音，充满了爱欲：

每个德国女人都要送给元首一个孩子。

费妮姑姑问母亲：那我们该怎么做呢？是元首现在每晚都来特兰西瓦尼亚，临幸我们当中的一个，还是我们全都按顺序排队去帝国找他？

当时在吃腌兔肉。母亲把用作香料的月桂叶上的肉汁舔掉。她把叶子慢慢地从嘴中拉过。舔干净之后，把它插入了扣眼中。我当时就想，她们只是表面上拿元首开玩笑罢了。从她们熠熠发亮的眼睛里就能看出，她们有多想做这事。我父亲也目睹了这一切，他皱起了眉头，好一会都忘了嚼东西。我的祖母说：我还以为你们不喜欢留着胡子的男人呢。你们给元首发个电报，叫他先把胡子刮了。

干完活之后，卸煤站孤零零地矗在那儿，而太阳却还耀眼地照在草上，于是，我踏上了一条去齐柏林飞船的小路去看个究竟。入口处很荫凉，中间的一段是昏暗的，最里面漆黑一片。第二天铲煤的时候我就瞧了个仔细。下午较晚的时候，我看见三四个男人们穿过乱草走了过来，穿着和我们不一样的工作服，是带条纹的。在齐柏林飞船跟前他们坐了下来，深草都要盖过他们的脖子了。不一会，管子的入口处竖起了一根棍子，上面挂着一条破烂不堪的枕巾，这是"有人占用"的标志。过了一会，小旗不见了。不一会儿它又重新出现，接着又消失了。前一批男人一走开，下一批三四个人又在草中坐了下来。

我还看到，整个妇女生产组的人都在掩护着这场猫婚。三四个女人进了乱草之后，另外一些就缠着管事的人说话。如果他真问起那些不见了的女人，她们就会跟他解释说，那些女人是因为胃痉挛和腹泻必须去乱草丛方便一下。有些女人的确是由于这个原因，但管事的没法确定到底有几个。他咬着嘴唇，聆听了一会儿，接着把头更频繁地转向齐柏林飞船方向。从这一刻起我注意到，女人们决定要采取行动了。她们和我们的歌手萝妮·米悉低语了几句，萝妮如玻璃般尖锐高亢的歌声便响了起来，盖过了我们铲煤的整个喧嚣：

> 夜之静寂，无处不在
>
> 唯有夜莺，谷中啼唱

接着那些不见了的人马上就回来了。她们挤到我们当中铲煤，好像什么事都没发生过。

我喜欢齐柏林飞船这个名字，它和我们的悲惨那银光夺目的被忘却是相配的，和我们像猫一样急促的交配是一致的。我明白，这些陌生的德国男人有我们这些男人缺乏的一切。他们是由元首派到世界各地去的士兵，而且正当年，不像我们，要么乳臭未干，要么成熟得过了头。他们虽然也贫穷落魄，但之前却在战火中拼杀过。我们这里的女人觉得他们是英雄，比在工棚里的床帘后和一个劳改犯晚间的欢爱要强多了。夜晚的欢爱仍然必不可少。但对我们的女人而言，她们从中闻到的是自己劳累的艰辛，是同样的煤味和同样的思乡病。它最后的结局总是寻常的给予与接受。男人负责找吃的，女人负责洗涮与安慰。而在齐柏林飞船里，除了把小白旗挂起来、收回去，爱不需要操任何心。

科瓦契·安彤不会相信，我很乐意见到女人们享用齐柏林飞船。没有人会相信，我的脑海里转悠着同样的事，我也是内行，识得不整的衣衫后的冲动，识得桤木公园和海王星游泳馆里那些散漫的欲望和呼吸急促的幸福。我现在常常会在脑海里重温着这些约会："燕子""圣诞树""耳朵""绳子""黄鹂""帽子""兔子""猫""海鸥"，还有"珍珠"。没人会相信，我的脑子里一直记着这些绰号，后颈上负载着这么多沉默。

即使是齐柏林飞船里的爱也是有季节性的。第二年冬天的来临给它画上了句号。接着是饥荒。当饥饿天使与我们一样歇斯底里地四处奔跑，当皮包骨头的日子来临，当这些饿瘪了的男人和女人不再有区别的时候，卸煤站上仍在继续卸着煤。只是踏出来的那些小径又重新被荒草覆盖。鸟儿爱吃的紫色野豌豆花在白色的欧蓍草和红色的山菠菜之间攀爬，蓝色的牛蒡花和飞廉在争相吐艳。齐柏林飞船却沉睡了，它为铁锈所占有，就像煤为劳动营所占有，草为荒原所占有，我们为饥饿所占有一样。

关于布谷鸟钟的幻痛

第二年夏天的一个晚上，在门边的墙上，装着饮用水的铁桶上方，挂出了一只布谷鸟钟。它是从哪里来的，无从得知。那么，它就是我们工棚的，是挂着它的那颗钉子的，除此之外，不属于任何人。但它却骚扰了我们所有人，同时也是在逐个地骚扰。在空荡荡的下午，它的滴答声倾听着，我们是回来，是离去，还是躺在床上睡觉。或者只是躺着，沉浸在自己的世界里，或者在那儿干等着，因为一方面饿得睡不着，一方面又虚弱得起不来。但干等之后却全无结果，只听见小舌处的滴答声，再加上时钟发出的，滴答声翻了一倍。

在这里我们干吗要一只布谷鸟钟呢。我们不需要钟来计时。我们不需要计任何时间，早晨，营地的高音喇叭里放着国歌，把我们叫醒。晚上，它再把我们赶上床。他们什么时候需要我们，就直接带我们走，从营地里，从食堂里，从睡梦中。工厂的警报器，冷却塔上升腾起的白雾，以及焦炉组的铃声也都是时钟。

这布谷鸟钟可能是鼓手科瓦契·安彤弄来的。虽然他发誓与此无关，却会每天给它上发条。他说，既然它挂在那儿，就该好好走。

这是一只寻常的布谷鸟钟，但里面的布谷鸟却不寻常。它会在三刻钟的时候出来报半点，在一刻钟的时候出来报整点。而整点的时候它却会全忘了，或者报错时，要么多报一倍，要么少报一半。科瓦契·安彤声称，布谷鸟报的是其他时区的时间，是对的。科瓦契·安彤对整个钟都着迷了，迷上了那只布谷鸟，迷上了那两个沉重的、由铁质的冷杉球果做的平衡重块，还有那灵活的钟摆。他最希望布谷鸟整晚都会报世界上其他时区的时间。但工棚里的其他人既不愿在布谷鸟所报的时区里清醒地躺着，也不愿在那里睡去。

科瓦契·安彤是工厂的车工，我们穿着皱皱巴巴的衣服跳《小白鸽》[1]时，他就是营地乐队里的打击

---

1 此处的《小白鸽》特指 1944 年纳粹德国时期拍摄的电影《大自由街7 号》的主题曲。大自由街在汉堡的圣保利区。这是一部爱情电影，由著名演员汉斯·阿尔伯斯主演，导演是阿尔伯特·考特纳。此电影一出，就因为其主题曲歌词带有反战煽动性而令纳粹宣传部长戈培尔（见下页）

乐手和鼓手。他的乐器都是自己在钳工车间的车床上做的，他是个很肯动脑筋的人。他想根据俄国的白天夜晚的规律来调整这只对世界了如指掌的布谷鸟钟。他想通过缩紧布谷鸟机械装置中的发声部位，让它夜晚的声音低个八度，变得短促而低沉，白天的叫声则变得嘹亮而悠长。但还在他掌握布谷鸟的习性之前，有人就已经把布谷鸟从钟里扯掉了。布谷鸟进出的小门儿斜斜地挂在小龛里，当钟想让鸟歌唱时，虽然门会半打开，但从小房子出来的已经不是布谷鸟了，而是一块像蚯蚓一样的橡皮。这个橡皮块儿颤抖着，发出凄楚的哀鸣，听上去像咳嗽、清嗓子、打呼噜、放屁及睡梦中的叹息。就这样，这条橡皮虫维护了我们夜晚的宁静。

科瓦契·安彤对这条"蚯蚓"就像对布谷鸟一样着迷。他既喜欢独自冥思苦想，也会为在营地的乐队里找不到能和他一起摇摆的人而苦恼，以前在卡兰塞贝什的大乐队里可不是这样的。晚上，营地大喇叭里的国歌赶我们回工棚的时候，科瓦契·安彤

（接上页）大为震惊，随即遭禁，1945 年由盟军解禁。通常，《小白鸽》(*La Paloma*) 指的是那首广为流传的西班牙歌曲，作曲者为 Basque region Sebastián Iradier（后来又称 Yradier），创作于 1850 年代。

用一根弯曲的铁丝把橡皮块儿调至了夜间响声状态。每次他都会在钟旁边坐上好一会儿，看着水桶里自己的脸，就像是个被催眠的人一样，等待着第一声哀鸣的来临。小门儿一开，他便略微弓起腰，那比右眼略小的左眼登时亮了起来。有一次在哀鸣之后，他看似对我、实际上更是自言自语地说：这条虫可是从布谷鸟那里继承了它的幻痛。

我喜欢这只钟。

我不喜欢那只疯疯癫癫的布谷鸟，也不喜欢这条橡皮虫和那灵活的钟摆，但我喜欢那两个平衡重块，那两个冷杉球果。它们是笨重的铁做成的，但我却从中看到了家乡山里一片片的冷杉林。头顶上方是墨绿色的、紧挨在一起的针叶罩。下面目光所及之处是笔直的树干，你站着，它们也站着，你走，它们也走，你跑，它们也跑。只是与你完全不同的是，它们像一支大军。由于害怕而心跳到了嗓子眼时，你就会注意到脚下那闪闪发亮的皮毛般的针叶毯，冷杉球果散落一地，一派空明的宁静。弯下腰抓起两只，一只放进裤口袋，另一只则握在手中，你就不再孤单了。它会让你重回理智，明白这支大军不过是一片森林，而你迷失在其中，仅仅是一次散步罢了。

我父亲费了很大劲教我学吹口哨，教我有人在森林里迷了路吹口哨时，如何通过回声来辨别方向。人们又该如何回应他的口哨来找到他。口哨的用处我明白了，但我却不会那样撮着嘴，把空气从嘴里吹出来。我弄反了，把空气往里吸，这样胸腔鼓了起来，而嘴边却发不出声音。我一直没学会吹口哨。不论父亲示范多少次，我脑子里只想着我看到的景象：男人们的嘴唇里面闪闪发亮，像粉红色的石英。父亲说，我有一天会发现它的用场。他指的是口哨。而我想的却是嘴唇那像玻璃一样晶莹剔透的表皮。

布谷鸟钟原本是属于饥饿天使的。在劳动营这儿，重要的根本不是我们的时间，而是那个问题：布谷鸟，我还能活多久？

巡夜人卡蒂

卡特琳娜·塞德尔，就是巡夜人卡蒂，来自巴纳特地区的巴克瓦。要么是村里哪个家伙给了管事的混蛋好处，将自己从名单上拿掉，拉卡蒂来充数；要么那混蛋就是个虐待狂，一开始就把她列在名单上。她生来智力低下，那五年里，根本不晓得自己身在何处。她体态丰满，个头儿矮小，像个半大孩子，不再长高，只是长宽。她留着一条棕色的长辫，此外，额头和后颈的卷发也编结起来，盘了一圈，像个花环。最初，女人们每天给她梳头，后来虱子猖獗，每隔几天才梳一次。

巡夜人卡蒂什么活儿都干不了。她不明白定额是什么，是命令呢，还是一种惩罚。她把一个班的流程搞得乱七八糟。为了给她找点事儿做，第二个冬天，设置了巡夜人制度。她的任务是在各个工棚轮流值夜。

她会来我们工棚待上一会儿，坐在小桌子旁，抱着胳膊，眯缝着眼睛，瞧着值夜灯那刺眼的光。凳子太高了，她的脚够不着地。无聊了，她就两手抓住桌子边儿，把凳子前倾后仰地摇来摇去。她一般待不到一个钟点，就起身去另一间工棚了。

因为喜欢我们的布谷鸟钟，夏天她只来我们工棚，一待就是一整夜。她看不懂时间，就坐在值夜灯下，双臂抱拢，等那橡皮虫从小门儿出来。那虫子咔嗒一叫，她便咧开嘴，仿佛要跟着发出咔嗒咔嗒的音儿，却不见声响。橡皮虫再次出现时，她的脸已经贴在桌上，睡着了。入睡前，她会从背后扯过辫子放在桌上，睡的时候手攥紧它，一夜不松。也许这样她就不觉得孤单。也许六十八张男人的床好大一片，令她恐惧。或许辫子给她安慰，就像林中冷杉球果给我安慰一般。或许她只是觉着，辫子抓在手里，就没人能偷走它。

她的辫子到底还是丢了，不过不是我们干的。为了惩罚她上班睡觉，图尔·普里库利奇把巡夜人卡蒂带到医务室。女军医奉命剃光她的头。那天晚上，巡夜人卡蒂脖子上围着剪掉的辫子走进饭堂，将辫子像条蛇一样放在桌上。她把辫子上面那头在汤里蘸了一下，然后摁在光头上，好让它再长上去。她又给辫子另一头喝汤，然后哭起来。海德伦·加斯特把辫子拿开了，说最好还是忘掉它。晚饭后，她把辫子扔进院中一小堆火里烧掉了，巡夜人卡蒂就那么一言不发地看着。

剃光了头的巡夜人卡蒂依然喜爱布谷鸟钟，剃光了头的她依然在橡皮虫第一次咔嗒声后酣然入睡，手指弯曲着，似乎依旧攥着辫子。后来头发长起来，虽然只有手指般长，她依然那样入睡，指头弯曲着。接连数月，巡夜人卡蒂上班睡觉，一如故我，直到头发又给剃光，再稀稀拉拉地长起来，眼见着头发还没虱子多。上班睡觉这事儿好久之后，图尔·普里库利奇终于想明白了，穷困潦倒的人可以驯服，白痴就很难对你俯首听命。巡夜人制度就此废除。

还是剃光头之前，一次集合点名时，巡夜人卡蒂把棉帽子垫在雪上，坐在队伍的最中间。施矢万涅诺夫尖叫道：法西斯婆娘，起立。图尔·普里库利奇揪着辫子把她扯起来，可是手一松，她又坐了回去。他一脚一脚猛踹她的腰，直到她蜷曲地倒在地上，咬着攥成拳头的手，辫子紧紧攥在拳头里，辫梢儿垂在外面，仿佛她把一只褐色的小鸟咬进去一半。她就那么躺着，点完名后，我们中有人扶她起

116

来，挽她去了食堂。

图尔·普里库利奇指挥得动我们，而对付巡夜人卡蒂，他不过是让暴力丢人现眼罢了。当暴力在她那里碰了钉子后，丢人现眼的就是他的同情。巡夜人卡蒂本性难移、无可救药，让他的管教失去了意义。为了挽回面子，图尔·普里库利奇对她采用了怀柔政策。如今，集合点名时，巡夜人卡蒂必须坐到前排他身旁。她坐在棉帽上，一坐几个小时，一脸惊奇地盯着他看，就像在看一个牵线木偶。点名结束后，她的棉帽牢牢地冻在地上，必须花力气才能扯起来。

夏天，一连三个晚上，集合点名给巡夜人卡蒂搅乱了。她在图尔·普里库利奇身边只安静了一会儿，就蹭到他脚边，用帽子擦他的鞋。他一脚踩住她的手。她抽出手去擦另一只。他另一只脚又踏住她的手。等他抬起脚时，她蹦了起来，乱舞着胳膊，像只鸽子"咕咕"叫着穿过点名的队列。所有人都屏住呼吸，图尔干笑着，嘎嘎地像只大火鸡。巡夜人卡蒂给他擦了三次鞋，装了三次鸽子，再点名时，就不许她出现了。点名时间她必须待在工棚里擦地板。她从井里打一桶水，拧干抹布，缠在扫帚头上，每拖完一个工棚，就到井边换桶干净水。她心里没有一点儿不踏实，什么也搅扰不了她的工作。地板从来没有这么干净过。也许是从家里带来的习惯，她不赶时间，擦得很彻底。

其实她根本没那么疯。她把"点名"叫作"点苹"[1]。焦炉组的小铃铛响了，她觉得是教堂弥撒开始了。这样的错觉肯定不是出自她的脑中，因为她的大脑根本就不在这儿。她的举止行为和劳动营的规范格格不入，却与这样的处境很相配。她的身体里有着一种很纯粹的东西，让我们羡慕不已。对于她的天性，饥饿天使一点儿摸不着头脑。它同样也深入她的身体，但与我们不同的是，它上升不到她脑子里。她不做选择，只做最简单的事，听天由命，随遇而安。她没有去逐门挨户交换物品，一样活着离开了劳动营。食堂后面的厨房垃圾那儿从不见她的身影。劳动营的院子里，工厂厂区里，能找到什么吃的，她就吃什么。野草丛中的花儿、叶子和种子。还有各种动物：肉虫和毛虫，蛆和甲虫，蜗牛和蜘蛛。大雪覆盖劳动营院子的时候，她就吃警犬

---

1 德语的集合点名为 APPELL，而苹果是 APFEL，有近似之处。

冻硬的狗屎。令人惊讶的是，警犬很信任她，仿佛这个戴着护耳帽、步履蹒跚的人是它们的同类。

巡夜人卡蒂的疯癫行为总在可以原谅的范围之内。与你，她不热乎，也不拒斥。那些年，她仿佛劳动营里土生土长的家养动物，保持着一份自然的天性，不给人一种陌生的感觉。我们喜欢她。

九月的一个下午，我刚下班，日头依旧热得扎人。我在卸煤站背后那条行人踩出的小径上迷了路。四下里一片片火红的、早已不能吃的山菠菜，其间摇摆着一株被夏日烤焦的野燕麦。它的茎叶像鱼骨般泛着光泽。干硬的种壳里，燕麦粒尚有乳白的浆汁。我把它们吃了。回去的路上，我不愿再在野草地里跋涉，便沿着光秃秃的大路走。巡夜人卡蒂正坐在齐柏林飞船边。她双手放在一个蚂蚁丘上，黑乎乎的爬满了蚂蚁。她把蚂蚁舔进嘴里吃掉。我问道：卡蒂，你干什么呢？

我在织手套，它好痒的，她说。

你觉得冷吗？我问。

她说：今天不冷，明天会的。我妈给我烤了罂粟弯角面包，还是热乎着呢。别踩着啊，要等一等，你又不是猎人啊。等弯角面包都吃完了，当兵的就要"点苹"了。然后他们就坐车回家。

此时,她的手上又满是黑乎乎一片。舔食蚂蚁之前,她问我:仗什么时候才打完啊?我说:两年前就打完了。走,我们回营地去。

她说:你没看见吗?我这会儿哪儿有空啊。

面包失窃案

范妮从不穿工装夹克，而是穿件白色工作服，外面罩件钩织羊毛衫，这样的衣服她有两件，不穿这件，就穿那件。一件是坚果褐色，一件是暗紫色，像没削皮的红甜菜头；一件土黄色，一件有灰白点子。每件都是袖子太宽，肚子那儿太紧。我们从不知道，哪件羊毛衫该哪天穿，而且范妮究竟为何一定要在工作服外面罩上它。保暖可别指望，洞眼太多，又没有多少羊毛。那是战前的羊毛，反复织过多次，拆过多次，仍然很耐钩。也许这羊毛来自一个大家庭所有穿坏的罩衣，也许是这个家庭所有过世的人传下来的。范妮的家庭情况我们一无所知，甚至不知道，她是战前还是战后成的家。对于范妮其人我们不感兴趣。可是，人人都对她恭顺有加，就因为她负责发面包。她就是面包，是女主人，我们天天都对她俯首帖耳。

我们的眼睛离不开她，似乎她会为我们创造面

121

包。我们的饥饿紧盯她身上的一切。她的眉毛宛如两柄牙刷，脸的下方是强有力的下颌，两片马唇短得包不住牙龈，灰色的指甲，手中的大刀精确切割每份面包，还有她厨房秤的两个鸟嘴[1]。尤其是那双沉重的眼睛，像算盘木珠一样了无生气。那算盘她很少用。人们甚至不敢对自己承认，说范妮丑得吓人。谁都害怕给她看出自己在想什么。

鸟嘴上下摆动时，我的眼睛也随之而动。我咬紧牙关，因为我的舌头像鸟嘴一样在口中颤动。然后我张开嘴，好让范妮看到我露齿而笑。你要勉力而笑，要笑得彻底，真笑假笑浑然一体，笑得无助，笑得有心，就怕在范妮那儿失宠。能行的话，就别去冒犯她，而是激发她的公平，让她的天平向你倾斜几克。

可这是白费心机，范妮的情绪并未好转。她的右腿短很多。走向面包架的时候，跛得很厉害。我们都说她是个瘸子。那条腿短太多，连她的嘴角都给扯了下去。左边嘴角一直扯低，右边则时不时扯

1　老式秤的两个秤盘托靠近彼此的一端，设计成两个鸟嘴的模样，称物时，一旦两个鸟嘴水平相对，呈亲吻状，则表示左右天平的物体重量相当。

下来，让人觉得，恶劣的心情似乎不是源自那条腿，而是源自黑面包。嘴角的抽动，尤其让她右半边脸现出痛苦的表情。

她给我们所有人发面包，因此那条跛腿与脸上的痛苦对我们来说便有了命运的味道，就像历史跟跄的脚步。范妮有些神圣的共产主义味道。她肯定是个忠心耿耿的劳动营管事干部的家属，一个女面包官，否则肯定不可能达到主宰面包的级别，也不可能成为饥饿天使的同谋。

她独自一人站在粉刷成白色的面包房里，手握大刀立于柜台之后，一边是厨房秤，一边是算盘。她的头脑中肯定列着一个个清单。她清楚地知道，该给谁六百克，给谁八百克，给谁一千克。

我被范妮的丑陋征服了。随着时间的推移，我在她身上看到了一种扭曲的美，这美又引向了尊重。如果厌恶她，我会变得冷冰冰的，这在秤的鸟嘴前是会有风险的。我一边卑躬屈膝，一边嫌恶自己，不过那是在品尝了她给的面包、已经吃得半饱之后的那几分钟里。

现在想来，当时范妮发的三种面包我都熟悉。第一种是特兰西瓦尼亚地区的家常酸面包，一直都是新教基督赐予辛勤劳作的信徒的。第二种是棕色全麦面包，来自德意志帝国，是希特勒的金麦穗做的。第三种是俄国人秤盘上的配给面包。我相信，饥饿天使知道、也利用了面包里的这种三位一体性。天蒙蒙亮时，第一批面包便出厂了。六七点之间我们去食堂时，范妮将每人那份都已称好。当着每人的面，她把那份面包再上秤，看平不平，有时加一点面包渣，有时切掉个角。然后她用刀尖指指鸟嘴，马下巴歪向一边，陌生地打量我，仿佛四百天以来，每天早上她都是头一次看到我。

早在面包失窃案发生的半年前，我就想，我们会为了饥饿去杀人的，因为范妮那冷漠的神圣性已经渗进面包里。

范妮用第二次精确的称量告诉我们，她是公平的。称好的一份份面包放到架子上，盖上白色亚麻布。每份面包的盖布她都微微掀起，接着再盖上，就像是个老到的乞丐挨门挨户兜售煤块。范妮站在白色的面包房里，身着白色工装，用白色的亚麻布，这个庄重的仪式旨在显示面包卫生，这是劳动营里的文化，也是世界文化。苍蝇可以落在亚麻布上，但决不允许落在面包上。它们想得遇，只有等面包到了我们手上。它们要是逃得慢，我们会把它们的饥饿连同面包一起吃掉。关于苍蝇的饥饿我从未反思过，也从不曾细想过用白色亚麻布策划的那幅卫生图景。

范妮的公正让我服膺。她那歪嘴与秤的精准珠联璧合。她是令人厌恶，但其中不乏有种完美。范妮非善非恶，不是凡人，而是穿着钩织衫的法则。我似乎想都没有想过，拿范妮和其他女人比，因为谁也没有她近乎病态的纪律性和完美无瑕的丑陋。她就像块配给的盒式面包令人渴求，湿得一塌糊涂，粘得一塌糊涂，可恶地充满着营养。

我们一大早便拿到全天的面包份额。和大多数人一样，我拿正常定量，每天八百克。拿六百克定量的人呢，在营区里干轻活儿：把厕所的粪便倒入蓄粪池，铲雪，春秋两季大扫除，把林荫道的镶边石刷白。拿得到一千克的没多少人，只有干特重体力活儿的才有份儿。六百克听起来挺多的。可那面包太厚实，从整条中间切下来，就算八百克，也就大拇指那么厚一片。运气好的话，分到顶头带角儿有硬壳的部分，一片就有两个拇指厚。

每天面对的头一个抉择是：我是否忍得住，不在早饭时就着野菜汤把一天的口粮全部吃掉。能否在饥饿的包围之中，留出一小块儿给晚上。午餐是不吃的，因为要干活儿，也就不需面对抉择。如果早上意志坚定，晚上收工后，便要面对第二个抉择：我是否忍得住，只到枕头下摸摸，看看省下的面包是否还在。能不能等到集合点名之后，进了食堂再吃。那意味着，要再等上两小时。若是点名拖了时间，还得等更久。

早餐时忍不住的话，根本剩不下面包给晚上，也就不用做什么抉择了。我舀上半勺汤，咂咂地深吸着。我学会了缓慢地吃，每喝完一勺汤，就咽咽口水。饥饿天使说：口水让汤更耐喝，早点睡觉腹少饥。

我早早上床，却不时醒来，小舌头因肿胀而跳动着。无论眼睛是睁是闭，无论是翻来覆去还是盯着夜灯，无论是有人打呼噜时发出溺水般的声音，还是橡皮虫咔嗒叫着爬出布谷鸟钟，暗夜都漫无边际。夜色中，范妮的亚麻盖布无边地白着，下面躺着许多面包，遥不可及。

早上国歌之后，饥饿和我一道赶去吃早饭，赶去范妮那儿。赶去做那个非人的抉择：今天我忍得住吗？能留下块面包给晚餐吗？能吗？能吗？……

这"能吗"又能想多久呢？

饥饿天使整日啃噬着我的脑子。终于有一天，它使我扬起了手。就是用这只手，我差点把卡尔利·哈尔门打死。那是一次面包失窃事件。

卡尔利·哈尔门那天休息，早饭就吃光了一天的面包。其他人都干活去了。从早到晚，工棚里就他一个人。晚上，阿尔伯特·吉翁省下的面包不翼而飞。阿尔伯特·吉翁一连五天都意志坚强，省下了五小块儿面包，差不多是一天的定量。他一整天和我们在一起干活儿，和许多省下面包的人一样，一整天想着晚饭喝汤吃面包。下了班，和所有人一样，他也先掀开枕头看。面包不见了。

面包不在那儿，而卡尔利·哈尔门穿着内衣坐在床上。阿尔伯特·吉翁走到他面前，二话不说朝嘴上就是三拳。卡尔利·哈尔门没吭一声，朝床上吐了两颗牙。这位手风琴手揪着卡尔利的脖子，将他扯到水桶边，一下子把头按进水里。水泡从嘴里、鼻孔里冒出来，然后喉咙里发出咕噜声，再后来就没了动静。鼓手把卡尔利的头扯起来，死命地掐他脖子，掐得他的嘴跟范妮的一样恶心地抽搐起来。

我把鼓手撞开，却抄起了自己的木鞋。我抡起手臂，看样子便要结果了面包贼的性命。律师保罗·加斯特一直坐在上床观战。说时迟那时快，他飞身扑到我背上，劈手夺去木鞋，一下子掼到墙上。卡尔利尿了裤子，瘫在水桶边，吐了一地糨糊状的面包。

谋杀的欲望吞噬了我的理智。暴徒不光我一个，是我们一群。卡尔利穿着鲜血和尿浸透的内衣，给拖到工棚外的夜幕下。正是二月时节。我们把他靠在工棚外墙上，他摇晃着瘫倒下去。鼓手和我不约而同地解开裤子，阿尔伯特·吉翁和其他人也依样照做。我们反正要上床睡觉了，于是就一个接一个朝卡尔利脸上浇。律师保罗·加斯特也没落下。这时两条警犬叫起来，一个警卫也跟着跑过来。闻到血腥味的警犬狂吠不止，警卫也破口大骂。律师同警卫一起把卡尔利抬到医务室。我们目送着他们，用雪搓掉手上的血迹。大家默默地回到工棚，爬上床。我手腕处有一块血迹，对着光细看，心想卡尔利的血真是红，像火漆一样，谢天谢地不是静脉血，而是动脉血。工棚里异常安静，听得到布谷鸟钟里橡皮小虫的咔嗒声，近得仿佛来自我的脑中。我不想卡尔利·哈尔门了，也不想范妮那白得漫无边际的亚麻布，甚至连遥不可及的面包也没想，便沉入了深深的、静谧的梦乡。

第二天早上，卡尔利·哈尔门的床空空荡荡。我们一如往常上食堂吃饭。下了场新雪，雪地上也空空荡荡的，不见了血迹。卡尔利·哈尔门在医务室躺了两天。两天后，他回到食堂，坐在我们当中，眼睛肿着，嘴唇乌青，伤口化了脓。面包那事儿已经了结了，大家举止如常。我们没有因为偷窃而责骂卡尔利·哈尔门，他也没有因为挨打而心生怨怼。他心里明白，自己是活该。面包法庭不审判，只施罚。底线才不遵从什么条款，才不需要什么法律。底线就是法律，因为饥饿天使也是贼，它偷走了我们的脑髓。面包面前人人平等，面包的公正没有前奏和终曲，只有此刻。要么完全透明，要么完全隐秘。无论怎么说，为了捍卫面包的公平性而施行暴力，和吃饱喝足的人使用暴力，根本不是一回事儿。面包法庭不认通常的道德。

面包法庭的执法事件发生在二月份。四月时，卡尔利·哈尔门坐在奥斯瓦尔德·恩耶特理发室的椅子上，伤口已经愈合，胡子长长了，像蓬被踩乱的草。我排他后面，镜中的我在他身后等待着，就像图尔·普里库利奇平常站在我身后一样。理发师毛乎乎的手搭在卡尔利肩上，问他：打什么时候起就没见那两颗门牙了啊？没对着我，也没对着理发师，卡尔利·哈尔门对着那双毛乎乎的手说：打偷面包那事儿起呗。

　　他的胡子剃完后，我坐到椅子上。奥斯瓦尔德·恩耶特一边给我刮着，一边吹着什么小夜曲，这时有一小片血痕从白色的泡沫中渗出来。吹口哨和刮出血都仅此一次。那血的红色并非鲜艳的火漆色，它暗暗的，像雪中的一颗覆盆子。

弯月玛利亚 [1]

　　饥饿难耐时，我们就聊童年和吃的。聊起吃的来，女人比男人可详尽多了。女人中，农村里来的讲得最详细。她们讲做菜就像演话剧，每道菜起码有三幕。大家七嘴八舌争论配料时，情节就变得越来越紧张。如果说到在肥肉、面包和鸡蛋调的馅中，从来不用半个而是整个洋葱，不是加四瓣蒜，而是六瓣，洋葱和蒜瓣也不能仅仅切细，而是要用擦床儿擦碎，那么紧张感会猛地加剧。还有，面包粉比面包好，荷兰芹比胡椒妙，最棒的要算马郁兰了，它甚至胜过龙蒿。龙蒿烧鱼很相宜，烧鸭子就不合适。到了争论是该把馅儿填到皮肉之间，好在煎的时候让皮下的肥油渗到馅儿里，还是一定要把馅儿塞进肚子里，煎的时候才不会把皮下肥油吸干，这部剧就达到了高潮。有时是新教式的填鸭占了上风，

1　基督教绘画中的弯月圣母，代表启示录里的女性形象，亦称"启示录圣母"。

有时是天主教式的占了鳌头。

村妇们口头做汤面条时，先讲要用多少个鸡蛋，该如何用勺子搅拌，或者用手怎样揉面。然后，是如何把面团擀得玻璃那么薄，而且保证不破，再放到面板上晾干。讲这些肯定要花上半个钟头。接下来至少还要十五分钟，才能把煮好的汤面条端上桌，撒上一大把或者一小撮新切的香菜，而这之前，要把晾干的面皮卷起来切成细条，再把它们从面板上赶进锅里，用小火慢慢地煨着，或者用大火一滚就得。

城里女人不去争面团里放多少个蛋，而是能省几个鸡蛋。因为什么都省，她们的菜谱连做开场戏都不够格儿。

比起讲笑话来，讲菜谱更是门艺术。笑点并不可笑，但定是要有的。在劳动营，只要一说"你先拿……"[1]，就已经是个笑话了。我们一无所有，无从去拿，这便是笑点。可是，没有人会去捅破这层窗户纸。菜谱是饥饿天使的笑话。

去妇女工棚，必须忍受人们的嘲笑和奚落。一进门，趁别人没开口，你就得先说找谁。最好是主动

1　德语为"Man nehme"，是德语菜谱开篇的头一句。

问：特鲁迪在吗？最好一边问一边左转，朝第三排特鲁迪·佩利坎的床走去。那些床和男人工棚里的一样，都是双层铁架床。有些挂着床帘，是给夜间欢爱用的。我从不想钻到那后面去，一心只想听菜谱。女人们觉得我太腼腆，就因为我曾经有过几本书。她们觉得，阅读让人变得细腻。

我带来的书在劳动营一页没读过。纸张是严格禁止的。第一年夏天，我先是把书藏在工棚后面的砖堆下。夏天刚过半，我便把它们高价出售了。我把五十页《查拉图斯特拉如是说》卖给人卷香烟，搞到了一升盐；又卖了七十页，居然弄了一升糖。为了换那本亚麻布精装全本《浮士德》，彼得·施尔用铁皮给我做了把专属虱子梳。我用那本《八百年抒情诗选集》换了玉米面和熟猪油，魏因黑伯尔那本薄薄的小书变成了小米。干这种事无须细腻，只需谨慎。

收工后，我小心翼翼地窥视冲淋浴的年轻俄国兵。我太过当心，甚至都忘了为何要偷看。我若知道的话，他们肯定会把我打死。

我又忍不住了，早饭就吃光了一天的面包。我再次坐在妇女工棚里，挨着特鲁迪·佩利坎，坐在床沿儿上。策莉姐妹也凑过来，坐在对面科琳娜·玛尔库的床上。科琳娜这几个星期一直在集体农庄。我一边看着策莉姐妹细瘦手指上的金色汗毛和黑色疣子，一边聊着儿时的事儿，免得直奔吃的主题。

　　每年夏天，我们都会离开城市，去乡下度长假。这里的我们，指的是妈妈、我和女佣萝多。我家的度假屋建在文奇山上，对着施努尔莱波尔山。我们会在那儿住八个礼拜。那期间，总会去离得最近的夏斯堡[1]玩一天。要坐车必须得先下到谷底。那一站匈牙利语叫"和图尔"，德语叫"七人村"。小小的候车室屋顶上的钟一响，说明火车开出了达尼士站，五分钟后就到这儿了。月台可是没有的。火车进站了，上车的踏板有我胸口那么高。上车前，我抬起头来打量车厢：黝黑的车轮和锃亮的踏面，还有连杆、挂钩和缓冲器。然后，我们的车驶过浴场，驶过托马家的房子，驶过老扎哈里亚斯家的地。我们每个月给老扎哈里亚斯两小包烟草作为过路费，因为去浴场必须穿过他家的大麦地。再后来，便看见了铁桥，浑黄的河水在桥下翻涌。桥后面是一座蚀

1　这是德语名，罗马尼亚语为"锡吉什瓦拉"，是特兰西瓦尼亚地区重要的城市。

痕累累的砂岩山，山顶上坐落着弗兰卡别墅。到了
那儿，我们就已经到夏斯堡了。每次我们都直接
去市场那家讲究的马蒂尼咖啡馆。我们穿得太随
便，在顾客里显得有些扎眼：妈妈穿条裙裤，我穿
条短裤和灰色耐脏的及膝长袜。只有萝多穿了乡下
人周日参加礼拜的服装：白色的农家衬衣，饰着绿
色真丝穗子和玫瑰折边的黑色头巾。那玫瑰红得明
暗有致，苹果般大小，比真玫瑰大许多。这天我们
想吃什么就吃什么，能吃多少就吃多少。可选择的
太多了，有杏仁巧克力夹心球、巧克力圆球糕、萨
伐仑松饼、奶油切糕、坚果肉卷、福尔姆卷、伊施
乐小蛋糕、榛子肉菜丸、朗姆酒蛋糕、拿破仑面包
片、牛轧糖和多宝士蛋糕。当然还有冰激凌，银杯
子里装的草莓冰激凌，玻璃杯里的香草冰激凌，或
者陶瓷小碗装的巧克力冰激凌，而且上面总是加了
生奶油。临结束时，如果还能吃得下，再来几块维
斯图拉小蛋糕，上面盖着果子冻。我的胳膊感觉到
大理石桌面的清凉，腿弯触到椅子软软的长毛绒边
儿。黑色餐具柜上面，在排气扇的风吹动下，穿着
一件红色长裙，踮起脚尖踩在一弯细得不能再细的
月亮上来回摇摆的是弯月玛利亚。大家坐在床沿上

听我讲，胃也跟着摇摆起来。我身后的特鲁迪·佩利坎伸手到枕头底下，拿出她省下的面包。大家都抓起铁皮碗，把勺子塞到夹克口袋里。我吃饭的家什早带在身边，于是大家一起去吃晚饭。我们在汤锅前排起了长队。接着，大家坐到长条桌边，每人都按自己的法子舀着汤喝，想办法多喝一会儿。众人都沉默着。特鲁迪·佩利坎坐在桌子那头，穿过刮铁皮的刺耳噪音，她问道：雷奥，那咖啡馆叫什么来着？

我喊回去：马蒂尼。

喝了两三勺后她又问：踮着脚尖的那个女的叫什么？我喊道：弯月玛利亚。

从自己的面包到兔脸面包

每个人都跌入了面包的陷阱。

早餐时跌入坚定与否的陷阱，晚餐时跌入交换面包的陷阱，夜里枕着省下的面包跌入夜之陷阱。饥饿天使最恶毒的陷阱就是坚定与否的陷阱：饿着肚子，拿着面包，却不能吃。要对自己硬起心肠，比冻结实的土地还硬才行。每天早晨饥饿天使都提醒：想想晚上吧。

晚饭喝野菜汤前会交换面包。因为自己的面包看上去总比别人的小。别人也有同感。

面包换出去前，大脑会经历片刻的晕眩。可换出去后，怀疑便接踵而至。交换后，那离我而去的面包握在别人手里，就比在我手里时大得多。我换到手的那块却缩小了。那个家伙掉头离开得好快啊，肯定是占了便宜，眼睛比我尖。不行，还得换。可那个家伙和我想的一样，认为我占了便宜，这会儿也在换第二次。换到的面包在手里又一次缩小。我

137

又物色第三个人去交换。其他人已经开始吃了。如果还能挨一会儿，就会去换第四次、第五次。仍不满意的话，便只好将原来那块换回来。于是，我又拿回了自己的面包。

交换面包总是必要的。面包迅速易手，每次都差一点奏效。和水泥一样，面包也在欺骗你。就像人们会患水泥病，换面包也会得交换症。交换面包是夜晚的市喧声；这交易令眼睛发光，也令手指颤抖。早晨是鸟嘴在感知面包的重量，晚上是眼睛。人们交换时，不仅要寻觅那块合适的面包，而且要寻找一张合适的脸。你要依靠别人那裂缝般的嘴来做出判断。那张嘴要是细长如一截钐镰，就再好不过了。你要看看深陷的脸颊上那饥饿的皮肤，看那白色的细汗毛是否够密够长。饿死之前，那张脸越来越像一张兔脸。看到这个，人们就会想，面包给这个人算是浪费了，那些营养吃了也白吃，因为要不了多久，那张白色兔脸就长全了。所以，人们把从白色兔脸那儿换来的面包叫作兔脸面包。

早上时间不允许，再说也没有什么好交换的。刚切下的面包都一样。到了晚上，每一片就干湿不同了。有的四角平平，有的鼓胸弯背。干了的面包看上去会引起错觉，仿佛在欺骗自己。大家都有同感，包括那些不参与交换的人。交换使这种感觉愈发强烈。人们用一个视觉上的错觉换来另一个。这之后还是觉得给面包骗了，只是太累了，没劲再继续。这番从自己的面包到兔脸面包的交换，如同它突然开始一样，会突然结束。喧闹声退去了，眼光转向汤盘。人们一手握着面包，一手拿着汤勺。

孤独地坐在人群里，人人都尽量拉长喝汤的时间。除了人之外，那些汤勺也构成了一个群体。此外，铁皮盘子、喝汤的吸溜声、桌下脚的挪动，都构成一个个群体。汤暖暖的，久久地留在喉咙口儿。我大声地吸溜着，一定要听到汤的声音。我强迫自己不去数喝了几勺。不数的话，就会多于十六勺甚至十九勺。这些数字我一定要忘记。

有天晚上，手风琴手康拉德·凡恩换了巡夜人卡蒂的面包。她把面包给了他，而他却把一块方木头塞进她手里。她一口咬下去，大吃一惊，喉咙干咽了几下。除了手风琴手，没什么人笑。卡尔利·哈尔门抓过卡蒂手里的木块，扔进手风琴手的野菜汤里。那家伙只好把卡蒂的面包还给了她。

每个人都跌入了面包陷阱。可是，谁都不许把卡蒂的兔脸面包变成自己的。这条规矩也是面包法庭的一部分。劳动营教会了我们，在清理尸首的时候毫不恐惧。我们趁尸体还未僵硬前剥下衣服；为了不冻死，我们需要他们的衣服。我们还吃掉他们省下的面包。他们咽下最后一口气后，死亡对我们来说便是盈利。但卡蒂却要活着，即便她不知身在何处。我们都明白这点，对待她就像对待自己的财产。我们对她好，是为了弥补我们相互间的恶行。只要她活在我们中间，我们就能保证，虽然我们能做出许多恶行，但绝不会无恶不作。这一点似乎比卡蒂本人更重要。

关于煤

煤多得跟土一样，要多少有多少。

肥煤来自彼得罗夫卡[1]。这种煤含有大量灰色石块，又重又湿又粘，烧过之后一股酸味。煤块像石墨一样呈页状。先在水磨里磨过，再到洗煤站冲洗，会留下许多矸石。

硫煤来自克拉玛托斯克[2]，一般中午时分运到。卸煤站底下是煤仓，一个建在地下的巨大洞穴，上面是一个铁栅。煤车一节接一节开到铁栅上。每节车厢都是载重六十吨的普尔曼牌，车厢底部有五个门。这些门要用铁锤砸开，如果一砸就开的话，会发出五声脆响，像是电影院里的锣声。如果开门成功，就不必上到车厢里，煤会哗地一下落下去。灰尘扬起，让人眼前发黑，太阳灰兮兮挂在空中就像一只铁皮碗。人一呼吸，吸进的灰尘比空气还要多，齿

1　乌克兰城市。
2　乌克兰城市。

间都会咯咯作响。六十吨煤一刻钟就卸完了。车站上只剩下几个硕大的煤块。硫煤质轻，干而脆。它由煤块与尘土混合而成，像云母一样，闪着水晶般的光。它没有孔隙。它得名于硫，却没硫的气味；里面的硫要到很后来才看得到，因为燃烧后，它会变成黄色的渣子，给垫到了厂区的烂泥坑里。或者在夜里的炉渣堆放区，炉渣堆现出黄色的眼睛，幽幽发光，仿佛月亮的碎片散于其间。

马卡 - 克煤产自附近的鲁德尼亚[1] 煤矿。这种煤既不油，也不干，不含石块、沙子，也没有孔隙。它兼具其他煤种的特点，却没有自己的个性，显得低眉搭眼。可以肯定的是，它含有大量无烟煤成分，却缺乏个性。人们说它是最好的煤。可无烟煤从来不是我的朋友，连个讨人嫌的朋友都算不上。它挺阴险的，不好卸，铲上去好像铲到了破布团，或是一蓬树根。

卸煤站类似火车站，只一半遮着顶棚，四面透风。风刀子一般，霜寒得刺骨。白天很短，中午就得开灯。有时煤灰和雪屑交相飞舞。有时斜风猛雨

1　城市名。位于俄罗斯斯摩棱斯克州西北部。

直扑人脸，雨水透过棚顶，雨滴变得更为硕大。有时酷热难挨，漫漫白昼，只有日头和煤块，直到人体力不支，当场倒下。和卸煤一样沉重的是这煤的名字：马卡-克煤。人们念它时必会结巴，不像说烟儿煤时那样轻声细语：哈索维[1]！

烟儿煤颇为轻盈。它产于雅斯诺瓦塔雅[2]。工头几乎是柔声细语地称它"哈索维"，听上去像只受伤的兔子。就为这个，我喜欢上了它。每节车厢都装着核桃、榛子、玉米粒、豌豆粒大小的煤块。五扇门轻易就能打开，可以说用手套敲一下就成。瓦灰色的哈索维五次滑下，轻盈地，只是它自己，不杂一颗石砾。人们在一旁看着，心想：哈索维有颗柔软的心。卸完哈索维，铁栅上了无痕迹，仿佛什么都没经过。我们站在铁栅上，下面，在卸煤站的肚腹里，一定是煤山煤谷连绵起伏。这里也是哈索维的储存处。

头脑里也有一个储存处。在卸煤站的上空，夏日的风颤抖着，一如家乡；天空如丝绸一般，一如

---

1 德语为"Hasoweh"，为作者所造新词，可以看成由德语的 Hase（兔子）和 Oweh!（唉，真疼啊！）组合而成。
2 乌克兰城市。

家乡。可是家乡无人知晓，我还活在世上。在家里，这会儿祖父该是坐在阳台上，吃着凉凉的黄瓜色拉；他认为我已经死了。祖母嘴里"咯咯"地叫着，引那些鸡到牲口棚边那块房间大小的阴影下，撒鸡食给它们；她也认为我死了。爸妈很可能去了文奇山。妈妈穿着自己缝的水兵服，躺在半山腰的高草丛中，认为我已经在天上了。我无法摇着她的肩膀说：喜欢我吗？我还活着呢。爸爸坐在厨房桌子那儿，慢慢地往弹夹里装铅弹，那是淬火过的小弹丸，没过多久等秋天到了，用它们打兔子。哈索维。

时间一秒秒过去

我去打猎。

第二年夏暮时分，柯贝里安走开了，我在荒原上用铁锹劈死了一条土狗。它短促地嘶叫着，像火车一样。时间一秒秒地过去，它嘴上方脑门那儿斜斜地给劈开了。哈索维。

我想吃它。

四下里只有草。不可能用草把它钩挂起来，也不可能用铁锹剥皮。我没有凑手的工具，也狠不下心。再说也没时间，柯贝里安回来了，把一切都看在眼里。我就任由它躺在那儿，时间一秒秒地过去，它嘴上方脑门那儿斜斜地给劈开了。哈索维。

爸爸，你曾经想教给我，若有人迷了路，该如何吹口哨回应他。

关于黄沙

黄沙颜色种类繁多，从金黄到金丝雀黄，应有尽有，甚至有的微呈玫瑰色。看着柔软的沙混入灰色的水泥中，心里都有些许不忍。

一天深夜，柯贝里安、卡尔利·哈尔门和我再次私运了一车黄沙。这次，柯贝里安是这样说的：开车去我家吧。我不盖房子，不过要过节了，总得搞点儿文化吧。

我和卡尔利·哈尔门明白，黄沙就意味着文化。每年春秋两季大扫除后，营地和厂区的路面上，也会撒上黄沙做装饰。它是春天庆祝停战的装饰物，也是秋天庆祝十月革命的装饰物。五月九日是战争结束一周年。可和平又有什么用，对我们来说，这不过是在劳动营的第二年。接着十月份来了。春天做装饰物用的黄沙早已在干燥的日子给风吹散了，在倾盆的大雨中给雨水冲洗干净。现在，新的黄沙像结晶糖一样铺在营地中，这是秋天的装饰物。它们是伟大十月的美容沙，而不是我们获准回家的标志。

我们出车也不是为了给哪儿美容。我们拉来成吨的黄沙，因为建筑工地胃口很大。采沙场叫作卡耶拉（CARJERA），至少三百米长，二十至三十米深，目之所及，唯有沙子，取之不尽。这是广阔的沙原上一个沙的舞台，可以满足整个地区的用沙需求。沙子拉走得越多，沙坑便挖得越深，这舞台就变得越高。

人若是够奇特里吉（chitrij），也就是够聪明，就会倒车过去靠到沙坡上，那样便不必往上铲沙子，只需在同等的高度轻松地铲，甚至舒服地往下推。

大沙坑就像大脚趾印那样迷人。纯纯的沙，不杂一点土。笔直水平的分层，蜡白色的、肤白色的、淡黄色的、亮黄色的，还有赭石色和浅桃红混杂的。凉凉的、润润的。沙子铲上去很松软，扬起来就变干了。铲子仿佛是自己在挥动，一会儿工夫车就装满了。因为是辆翻斗车，卸车的活儿它自己就搞定了。卡尔利·哈尔门和我在沙坑那儿等柯贝里安回来。

连柯贝里安都会仰倒在沙上，一动不动。我们装车时，他就躺在那儿。他甚至会闭上眼睛，也许睡着了。车满了，我们就用铲尖儿轻敲他的鞋。他一下子跳起来，像个铁丝扎成的人儿[1]，脚步沉重地走向驾驶室。沙上留下他身体的轮廓，好像有两个柯贝里安在场，一个躺在模子里，一个裤子后面湿湿地站在驾驶室边上。上车前，他朝沙子吐了两口痰，然后一手攥住方向盘，一手揉揉眼睛。接着便出发了。

现在轮到我和卡尔利·哈尔门倒在沙上了，听沙子沙沙地流下，朝身边偎上来。除此之外，我们无事可做。上方，天空如穹般拱起。天空和沙子之间，荒原延伸成零位线。时间静止且光滑，四周围绕着微弱的光。脑海里浮起遥远的地方，仿佛我们逃走了，属于这世上每个地方的每一粒沙，而不属于这里的强制劳动。这是躺着时的逃亡。我转着眼球，我逃到地平线下，不会有任何危险，不会有任何后果。沙从下面撑起我的背，天空把我的脸向它抬起。很快天空就暗下来，我的眼睛把它拉下来，眼珠和额窦都装满了天空，全是静止不动的蓝色。天空覆

1　西方艺术的一种，用铁丝扎成镂空的人形。

盖了我，没人知道我在哪儿。甚至连乡愁也找不到我。在沙子里，天命无法启动时间，但它也无法让时间倒流，就像黄沙也不能改变和平年一样。第三个和平年照样到来，第四个也一样。第四个和平年后，我们依然在劳动营里。

卡尔利·哈尔门脸冲下趴在沙坑里。偷面包事件留下的疤痕愈合了，像蜡痕一样透过短发闪着亮。透过他的耳郭，动脉血管像红色丝线般闪亮。我想起在桤木公园和海王星游泳池里的最后几次约会，是和那个岁数比我大一倍的已婚罗马尼亚人。我第一次没有出现，他等了我多久呢？那之后他又等了我多少次，才终于明白，接下去的几次，我都不会来了，永远不会了。柯贝里安至少要半个小时后才会回来。

我又抬起手，想抚摸卡尔利·哈尔门。所幸他帮我摆脱了这个诱惑。他从沙子里抬起头来，他居然咬了口沙子。他在吃沙子，嘴里咯吱咯吱作响，他在吞咽。我呆住了，而他又吃了满口的沙。他咀嚼着，沙粒沿着脸颊掉下来。沙子的印痕在他的脸颊上、鼻子上、脑门上，像一个筛子。脸上的两道泪水留下两道浅褐色的线。

他说，我小时候吃桃子，把咬过的地方冲下扔到地上。然后捡起来，吃掉粘了沙子的地方，再扔下去。直到没了肉，只剩下核儿。我爸觉得我不正常，怎么爱吃沙子，于是带我去看医生。现在沙子多得是，可我根本忘了桃子长什么样。

我说：是黄色的，长着细绒毛，核儿上有些红丝儿。

我们听到汽车声，站了起来。

卡尔利·哈尔门动手铲沙子。他铲满第一铲，眼泪正好流下来。他把那铲沙往外一送，左边的泪水流进了嘴里，右边的流进了耳朵。

俄国人也自有法子

我跟卡尔利·哈尔门坐着那辆兰西亚穿越荒原。土狗四散奔逃。到处是车轮印，压扁的草稞上染着干了的红褐色血迹。到处是成群的苍蝇，围着压扁的皮毛和挤压出的内脏。许多是刚压出来的，还亮晶晶的，蓝白色，一圈圈像堆珍珠项链。另一些呈绛紫色，处于半腐烂状态，或者已经干了，像脱水的干花。在车轮印的另一边，躺着些被撞飞的土狗，好像在睡觉，好像车轮不曾撞到它们。卡尔利·哈尔门说：它们死了的样子，看着像熨斗。它们没哪点像熨斗。他怎么会想起那东西，我早忘记那个词了。

以前，土狗不怎么怕车轮。也许那时，呜呜的风声和汽车的轰鸣很相似，搅乱了它们的本能。车冲过去，它们便跑，不过一副怔怔的样子，并不忙着逃命。我很肯定，柯贝里安从未试图避开它们。我还可以肯定，他还从未碾死过一只，一只也没有在他车轮下惨叫过。即使有，我们也听不到，兰西亚的轰鸣声震耳欲聋。

不过我心里明白，土狗在车轮下会怎样惨叫。每次出车，我都在脑子里听到那种叫声。那短促的嘶叫裂人心肺，三个音节一个紧跟一个：哈——索——维。跟给铁铲劈死时发出的惨叫一模一样，因为两种死法同样干脆。我还知道，就在土狗死的地方，土地如何惊恐不安，颤出一圈圈恐惧，像块大石落在水中。我还知道，只要一打死它，嘴唇便热辣辣地痛起来，因为猛力击打时，牙齿紧咬着嘴唇。

自打那天扔下死土狗没管，我就一再跟自己说，虽说活土狗我们毫不同情，死的也不觉得有丝毫恶心，可人是不能吃土狗的。若说我感到同情或厌恶，那也不是针对土狗，而是针对自己。令我厌恶的不是土狗，而是自己因同情而迟疑不决。

不过，要是下次卡尔利和我有时间，要是我们能下车，在柯贝里安为他的山羊装满三四袋青草之前，要是我们能有那么长时间。我相信，有我在一旁，卡尔利不会肯的。下次若有机会，我必须花点时间好好劝劝他，快来不及了也要劝。我一定要说，对土狗不要拉不下面子，对荒原也用不着羞愧。我觉得，他肯定会自惭形秽，至少比我更自惭形秽，面对柯贝里安也比我更觉难堪。我很可能会问他，为什么要拿柯贝里安来做标准？我敢肯定，要是柯贝里安和我们一样远离家乡，他也会吃土狗，这话我要说。

有些日子里，荒原上突然间就只有压扁的、染成褐色的草窠。云彩也突然间吹散开去。只有天空中清瘦的鹤，大地上乱飞的肥大丽蝇。草丛里却没有一只死了的土狗。

我会问卡尔利，它们去哪儿了？你瞧，怎么这么多俄国人在荒原上走啊？时不时弯腰拣什么东西，还停下来坐会儿。他们都累了，在休息呢，你信吗？和我们一样，他们脑袋里也有个巢，肚子也是空的。俄国人也自有法子。荒原就是他们的家，他们时间比我们多。柯贝里安不会反对吃土狗的。为什么在驾驶室刹车板边放一只短把儿铁铲，他可是用手拔草的。我们不来的时候，他下车可不只是给羊拔草，我会这么跟卡尔利讲。这不叫撒谎，因为我根本就不知道真相。即便我知道，这也只是一种真相，其反面是另一种真相。我会说，和柯贝里安在一起，我和你是一个样子，不和他在一起，又是另一个样子。没你在边上，我也是另一番模样。只有你相信，你自己始终如一。可是偷面包那回呢，你不就不一样嘛。我和其他人都不一样啊。可这话我绝不会说，因为这等于指责他。

皮毛烧的时候会发出臭味。如果卡尔利最终同意干，我会说，我剥皮取肉，你快生火。

我和卡尔利·哈尔门多次坐柯贝里安的车穿越荒原。一星期后，我们站在兰西卡的车厢里。风无力地吹着，草一派橘红，阳光把荒原变成了深秋的模样。夜里，压死的土狗蒙上一层糖样的霜。我们的车经过一个老人身旁。他站在扬起的灰尘里，朝我们挥舞铁铲。一支短把儿铁铲。他的肩上搭了条麻袋，只装满了四分之一，沉甸甸的。卡尔利说：他装的不是草。要是我们下次有时间，要是我们下次能下车。柯贝里安不会反对的，可你那么多愁善感，你绝不会跟我干的。

人家说，饥饿让人失去理智，这不是瞎话。卡尔利·哈尔门和我彼此不甚了解。我们在一起的时间太多了。柯贝里安对我们一无所知，我们对他也一样。我们都不是真实的自己。

枞树

　　眼看就到圣诞节了，我和柯贝里安坐在驾驶室里。天刚擦黑，我们要跑一趟黑车去他兄弟那儿。我们装了煤。

　　看到火车站的废墟和鹅卵石路面，我们知道是到了一座小城。车拐进一条坑坑洼洼、曲里拐弯的侧街。天际尚有一抹亮光，在一道铸铁篱笆后，长着几棵枞树，黑暗中树身挺秀，树冠尖耸，它们高出周围的一切，分外显眼。又经过三栋屋舍，柯贝里安停下车。

　　我动手开始卸煤，他冲我无力地摆摆手，意思是说，别着急，咱们有时间。他走进一栋应该是白色的房子，不过车灯将它变成了黄色。

　　我将大衣搁在驾驶室顶上，尽量一铲铲慢慢来。不过铁铲才是主人，要铲多久得由它来定，我只有俯首听命的份儿。而它会为我自豪。这些年来，铲煤是唯一能给人保留些颜面的事。不久煤卸空了，柯贝里安还在他兄弟屋里。

　　有时一个计划要酝酿很久。可有时却会迅速地做出决定，自己还不确定做得到时，就已经开始行动了，这令人激动不已。我已经披上了大衣。一边跟自己说偷东西是要关禁闭的，一边加快脚步朝枞树走去。铁栅门没上锁。这儿不是一个荒弃了的公园，就是一个墓地。我折断了所有靠下的树枝，然后脱下大衣包起来，没关门就急匆匆地赶回柯贝里安兄弟的家。那所房子此时白森森地暗伏在漆黑的夜色中，车灯已经熄灭了，柯贝里安也扣好了后挡板。我把那捆东西举过头顶扔到车厢里，它散发出浓烈的松香味，还有刺鼻的恐惧气息。柯贝里安坐在驾驶室里，一身伏特加的酒臭味。换是今天我会这么讲，可当时心里想的是：他浑身伏特加味儿，真香啊。他不是个酒鬼，我想只是吃得太油腻才会喝几杯。喝酒也该想到我嘛。

　　这么晚了，谁也不知道在营地大门那儿会发生什么。三只警犬狂吠着。卫兵用枪托把我的包袱从怀里捅到地上。树枝散了一地，下面是天鹅绒边儿的洋气大衣。警犬嗅了嗅树枝，然后就只盯着大衣了。其中最强壮的那条，是领头犬吧，一口咬住大衣，就像咬住尸体一样，越过半个院子，朝点名集合地奔去。我紧追不舍，总算把大衣救下来，不过是它自己松了口。

两天后，送面包的人拉着他的车经过我身边。白色亚麻布上放着一只新扫把，是用铲子把儿和我的枞树枝扎成的。再过三天就是圣诞节了，光是这个词就能把绿色的圣诞树搬进屋里。我的箱子里只有费妮姑姑送的绿色棉手套，已经是东一道口子西一个洞。律师保罗·加斯特两周来在一家工厂做机械师。我跟他要了些铁丝。他带给我一捆切断了的，有手掌那么长，一头儿扎紧，像一把麦穗。我扎了一棵铁丝树，把手套拆了，将绿色的羊毛线密密地系到树枝上，像松针一样。

这棵圣诞树就立在布谷鸟钟下面的桌子上。律师保罗·加斯特还在上面挂了两个褐色的面包球。他怎么会有面包剩下来做饰品，我当时没问，因为觉得第二天他肯定会吃掉，也因为搓面包球时，他说起了老家的事儿。

在上威绍读中学时，基督降临节期间，每天早晨第一节课前，都要点燃基督降临节花环上的蜡烛，就悬在讲台上方。我们的地理老师叫雷奥尼达，是个大秃顶。蜡烛燃着，我们高唱：啊，圣诞树，啊，圣诞树，你的叶子那般青翠……雷奥尼达"嗷"的一声，我们赶紧住口。粉红色的蜡烛油滴在他的秃头上。雷奥尼达大叫，灭蜡烛！他一步窜到椅子背那儿，从夹克口袋里扯出一把铁片儿小折刀，像条小银鱼。快过来，他边叫边打开刀子，弯下腰来。我用刀子刮他脑袋上的蜡，没有划破皮。返回长条凳上坐下后，我见他直冲过来，二话不说，就是一个大嘴巴。我正想抹眼泪，却听他吼道：手背过去。

十个卢布

贝娅·查克尔从图尔·普里库利奇那儿给我搞了一张普罗普斯克（Propusk），就是去集市的通行证。能够自由出入这种事是不能和饿肚子的人讲的。我谁也没告诉。带上了枕头和卡尔普先生送的皮绑腿，这回和平时一样，也是一次交换卡路里的行动。十一点钟我上路了，是我们上路了，我和我的饥饿。

雨雾蒙蒙。小贩们站在泥泞中，兜售着锈螺丝、小齿轮；干瘪老太婆出售铁皮餐具，还有一小堆刷房子用的蓝色颜料，颜料周遭的水洼都染蓝了。旁边堆放着糖、盐、李子干、玉米面、小米、去壳大麦和豌豆。甚至还有玉米蛋糕放在辣根叶子上卖，上面涂着甜菜糖汁。没牙的妇女们在铁皮箱子里装了稠稠的酸牛奶，一个独腿小伙子挂着单拐，拎着满满一桶覆盆子酒。腿脚敏捷的货郎到处游走，卖些弯刀、叉子和鱼竿。在美国产的罐头盒儿里银色的小鱼倏忽来去，像活的别针。

我把皮绑腿搭在胳膊上挤过拥塞的人群。一个穿军装的老兵在面前摆了两本书，他发间有几处秃秃的斑块，胸牌上挂着几十枚军功章。一本书写的是波波卡特佩特火山[1]，另一本的封皮上画着两只肥硕的跳蚤。我翻了翻那本关于跳蚤的书，因为里面有很多插图。两只跳蚤在荡秋千，旁边驯蚤人的手里握着一条细小的鞭子；一只跳蚤坐在秋千椅背上；另一只套了轭具，在拉坚果壳做的婚礼马车；一个年轻人的乳头间趴着两只跳蚤，一路平行向下，直到肚脐的高度，是两条等长的跳蚤咬痕。

这个穿军装的人从我胳膊上扯下皮绑腿，举在胸前观瞧，然后甩到肩膀上。我比画给他看，这是用在腿上的。他发出空洞的笑声，像是从肚子里传出来的，就像图尔·普里库利奇集合点名时发出的笑声，像只肥火鸡"嘎嘎，嘎嘎"。他的上唇总被一颗残牙绊住。旁边的小贩也凑过来，用手搓着绑腿的皮绳儿。又过来一个卖刀的，把自己的货往夹克口袋里一塞，拿起绑腿，展开来，一边按在左胯上，一边按在右胯上，然后又把它接在屁股上，一蹦一

---

1 位于墨西哥境内，也是境内第二高山，亦称为烟峰，仅次于奥里萨巴山。波波卡特佩特火山是世界上最活跃的火山之一。

跳像戏里的丑角。那个坏了牙的老兵也来凑趣，用嘴发出放屁的声响。那边又过来一个撑着单拐的人，脖子上裹着绷带，那拐杖撑手的横档是用破布条反复缠裹的一截断镰刀。他的拐杖头一划，就探进了一条绑腿里，再一挑，把它甩到了空中。我跑过去，把它捡起来。一眨眼工夫，另一条绑腿也飞了起来。我弯腰捡第二条时，烂泥里除了绑腿外还有一张揉成团的纸币。

有人把它弄丢了，我想，希望他还没察觉。也许他正在找。也许先前耍弄我时，也许就在此刻，那伙人中的一个也在我弯腰的地方看到了那张钱，就看我怎么做。那伙人还在取笑我和我的绑腿，而我的拳头里已经攥了那张钱。

必须让自己赶紧消失。于是我再次挤入人群，把皮绑腿紧紧夹在腋下，用手捋平了那张钱，一张十卢布钞票。

十卢布，这简直是一笔巨款啊。我心想，也别算计该怎么用了，就吃吧，吃不完的塞到枕头里。我哪里还有时间去管皮绑腿，这让我尴尬的东西肯定来自外星球，让我格外惹眼。我松开胳膊让它们掉到地上，攥着十块钱像条小银鱼样朝另一个方向飞奔而去。

　　我的嗓子眼儿直跳，紧张得一身透汗。我花两卢布买了两杯覆盆子酒，一口一杯，喝了个精光。接着又买了两块涂了甜菜糖汁的玉米蛋糕，连辣根叶子一并吃掉。叶子是苦的，不过它就像是药，对胃肯定特别好。之后，我买了四个俄式芝士夹心煎饼。两块塞进枕头里，两块下了肚子。然后，又喝了一小罐儿稠稠的酸奶。我还买了两块葵花籽蛋糕吞到肚子里。这时，我又瞧见那个独腿小伙子，就又喝了一杯覆盆子酒。我数数钱，还剩下一卢布六戈比，别说买糖了，连买盐都不够。卖李子干的女人在一边看我数钱，她一只眼睛是棕色的，另一只全白，没有瞳仁，像颗豆子。我把手上的钱摊给她看。她把钱推开，说不，手摆得像赶苍蝇。我像生了根一样纹丝不动，继续给她看我的钱。我抖了起来，边画十字边像祈祷时那样嘴里念念有词：主啊，帮我对付这个可怕的、可恶的老乌龟吧。诱惑她吧，我的主啊，解脱我的罪吧，我小声念叨着，一边想到范妮那冰冷的神圣。在结束这低语时，为了给这祈祷一个完整的形式，我发出了一声清晰生硬的"阿门"。那女人有些触动了，那只豆眼盯着我。然后，她抓过我的钱，拿过一顶旧的绿色哥萨克帽子，满满地装上李子干。其中一半我倒进枕头里，另一半倒在我的棉帽子里，准备马上就吃。等帽子里的李子吃光了，我又吃掉了枕头里两个省下的煎饼。除了余下的李子，枕头里什么都不剩了。

风暖暖地吹过洋槐树，水洼里烂泥干了，一块一块翘起来，像灰色的矮茶杯。往营地去的大路边，一只山羊在一条行人踩出的小道上打转转。它不停地拉扯绳子，蹭破了脖子上的皮。绳子围着桩子缠绕了太多圈，它都够不到草了。它细长的绿眼睛斜瞟着，像贝娅·查克尔的眼神，一副受难的神情，又像范妮。它想跟在我后面。我想起当年在牲口车厢里当柴火烧的山羊尸体，从头到尾劈成两半，表面呈蓝色，冻得干硬。回营的路才走了一半，时间已经很晚了，而且到营门口时，我还带着李子干。为了不让警卫发现，我掏出李子干来吃。到了俄国人村庄后面的杨树林，已经看得到工厂的冷却塔了。它上方的白色烟雾里，日头变成四边形，似乎一下子钻到了我的嘴里。上颚好像被封住了，我呼吸困难。胃刺痛起来，肠子咕噜咕噜地转着疼，里面像是有把弯刀。泪水涌上来，冷却塔在旋转。我靠在一棵桑树上，树下的土地也开始旋转。一辆载重汽车在大路上摇摆起来。小路上三条散开来的狗开始游动着交织在一处。我吐到树干上了，那么贵的一顿饭啊，我好心痛，一边吐，一边哭。

所有的东西都在桑树干上了，闪闪发亮。

所有的，所有的，所有的。

我用头抵着树干，盯着一堆闪亮的、嚼碎了的食物，仿佛能用眼睛再把它吃回去。然后，在空空荡荡的风中，我从第一个瞭望塔下走过，枕头里空空荡荡，胃里空空荡荡。和出去前毫无分别，只是不见了皮绑腿。关乎性命的绑腿。警卫从瞭望塔上吐下葵花籽壳儿，它们像苍蝇一样在空中飘荡。我心中的空虚感像胆汁一样苦，真的很难受。可是，踏进营地的第一步，我就又在想，食堂里还有没有野菜汤。食堂已经关了门。在木鞋咔嗒咔嗒的节奏声中，我对自己说：这儿有冒着白烟的冷却塔。我有铲子，在工棚有容身之地，而且，在饥饿和惨死之间肯定有空隙。我只要找到它就行了，因为吃的欲望比我强大得多。跛子范妮那冰冷的神圣是不会看错的。她是公正的，她分给我东西吃。有什么必要去赶集，劳动营是为我好，才把我关起来，而只有在我不属于的地方，人们才拿我当笑柄。劳动营就是家。上午那个警卫认出了我，他招手示意我进去。警犬卧在温热的路面上，它也认识我。集合点名场也认识我，我闭上眼睛都能找到回工棚的路。我不需要放风，我拥有劳动营，劳动营也拥有我。我只需要一张床，范妮的面包，还有我的铁皮碗。连雷奥帕德·奥伯克都不需要。

关于饥饿天使

饥饿是一个物。

饥饿天使爬进大脑。

饥饿天使不思考。它想的总是对的。

它从不缺席。

它清楚我的底线，知道自己的方向。

它知道我的来历，识得自己的威力。

遇到我之前它就知道，它知道我的未来。

它像水银一样徘徊在所有毛细血管内。它是粘在上颚上的一丝甜味。胃和胸腔都被空气压力挤迫着。恐惧太强大。

一切都变轻了。

饥饿天使睁着眼在一边走。它脚步踉跄地兜着小圈子，它在呼吸秋千上平衡好身体。它认得脑子中的思乡病，空气中的死胡同。

空气天使走在另一边，亮出饥饿给人看。

它轻声地对自己说，也跟我耳语道：能装货的地

166

方，就可以卸货。它和它所欺骗的、可能已经骗到了手的肉体是同质的。

它认得自己的面包和兔脸面包，它先派了白兔去。

它说，它会回来的，但是却待在这儿没动。

它回来时，便是来势汹汹。

非常清楚明了：

一铲子 = 一克面包。

饥饿是一个物。

拉丁语里的秘密

在食堂吃完饭后，我们把长木桌和长条凳推到墙边。有时，星期六晚上十一点三刻前，我们可以在那儿跳舞。跳完后再把桌椅摆回去。十二点整，营地的高音喇叭会播放俄国国歌，届时每个人都必须回到工棚。星期六，警卫喝了甜菜酒，情绪不错，会随便开两枪。如果星期天早晨有人倒在营地院子上，就说是"企图逃跑"。要说他是急着穿过院子去厕所，因为肠子里太干净，兜不住野菜汤，那不能成为理由。尽管如此，周六晚上，我们还是会时不时在食堂里移来移去跳探戈。跳舞时，我们活在脚尖上，就像马蒂尼咖啡馆里的弯月玛利亚，那个我们曾经生活过的世界。在一个挂着彩带和灯笼的舞厅里，有晚礼服、胸针、领带、西装口袋里的手帕、袖口的纽扣。我母亲翩翩起舞，鬓边缀着两条卷曲的头发，圆髻像个小柳条篮，脚蹬一双浅棕色高跟凉鞋，细细的鞋带挂在脚后跟像削下的梨子皮。她身着一条绿缎连衣裙，就在心口那儿别了一枚镶了四颗绿宝石的胸针，一株四叶苜蓿草。我父亲身穿沙灰色西装，胸前的口袋里露出白色手帕的一角，扣眼里别着一朵白色康乃馨。

而我这个劳动营的囚犯也在跳舞，工作服里满是虱子，橡胶雨靴里裹脚布臭不可闻，想到家乡的舞厅，加上胃里空空，我一阵晕眩。我和策莉姐妹中的策莉·考恩慈共舞，她手背上的汗毛像细丝一般。另一个策莉叫作策莉·旺特施奈德，无名指下有一个橄榄大的疣子。跳舞时，策莉·考恩慈跟我打包票，说她是卡斯滕霍尔茨人，不像那些人来自沃尔姆洛赫。说她母亲是在阿格尼塔[1]长大的，父亲是在武尔坎[2]。出生前，她父亲买下了卡斯滕霍尔茨一家规模很大的葡萄酒庄，于是夫妻二人便搬到那里。我跟她说，有一个叫利布灵[3]的村子，还有一座叫大扎穆[4]的城市，不过不在特兰西瓦尼亚，而在巴纳特。策莉说巴纳特她不清楚，一点儿都不熟。我

1 特兰西瓦尼亚锡比乌地区一城市。
2 特兰西瓦尼亚的一个城市。
3 罗马尼亚蒂米什县的村庄，属巴纳特地区。此地名德语意为"亲爱的"。
4 罗马尼亚巴纳特地区一城市。此地名德语意为"大的羞耻"。

说我也不大熟，一边穿着汗津津的工作服绕着她转，而她汗津津的工作服也绕着我转。整个食堂都在旋转。当一切都在旋转时，什么都不必搞清楚。我说，连营地后面的木屋都无须搞清楚，人们叫它们芬兰人小屋，里面住的却是俄国的乌克兰人。

中场休息后跳探戈。我和另一位策莉跳。我们的歌唱家伊萝娜·米悉站在乐队前半步。唱《小白鸽》时她会朝前再走半步，因为她想让这首歌完全属于自己。她的胳膊和腿抻得直直的，眼珠翻来滚去，头摇来晃去。她的喉头颤动着，嗓音变得像深水的漩涡一样喑哑：

> 一条船就要沉没
> 丧钟早晚会敲响
> 为我们每一个
> 水手啊
> 一切终将过去
> 大海会抓住我们
> 谁也无法幸免

在《小白鸽》的旋律中，我们挤在一起跳着舞，谁也不说话。这时，人们即使不情愿，也都会默默地想着那些不得不想的事情。这时，每个人都推着乡愁这只沉重的箱子。策莉的舞步拖曳起来，我用手按着她的腰骶，直到她重新找回节奏。她把头别过去，好一会儿，不让我看到她的脸。她的背瑟瑟发抖，我知道她在哭。那抽噎声清晰可闻，我什么也没说。除了劝她别哭，我又能做什么呢。

没有脚趾便没法跳舞，所以，特鲁迪·佩利坎坐在墙边的长凳上，我走过去坐在她旁边。她的脚趾头一年冬天就冻坏了。夏天时又给石灰车碾扁了。秋天绷带下生了蛆虫，就截了肢。打那儿以后，特鲁迪·佩利坎就用脚后跟走路，肩膀向前倾，身子向后努。这样，她的背隆了起来，胳膊僵直像铁铲把儿。因为不论是建筑工地、工厂或是车库都没她能干的活儿，第二年冬天就派她到医务所打下手。

我们都说，所谓医务所不过是个等死的地方。特鲁迪·佩利坎说：我们什么忙都帮不了，只能给些鱼石脂。那个伤科女军医当然是俄国人了，她觉得，德国佬一死就会一批。冬天那批死得最多。其次是夏天那批死于时疫的。秋天烟草成熟了，就轮到秋天死的那批了。他们是喝烟草汁酒给毒死的，那酒

171

比石煤烧酒要便宜。不花钱死的也有，就是用玻璃碎片割开动脉，或者砍断自己的手脚。特鲁迪·佩利坎说，还有一种，难是难了点儿，可是也不花钱，就是用头撞墙，直到撞死。

大多数死人我们都看得到，在点名场，在食堂外。我很清楚，此外不会有很多了。但凡是没在我眼前倒下的，我都认为他们还活着。我会小心翼翼不去问，他们如今在哪里。看到这么多活生生的教材，看到别人在你之前早早就谢幕了，恐惧感变得强烈起来。随着时间的推移，它变得无比强烈，几乎与麻木惊人地相似。第一个发现了死尸的人，会觉得自己敏捷的身手都到哪里去了。要趁着尸体还未僵硬，赶在别人前头赶紧剥下衣裤。要赶在别人之前，赶紧拿走枕头下的面包。拿光他的东西就是我们的哀悼方式。等担架来到工棚，能给营地监管方拿去的，除了一具尸体外，什么都不剩了。

死的人要是不相熟，人们眼里就只有获取的利益。拿光东西不是罪，如果换过来，死的那人也会拿光你的东西，你也会允许他这么做。劳动营是个很现实的世界。羞愧和胆怯我们可负不起。人们的行为坚定而冷漠，或许还带着种绝望的满足感。这和幸灾乐祸无关。我相信，对死者的恐惧越小，对生存的迷恋就越大，生存的概率就越高，就越容易什么瞎话都相信。人们说服自己相信，消失的人定是去了别的营地。他们相信事实的反面，事实本身反而不算什么。像面包法庭一样，拿光东西的行为只认现在，可它与暴力无涉。它冷静而温柔地发生着。

父亲屋前有棵椴树

父亲屋前有条长椅

如果哪天能够回去

今生今世长相厮守

我们的歌唱家伊萝娜·米悉唱着，额头上布满了汗珠。齐特琴手洛玛把琴杆在膝盖上，拇指上套着金属指环。每唱完一句，他就轻抚出一个和声，嘴里跟着唱。科瓦契·安彤几次把鼓挪向前，直到在他飞舞的鼓棒间能够瞥见伊萝娜的脸。在乐曲声中，一对对男女跳着舞，像小鸟在狂风中着陆那样，趔趄地蹦跳着。特鲁迪·佩利坎说，我们反正也走不了了，不过我们倒还能跳舞，我们就像厚厚的浸了水的棉花，里面包着把老骨头，比敲出的鼓点儿还孱弱。为了说明这点，她跟我列举了医务室拉丁语里的秘密。

多发性关节炎[1]。心肌炎。皮炎。肝炎。脑炎。烟酸缺乏症。营养不良，造成唇裂，人们称之为死亡炎症。营养不良，双手僵直冰冷，人们称之为鸡爪病。痴呆症。破伤风。斑疹伤寒。湿疹。坐骨神经痛。肺痨。然后大便里出现赤痢，身上长了疔疮和溃疡，肌肉萎缩了，干缩的皮肤上长了疥疮，牙龈萎缩导致牙齿脱落，牙齿烂掉。特鲁迪·佩利坎没有谈到冻伤。也没提冻伤过的脸那瓦片红的肤色，还有呈尖角状的白色瘢痕，那瘢痕在开春天气转暖时变成了深棕色，眼前跳舞的人脸上都是这种颜色。因为我什么也没有说，什么也没有问，真的没问一句，看到这个，特鲁迪·佩利坎在我胳膊上狠狠掐了一下：

雷奥，我是说真的，千万别死在冬天。

鼓手这时和伊萝娜在唱二重唱：

1　此段落中提到的许多疾病名称是拉丁语。

水手，你别再做梦

你不用再思乡

　　特鲁迪在歌声中插嘴道，整个冬天都有死尸堆在后院儿，上面铲上些雪，放上几晚，直到冻硬了。挖墓坑的是些地痞无赖，懒得很，他们把尸体劈成块儿，这样就不用挖墓穴，刨一个坑就够了。

　　我认真地听特鲁迪·佩利坎说，渐渐觉得，每个拉丁语里的秘密我都悟到了一些。音乐在激励死神，它和我们肩碰肩摇来摆去，打成一片。

　　我从音乐中逃离出来，回到工棚。营中大路旁，两座瞭望塔上，卫兵的身影瘦削僵直，像是从月亮里下来的。探照灯流出乳白色的光，从营地大门边的警卫室里飘来笑声，一直飘到营地院子里，他们又在滥饮甜菜烧酒。营中的林荫道上蹲着一只警犬。它眼中发出幽幽的绿光，爪间放着一根骨头。我觉得，那是鸡骨头，我好羡慕它。它察觉到我的心思，猗猗吠叫起来。我必须做点儿什么，好让它不扑上来，于是我叫道：万尼亚。

　　它肯定不叫这个名字，不过它看着我，仿佛只要它乐意，也能叫出我的名字来。在它叫我之前，我一定得离开，于是我迈开大步就走，数次回头，看它是否跟上来。到了工棚门口，我见它依然没有低头去咬骨头。它依旧盯着我，或许回味着我的声音和万尼亚这个名字。连狗的记忆都是消失了又再回来。可饥饿却从不消失，它一再回来。孤独亦复如此。或许俄语的孤独就叫万尼亚。

我和衣爬到床上。像往常一样，木桌上方的值夜灯亮着。像往常一样，我无法入睡时，会盯着炉子的烟管，看它黝黑的两个拐弯，还有布谷鸟钟上的两个铁松果。这时我会看到孩提时代的自己。

我站在家里阳台门旁，一头黑色小卷发，个儿头还不到门把手。我怀里抱着个布偶玩具，一只褐色的狗。它叫莫皮。爸妈从城里回来，正从外加的木楼梯走上来。妈妈把红色小漆皮包的链带缠在手上，这样上楼时就不会哗啦啦响。爸爸手里拿着白色草帽。他走进屋，妈妈停下来，拂开遮住我前额的头发，拿掉我的玩具，把它放在阳台桌上，红色小漆皮包的链带哗啦啦响起来。我说：

给我莫皮，要不我就一个人了。

她笑起来：谁说的，你还有我呀。

我说：可你会死的，莫皮不会。

一些人虚弱得无法再去跳舞，此时他们发出轻微的鼾声。从这鼾声中，我听到自己儿时的声音。它那般柔滑，让我不寒而栗。毛绒玩具（Kuscheltier）[1]，这是怎样一个温柔的名字，实际上是塞满锯末的布玩具小狗。营地里什么都没有，只有忍辱吞声（Kuschen），或者那种恐惧造成的沉默，我们叫它什么呢？"恐沉的"（Kuschet）在俄语里是吃的意思。这会儿我也不愿去想吃的。我昏昏睡去，进入梦乡。

我骑着一头白猪，越过天空，朝家飞驰。从空中可以清楚地认出家乡的土地，那轮廓是没错的，甚至用篱笆围了起来。不过在那片国土上散放着些无主的箱子，箱子间无主的绵羊在吃草。绵羊脖子上挂着一圈松果，发出铃铛般的声音。我说：

这要么是一个散放着箱子的大羊圈，要么是羊到处跑的火车站。那儿空无一人，我现在该去哪儿。

饥饿天使从上空俯瞰着我，说：

骑着回去吧。

我说：回去我会死的。

你死时，我会把一切涂成橘红色，而且一点儿都

---

1 此处与下面两处附上原文，是为了展示作者如何在词语中寻找特异的关联。

177

不疼，它说。

于是我骑着回去了，而且它没有食言。我死的时候，所有瞭望塔的上空都一片橘红色，而且一点儿都不疼。

正这时我醒了，用枕头擦了擦嘴角。夜里，臭虫钟爱这个地方。

炉渣砖

炉渣砖是炉渣、水泥和石灰乳做成的筑墙砖。它先是在混凝土搅拌机里混合，再注入一个夯具里，摇动手柄压成型。砖厂坐落在炼焦厂后面，在卸煤站的另一边，炉渣堆旁。那儿空间大，足够摆下上千块刚压好的砖去晾干。它们密密地摆成行，像烈士陵园的墓碑。那块地有起伏和坑洞的地方，砖行就若波浪一般起伏。此外，每个搬砖人都摆放得略有不同。每个人都用手把砖放到一块小木板上。承受了太多块湿湿的砖后，木板也会弯曲、开裂，上面留下些孔洞。

从压模机到晾晒地，有四十米的距离，搬砖走这么远可是在考验平衡。人们的平衡方式各有不同，所以砖行也是斜的。此外，每摆下一块砖，砖行间的路也会跟着改变。有时把砖朝前摆，有时朝后，有时摆在中间，去补碰破的砖，或者利用前一天摆砖时浪费的空间。

新压出来的砖重达十公斤，如湿沙子般易散。小木板就放在腹前，一摇一摆地抬着，舌头、肩膀、手肘、胯部、腹部、膝盖都要和脚趾的弯度相配合。这十公斤还根本不能算块砖，也就不能让它察觉，自己给人抬着。对它要智取，摇的幅度要一致，不能让它晃动，那样到了晾晒区，它便会从木板上"嗖"地直跌下去，迅速落向地面，稳稳地，不会令人震撼，只会感到一阵光滑下行的恐惧。搬砖人必得蹲下身去，膝盖保持弯曲，直到木板抵住下巴，两肘翅膀般展开，让这块砖准确无误地着陆。只有如此，才能紧挨另一块摆好，而不伤着彼此的边角儿。平衡时只要一个闪失，那块砖便会垮下来，烂作一摊。

从抬砖到放砖，脸部也异常紧张。舌头必须绷直，眼睛直愣愣瞪着。如果搞砸了，会气得连骂都骂不出。由于长时间保持僵硬的姿势，每次搬完炉渣砖，我们的嘴巴和眼睛都变成了四边形，像砖一样。搬砖时，水泥也来凑趣。它四下弥漫，在空中飞扬。水泥粘在人身上，粘在混凝土搅拌机上，粘在压砖机上，比砖里含的都多。压砖时，先得把承砖的小木板放到压模里。然后用铲子把混合好的材料铲到模子里，再压下手柄，直到砖同木板一道给压上来。这时，搬砖人就抓住木板的两端，抬起就走，跳舞似的保持平衡，直到晾晒区。

炉渣砖的压制日夜不停。早晨，压模还是凉凉的，蒙着层水雾，人的脚还算轻松，阳光还未照到晾晒场。炉渣堆的顶端，太阳已经火辣辣的。中午时分，酷热难当。脚已经找不准步点儿，腿肚子里每根筋都在灼烧，膝盖颤颤巍巍。手指业已麻木。放下砖时，舌头都没法绷直了。报废了不少砖，背上也挨了不少打。夜里，探照灯在工地上投下圆锥形的光柱。耀眼的灯光下，搅拌机和压模立在那里，像皮草缝纫机，蛾子四下里飞舞。它们不只在找光，炉渣混合物的潮气，像夜花一样吸引它们。虽然晾晒区有一半躺在黑暗中，它们却栖在琢石上，用喙和纤细的腿轻点着石面。它们也落在砖上，让搬砖的人一下子乱了手脚。看到它头上的短绒毛，腹部饰品一样的圈，听到它翅膀"悉悉索索"的扇动声，人们感觉砖活了。有时一次飞来两三只，落在那儿，仿佛是从砖里钻出来的。仿佛小木板上那湿湿的一团，不是炉渣、水泥、石灰乳的混合物，而是压成方块状的一堆飞蛾幼体，飞蛾就从里面钻出来。它就这么给抬着，从压模到晾晒地，从探照灯光中到深浅明昧的暗影里。那暗影歪歪斜斜，颇为险恶，它会扭曲砖的轮廓，改变砖的间距。木板上的砖不再知道自己的长相。搬砖人心里也没了底，可别把砖的边缘和暗影的边缘搞混了。炉渣堆的那边也会有交错杂乱的光亮一闪一闪，甚是惑人。它们在数不清的位置闪烁着，像夜间动物莹黄的眼，自己发光，照亮了、或者说燃烧着它们无眠的夜。炉渣堆灼热的眼睛像硫黄一样发出刺鼻的气味。

黎明将近，空气清凉，天空如乳色玻璃。脚板松泛多了，至少脑子里是这种感觉。就要交班了，谁也不愿想自己有多累。连探照灯都乏了，给日光盖了下去，一副惨淡苍白的模样。在我们虚幻的英雄墓地上空，在每一行、甚至每一块砖的上空，空气一片澄蓝。一种静谧的公平感弥散开来，这是此地唯一的公平。

炉渣砖比死去的工人强，后者没有一行行墓地，也没有一排排墓碑。不过这事儿不能想，否则接下来的几天或几夜，就无法跳舞似的保持平衡。稍微一想，就会报废不少砖，背上也会挨不少打。

轻信的瓶子和多疑的瓶子

又是皮包骨头的日子，菜汤，菜汤，永远是菜汤。早晨一起床就是卡普斯塔（Kapusta），夜里集合后又是卡普斯塔。卡普斯塔是俄语的野菜，俄国人的菜汤，常常根本不见野菜的影子。不当它是俄语词，也去掉汤的意思，卡普斯塔便是两个毫不相干的词拼凑而成，这个词是它们唯一的缘分。"卡普"（Cap）是罗马尼亚语的"头"，"普斯塔"（Pusta）是匈牙利语的"低地平原"。即便人们用德语看待这个词，劳动营如野菜汤一样，仍是俄国式的。人们这般胡拉乱扯，就是想卖弄聪明。拆分开的卡普斯塔，做饥饿词可并不够格。饥饿词像张地图，只是人们念叨的，不是图上的地名，而是头脑的吃食。婚礼宴会汤、碎肉派、小排骨、肘子、煎兔肉、猪肝团子、鹿腿肉、腌酸兔肉，凡此种种，不一而足。

饥饿词个个讲的非吃即喝，咀嚼的景象浮现眼前，缠绵的味道萦绕嘴中。不论是饥饿词还是吃喝词，都能喂饱幻想。它们自食其身，自觉味美。人无法因之饱足，但至少能躬逢其盛。每个久历饥馑的人，都有自己罕用的、常用的、必用的吃喝词。人人都有自己最甘美的那个词。和卡普斯塔一样，山菠菜也算不上吃喝词，因为我们真的吃它。不得不吃。

我相信，饥饿时，闭目和睁眼无甚差别，闭目的饥饿把食物看得最为清楚。饥饿词有的静默，有的喧闹，仿佛饥饿分成隐忍的饥饿与公开的饥饿。饥饿词，也就是吃喝词，主宰了谈话，可人依旧是孤独的。人人咀嚼着自己的词。一同进餐的其他人，也做着同样的事。体味他人的饥饿，可能性为零，饥饿无法共享。作为基本餐的菜汤，就是我们身上掉肉、头脑发疯的原因。饥饿天使歇斯底里地乱窜。它已失控，每天疯长，草一个夏天也长不了那么高，雪一个冬天也积不了那么厚。也许一棵高耸的树一辈子才能长那么高吧。在我看来，饥饿天使不但在长大，而且在繁殖。它为每个人带去专属磨难，虽然大家的境况彼此彼此。之所以这么说，是因为皮肤、骨骼和缺乏营养素的水三位一体，让男女失去差别，成为无性人。不过，人们说话时还是区分阴性与阳性，比如梳子是"他"[1]，工棚是"她"。即便如此，饿得半死的人不是男人，也不是女人，而是像物体一般，客观中性，或者说是物性的。

不管在哪儿，在床上，在工棚间，在卸煤站上白班、夜班，和柯贝里安身处荒原，在冷却塔旁，下班后在公共澡堂（Banja），或者在乞讨，无论做什么，饥饿总是如影随形。每件东西的长、宽、高和颜色，都是我的饥饿的长、宽、高和颜色。在苍穹和土地之间，每一处都散发着某种食物气味。营地大道发出焦糖味儿，营地入口仿佛新面包，营地、厂区间过街处一如热杏子，工厂木栅栏好像糖炒干果，工厂大门颇似炒鸡蛋，卸煤站宛如蒸辣椒，炉渣堆上的炉渣一如番茄汤，冷却塔酷似香煎茄子，迷宫般的蒸汽管道像极香草球。草丛中，沥青块儿散发出蜜制榅桲的香味，焦炉组像一个个甜瓜。这一切似有魔法，又让人备受煎熬。就连风都能慰藉饥肠，它舞动着的食物清晰可见，绝无丝毫虚妄。

自从我们变成骨瘦如柴的男女，对彼此而言没有性别，饥饿天使就与每个人交媾，还背弃了从人

1　德语的名词分阳性、阴性和中性。

身上盗走的肉，把更多的虱子与臭虫带到人们床上。皮包骨头的日子，就是每周下班后，集体开到营地院子里除虱子的日子。所有人，所有物品都必须移到屋外除虱，箱子、衣物、床，还有人自己。

那是第三个夏天，金合欢盛开着，晚风微醺，芳香如温热的牛奶咖啡。我将物品统统搬到屋外。正好碰到图尔·普里库利奇引着绿牙齿的托瓦利施奇-施矢万涅诺夫经过。他拿着根刚削了皮的柳条棒，有两根笛子那么长，挺有韧性，抽人很凑手，一头削尖了，可以用来翻东西。看到我们的穷酸样儿，他面露嫌恶，伸出棍子挑起箱子里的物什，甩在地上。

只要有可能，我都会选除虱人群的中间位置，因为一头一尾检查得最严。然而那一回，施矢万涅诺夫对人群中段发生了兴趣，要查个底朝天。他把棍子插到我的留声机箱子里，在衣物下发现了我的收纳包。他将棍子放到一边，翻开收纳包，发现了我的秘密菜汤。三个星期来，我把没舍得扔的两个漂亮小瓶子里装上菜汤，不为什么，就是因为它们空着。因为它们正好空着，所以就装了菜汤。一个瓶子是螺纹玻璃的，圆圆的肚子，螺旋盖子，另一个肚子扁平，瓶颈宽阔，为它我还专门削了个木塞。我怕汤变馊，便将瓶子密封起来，就像家里密封煮烂的水果。我围着瓶塞滴了一圈蜡，蜡烛是特鲁迪·佩利坎从医务室拿来借我用的。施托埃托（Schtoeto），施矢万涅诺夫问我。

菜汤。

干什么用的。

他摇动瓶子，汤起了泡沫。

帕姆亚特（Pamjat），我说。

这是俄语的"纪念品"，柯贝里安告诉我，俄国人认为它是个好词，便顺口说。然而，施矢万涅诺夫很可能是问，这纪念品是为谁准备的。谁会这么蠢，菜汤装瓶子里，每天喝两次菜汤，还要留念。

是留着带回家的吧，他问。

我点点头。把菜汤装瓶带回家，可是大逆不道的行为。挨顿棍棒我倒无所谓，不过他才巡视了一半，不想因打人而耽搁。于是他没收了瓶子，命我第二天去见他。

第二天一早，图尔·普里库利奇把我从食堂带到长官房间。走在营地的路上，他脚步匆忙，我紧随其后，像个获罪的囚徒。我问他，到时该说什么。

他头也没回，手不耐烦地一挥，似乎是说，这事儿我不想掺和。施矢万涅诺夫冲我大声咆哮。图尔其实可以省省，用不着翻译，那些话我早就耳熟能详。骂我是法西斯，间谍，破坏分子，害群之马，说我没文化，偷野菜汤，背叛劳动营，背叛苏维埃政权和苏联人民。

劳动营的菜汤本来就稀，再装到细颈瓶里，汤便几乎没有内容。在施矢万涅诺夫看来，瓶中那两片碎菜叶，明摆着是污蔑。我的处境很危险。就在这个关头，图尔小拇指一挑，计上心来：说它是药。在俄国人看来，"药"这个词儿不好不坏。图尔及时注意到这点，食指在脑门上转动着，像是要钻个洞，不怀好意地说道：是迷信啊。

这样，一切都明白了。我来营地才三年，还未彻底改造过来，依旧笃信魔水能治病。图尔的解释是，那瓶螺旋塞的治拉肚子，木塞治便秘。施矢万涅诺夫沉吟着，信了图尔的话，认为在营地搞迷信固然不好，可生活中此事也无伤大雅。他又细瞧了瞧两个瓶子，摇了摇，直到瓶颈处涌满了泡沫，然后他把螺旋塞的朝右推了推，再把木塞的朝左推了同样的距离，这下两个瓶子并立着，肩挨着肩。看着瓶子，施矢万涅诺夫的嘴角松弛了些，眼神也变得柔和起来。图尔马上注意到这变化，说道：

现在走吧，快滚。

施矢万涅诺夫可能根本没扔那两个瓶子，个中原因无法解释，或者实际上可以解释。

是什么样的原因呢？至今我都百思不解，为什么要把汤灌到瓶子里。这和祖母的那句话："我知道，你会回来的"有关吗？我难道如此天真，笃信我能回家，给家人带去两小瓶菜汤来展示我的劳动营岁月？或者，尽管饥饿天使跟随左右，我的脑子还根深蒂固地认为，出远门儿要带纪念品回家？我祖母仅有一次坐船旅行，还从康斯坦丁堡给我带回一双天蓝色拇指大的土耳其式拖鞋。不过我说的是外祖母，她可没说我会回来的话。她住在另一所房子里，告别时根本没露面。回家时，两个瓶子应该是我的证人吗？或者，我已经有了一个轻信的瓶子和一个多疑的瓶子？难道螺旋塞下装的是归家旅程，而木塞密封的是永远滞留？它们的对立就像腹泻对便秘，这可能吗？对于我图尔·普里库利奇是不是所知过多？是不是总和贝娅·查克尔聊天起了作用？

回乡和留下果真是对头吗？或许我期盼，无论哪种情况出现，我都能应对自如。或许我希望从现在起，不要把这里的生活，甚至生活本身总与回家的愿望挂钩，天天想着回家，却永远回不了。我越想回家，就越压着不去想，以免归家无望时，整个人都垮掉。回乡的渴望萦绕不去，可除此以外，人不是还得有点别的什么，我便对自己说，俄国人若要永远留下我们，那么命中注定，这就是我的生活。俄国人不也活得好好的吗？我不会拒绝在这里安家落户，我只需保持现状，就像那只木塞密封的瓶子，我已经做到一半。我会彻底改造，虽然尚不知如何实现，不过这荒原会做到的。饥饿天使已经俘虏了我，它让我头皮轻飘飘的，当时因为除虱，我剃了个光头。

去年夏天，在辽阔的天空下，柯贝里安解开扣子，任风吹动衬衫。他说起荒原上牧草的灵魂，说起他的乌拉尔河[1]情怀。我心想，我胸中也流动着同样的东西。

1　发源于乌拉尔山脉南部，流经俄罗斯联邦及哈萨克斯坦在阿特劳注入里海，全长 2428 公里，是世界第四大内流河，传统上认为它是欧洲与亚洲的界河。

关于日光中毒

这天早上，太阳像红彤彤的气球，早早地升了起来，它那般膨胀，把焦炭厂的天空都挤扁了。

上工时还是深夜。探照灯的圆锥形光柱打在我们身上，我们站在聚醚酮[1]坑中，那是一个两米深的大坑，面积赶上两个工棚。大坑里浇注了几米厚的沥青。沥青层年代久远，已经石化。我们的任务是用撬棍和鹤嘴锄把沥青挖出，装上手推车。然后沿晃晃悠悠的木板桥，把车从坑里推上去，再推到铁轨边，上一块木搭板，最后将沥青卸在货车车厢里。

我们要把这黑色的玻璃砸碎。肋条状的、弧形的、牙齿状的碎块在头边乱飞。这时人们看不见琉璃尘。只有推着空空的手推车，沿着颤颤巍巍的木板桥，从暗夜中走回白色的光柱下时，才能看见空

1　缩写为 PEK，高分子聚合物，加工性能良好，可用于注塑，挤塑，模压等方法制成管，棒，薄膜等形态。聚醚酮大量用在电子、电气、机械、化工等工业领域。

气中，琉璃尘宛如透明硬纱的披肩在闪烁。在风中，探照灯摆来摆去，那披肩也随之消失，片刻之后卷土重来，仍在原处，宛如镀了铬的鸟舍。

六点钟收工，此时天亮已经一个钟头了。太阳萎缩了，不过更毒，紧紧凑凑像个南瓜。我的眼睛里有团火，火苗舔得人发痒，头颅的每条缝隙都在怦怦跳动。走在回营的路上，目之所及，皆刺目耀眼。脖颈上的血管跳动着，像要爆裂开，眼球在脑袋里沸煮，心脏在胸腔里敲鼓，耳朵像是要撕裂。脖子撑得粗粗的，像发起来的面团，僵硬难动。头与脖子合为一体。这肿胀感下及肩膀，脖子与躯干亦合为一体。阳光钻透了我，我得赶紧逃到工棚的荫庇下。不过那儿像口袋里一样黑才好，窗缝里漏进的光都能杀人。我用枕头蒙住头。夜色将临时才松快下来，不过又该上夜班了。天黑时，我又要回到聚醚酮坑中，回到探照灯下。第二个夜班时，工头提来一只桶，里面装着一团团灰粉色的糊糊。我们给脸和脖子涂上这玩意儿，然后下到坑里。很快它就干了，纷纷剥落。

早上太阳升起时，在我的脑中，沥青更为狂野地乱窜起来。我踉踉跄跄地回到营地，像只病猫，直奔医务室而去。特鲁迪·佩利坎摸摸我额头。女军医用手在空中画了个更夸张的头，口里说道"悚恻"（SONZE）、"施威特"（SWET）和"波利得"（BOLID）。特鲁迪·佩利坎哭了起来，跟我解释这是光化学分离反应。

那是什么？

日光中毒。

她给了我一团自制药膏，放在辣根叶上，是用金盏花同猪皮熬的，涂到伤口上，防止皮肤皲裂。女军医说，我对聚醚酮坑过敏，她要给我开三天假，或许还会跟图尔·普里库利奇沟通一下。

我在床上躺了整整三天。我发着烧，半梦半醒中，一波波热浪把我带回了家，带回了清新夏日中的文奇山。枞树林后面，太阳一早就升起来，像个通红的气球。透过门缝瞧过去，爸妈还在熟睡。我走进厨房，桌子上，牛奶罐边靠着一面剃须镜。我的费妮姑姑瘦得像只胡桃夹子，手握卷发钳，来去于煤气灶和镜子之间。穿着白色纱裙的她正在给自己烫发。然后她用手指给我梳头，那些依旧顽固直立的头发，就用吐沫来对付。她牵着我的手，一起去为早餐桌采摘春白菊。

沾满露水的湿润青草齐我肩高，它们沙沙地轻唱着，草地上缀满了花瓣参差的春白菊和蓝色的风铃花。我只采长叶车前草，也叫"射箭草"，因为把它的茎弯成个圈，一松手，可以把种子穗射飞。我朝亮白色的纱裙射去。突然，我看见，就在纱裙和裹住费妮姑姑下身的白衬裙间，紧紧扒着一溜褐色的蝗虫。她手中的春白菊掉在地上，双臂张开来，人僵在那里。我伸手到她裙下，用手把蝗虫一个个铲掉，速度越来越快。它们凉凉重重的，像湿漉漉的螺丝。它们紧紧地扒住我，让我恐惧。我上方的不再是卷了发的费妮姑姑，而是一只两条细腿的巨大蝗虫。

在那白纱裙下，我第一次满心绝望地铲东西。现在我躺在工棚里，三天来不停地涂金盏花药膏。其他人继续在聚醚酮坑里干活儿。而我因为过敏，图尔·普里库利奇便派我去炉渣窖。

我在那儿待了下来。

194

每班都是件艺术品

我们一班儿两个人，阿尔伯特·吉翁和我，两个工厂锅炉下面的窑工。在工棚里，阿尔伯特·吉翁是个急脾气。在黑窑里，他很有分寸，但喜欢发号施令，所有忧郁症患者都那样。也许以前他并不总这样，只是到了窑里才变的，变得跟这窑一样。他在这儿干很久了。我们话不多，除非特别有必要才开口。

阿尔伯特·吉翁说：我倒三车，然后归你倒三车。

我说：然后我去擦锅炉。

他说：对了，接下来去铲炉渣。

一个班儿就是来来回回地铲炉渣、倒炉渣，直到过了差不多一半，阿尔伯特·吉翁会说：我们到板子下面睡半个钟头，在七号炉下面，那儿安静。

然后是另一半。

阿尔伯特·吉翁说：我倒三车，然后归你倒三车。

我说：然后我去擦锅炉。

他说：对了，接下来去铲炉渣。

我说：要是九号炉满了，我就去铲。

他说：不行，你现在倒炉渣，我去铲，再说煤仓也满了。

收工后要么他说，要么我说：来打扫一下，交班时窖里干净才好。

在窖里干了一周后，在理发室，我从镜子里看到，图尔·普里库利奇又站在我身后。我刚理到一半，他抬起油光泛亮的眼睛，干净的手指一伸，问道：

窖里面怎么样啊。

舒服，我说，每一个班都是件艺术品。

越过理发师的肩，我看见他在微笑，但他根本不知道，我的话没有错。他的音调中听得出些许仇恨，他的鼻翼微微发红，太阳穴那儿，血管像大理石般凸显出来。

他说，你的脸昨天可真脏，好像你帽子的每个洞都奔拉根肠子出来。

我说，不打紧的，煤灰像皮毛一样，只有手指那么厚。不过收工后窖里很干净，每班都是件艺术品。

天鹅歌唱时

第一天在炉渣窖上完班，特鲁迪在食堂里对我说：现在你的霉运算到头了[1]，地底下是不是好一些？

接着她就给我讲，来营地头一年，在建筑工地拉石灰车时，好多次她如何闭上眼睛做白日梦。现在，她如何把光溜溜的尸首从太平间里抬出来，摆在后院地上，像才去了皮的原木。她说，现如今，把尸首往门口抬时，也经常闭上眼，做当年戴着马具拉石灰车时做的那个梦。

什么梦啊，我说。

她说，梦见一个年轻漂亮有钱的美国猪肉罐头厂工人，不过不年轻不漂亮也不打紧。他爱上了我，不爱我也不打紧，只要他有钱，能把我赎出去，和我结婚带我离开这儿。那样就太运气了，她说。如果他还有个妹妹，刚好可以给你。

1　霉运的德语是 Pech，也有沥青的意思，此处是双关语。

不年轻不漂亮不打紧，不爱我也不打紧，我重复道。特鲁迪听了这话很夸张地笑起来。她的右嘴角抽动起来，脱离了她的脸，似乎笑容和皮肤接合的地方绷断了线。

我也就跟特鲁迪简要地讲述了那个反复做的骑白猪回家的梦。不过只提了一句，也没说到白猪：你想象一下，我说，我常梦见骑着灰狗越过天空朝家飞。

她问：是那警犬中的一只吗。

不，是村里的狗，我说。

特鲁迪说：为什么要骑着狗回家，飞更快呀。我只在醒着的时候才做梦。我把尸首摆到后院儿时，直盼着能飞走，像只天鹅，一直飞到美国去。

也许她也晓得海王星游泳池椭圆徽章上的那只天鹅。这个我没问她，而是说：天鹅歌唱时声音总是很沙哑，听得出来，它小舌头肿了。

关于炉渣

夏天时，在荒原上，我看见一道白色炉渣垒成的堤，让我忆起喀尔巴阡山积雪的峰巅。柯贝里安说，这道堤以后会变成大路的。那白炉渣压得瓷实，里面呈颗粒状，像石灰泡和贝壳砂。白色上散布着些粉色的斑块，常常粉到边缘处变成灰色。我不明白，为什么粉色衰变成灰色，会有那种怡人而震撼的美，原来的矿物性消隐了，代之以人类才有的忧伤的疲惫。乡愁也有颜色吗？

卸煤站旁也有白炉渣，堆得一人高，一个接一个，像连绵的山丘。它们没给压实，边缘长出草来。要是铲煤时雨下得大，我们就到里面躲雨。我们在白炉渣里挖出洞穴。炉渣灰轻轻飘落，包裹住我们。冬天，雪在炉渣堆上冒着气，我们在洞里取暖，躲在三层保护之下，一层雪，一层炉渣，一层棉制服。洞里散发着一股温馨的硫黄味，蒸汽无孔不入。我们坐在洞里，洞口就在脖子那儿，鼻子露出地面，就像由于性急破土而出的花卉鳞茎，嘴边还有雪层在融化。从炉渣里爬出来时，衣服上给未燃尽的小块炉渣烫出一个个小洞，到处露出棉花。

由于干过装卸的活儿，我认得了磨碎的深红色高炉炉渣，与白炉渣完全是两回事。它是红褐色粉末，每次一挥铁锹，就在空中四散开来，再缓缓落下，像多褶的衣摆。它像炎炎夏日一样干燥，完全无菌无毒，所以不会勾起乡愁。

还有一种炉渣，呈褐绿色，在厂区后面荒地野草里堆着，压得瓷实。没在野草丛中，它们仿佛被舔过的盐块。我们彼此不相干，它漠然看我走过，激不起我一丝感触。

可是，我的白班－夜班炉渣，我的唯一和所有，我的每日一渣，就是煤火炉里的蒸汽锅炉渣，那灼热的和冰冷的地窖炉渣。火炉在地上世界里，连着五座，有几层楼高。这些火炉烧五个水炉，为整个工厂提供蒸汽，也为我们这些窖里人提供冷热炉渣。它们为我们提供一揽子工作，并决定了每一班何时冷、何时热。

冷炉渣无疑来自热炉渣，是后者冷却后的灰烬。冷炉渣每班只需清空一次，热炉渣却要清个不停。

必须按照火炉的节奏来，一小车一小车铲满，推到炉渣堆上，再到炉渣堆接铁轨的地方倾倒。

每天的热炉渣都可能面目迥异。它的模样取决于煤的混合比例。人们会说，煤混合得甚解人意，或者很乖戾难料。煤混合得好，烧完后落到运输格栅上，便是四五厘米厚炽热的一层。它们贡献完热量，如今变得干脆，裂成小块，像烤过的面包，从腹门那儿落下去。饥饿天使不禁惊叹，即便人们挥铲时气力不支，小车还是很快装满。如果混合得不好，炉渣出来时黏稠似熔岩，炽热发光，黏在一起。它们自个儿没法透过炉栅，而是堆积在火炉腹门间。它们面团般扒在一起，得用捅钩捅下去。火炉内部无法清空，小车便也装不满。这个工作费时无数，劳心劳力。

要是碰到灾难性混合，火炉就真的会拉肚子。腹泻炉渣等不及腹门打开，便从半开的缝里涌出来，像拉出的玉米粒。它是红色的，发着炽热的光，最好别正眼瞧。它居心险恶，直飞入衣服上每一个洞里。因为拦不住它，小车会满得溢出来。人们得把腹门关上，天知道是怎么做到的，同时还要保护好腿、套鞋和裹脚布，免受洪水般的余烬之灾。然后用水管冲熄余烬，用铁铲将小车挖出，拉到炉渣堆上，将弄脏的地方清理干净。所有这些都得一次完成。要是下班前来这么一手，那可就真惨了。这要花大量时间，而另外四个火炉早该清空了，根本不能等。节奏变得飞快，眼睛四下游走，双手上下翻飞，双脚趔趔趄趄。时至今日，我依然痛恨腹泻炉渣。

不过我钟爱那每班一次炉渣，即冷炉渣。它不但讲道理，而且有耐心、靠得住。铲热炉渣时，我和阿尔伯特·吉翁才要配合。冷炉渣都愿自个儿单独干。冷炉渣很温顺，很信赖我们，几乎可以说是小鸟依人。这紫罗兰色的沙尘，我们可以和它不受打扰地单独相伴。它在地窖里一溜火炉的最后面，有单独的腹门和铁皮小车，没有炉栅。

饥饿天使知道，我有多喜欢和冷炉渣独处。它也知道，冷炉渣并不冷，而是温热的，有股丁香花的气味，或者山毛桃和暮夏时节杏子的气味。不过，多数时间，冷炉渣带来下班的味道，因为一刻钟后就收工，不会再有什么祸事。它发出的气味，像地窖外回营的路，像食堂的菜汤，像放松的休憩。它甚至发出平民世界的日常味道，让我精神一振。我幻想着，我不是穿着棉袄走出地窖回工棚，而是衣装鲜亮，戴着宽边毡帽，穿着驼毛大衣，围着酒红丝巾，在布加勒斯特或者维也纳，走进咖啡馆，坐在大理石桌边。冷炉渣就是如此慷慨，它给人送上自欺欺人的梦，让人能够溜回到以前的生活。被毒气熏得昏昏时，冷炉渣令人感到幸福，简直幸福死了。

图尔·普里库利奇拿准了我会抱怨，不是没有道理的。正因为此，每隔几天在理发室，他才会问我：

怎么样，在地窖里还好吧。

在地窖里怎么样啊。

地窖里如何啊。

地窖里顺利吗。

或者简单地问：怎么样，地窖。

我想让他的如意算盘落空，于是每次都坚守同一答案：每班都是件艺术品。

只要稍微了解一点儿煤气与饥饿混合一处的滋味，他便必定会问我，是在地窖的哪个位置干活儿。我也就会回答，是在飞灰中。飞灰也是种冷炉渣，四处飞扬，给整个地窖穿上件外套。飞灰也能让人感到幸福。它没毒，也没异味，呈鼠灰色片状，像微小的鱼鳞，天鹅绒般柔滑。它蝴蝶般舞动，匆匆飞过，像白霜的晶体挂在一切物体上。每个表面都变得毛乎乎的。灯光下，飞灰把灯泡外罩的钢丝网勾勒成一个马戏团的笼子，里面关着虱子、臭虫、跳蚤和飞蚂蚁。蚂蚁长着婚飞翅，中学时有讲过。它们有一位国王、一位王后和一群士兵。士兵的头颅硕大无朋。有的士兵下颚发达，有的鼻子发达，还有额腺体发达。所有士兵都由工蚁喂养。蚁后的身体比工蚁大三十倍。我笃信，饥饿天使和我就是这个比例差距，或者说贝娅·查克尔和我。抑或是图尔·普里库利奇和我。

和水混合时，流动的不是水，而是飞灰，因为它能喝水。它先是肿胀成钟乳石餐具，然后继续膨大，变成吃灰苹果的混凝土孩子。与水混合后，飞灰成了魔术师。

没有光也缺水的时候，它四下里枯坐。贴在地窖壁上，像真的皮毛，粘在棉帽上，像人造皮毛，钻在鼻孔里，像胶皮软塞。阿尔伯特·吉翁的面庞地窖般黝黑，无法分辨，只看见眼白在空气中游走，还有牙齿。我从来不清楚，阿尔伯特·吉翁是性格内向呢，还是满怀忧伤。问他，他只说：我不想这种事。我们是两只土鳖，对此我深信不疑。

收工后我们去洗澡，就在工厂大门旁的公共澡堂。头、脖颈、双手都打三遍肥皂，但飞灰的灰色和冷炉渣的紫色却依旧顽固。地窖的诸般颜色渗入皮肤。我倒不在意，甚至有些自豪，它们也是自欺欺人的颜色啊。

贝娅·查克尔挺替我难过。她琢磨了好久，该怎样安慰我，不过也知道，她说的话会是种伤害：你就跟默片里的人似的，和瓦伦蒂诺[1]一模一样。

她刚洗了头发，丝般的发辫梳得溜光，依旧润润的。两颊因营养充沛而草莓般红润。

小时候，妈妈和费妮姑姑喝咖啡时，我跑过花园，平生第一次看到一只肥硕成熟的草莓。我喊道：快来啊，有只青蛙着火了，还发光呢。

我从营地带回家一粒发光的热炉渣，嵌在右腿的迎面骨上。在我的肉里它冷却了，变成冷炉渣。透过皮肤，它闪烁着，仿佛一朵文身。

1　鲁道夫·瓦伦蒂诺（1895—1926），意大利演员，默片时代的传奇，英年早逝。

酒红丝巾

　　我的窖友阿尔伯特·吉翁下了夜班，在回营的路上说：如今，天气暖和了，没吃的话，至少可以晒晒太阳，让饥饿暖和些。我一点儿吃的都没了，就来到营地院子里，晒晒我的饥饿。草依旧是褐色，踩得扁扁的，被霜冻坏了。三月的太阳垂着惨淡的流苏。俄国人村子上方，天空呈现出波浪形的水纹，太阳被水波推动着。而我呢，饥饿天使推着我，去食堂后的垃圾堆。如果没人赶在我前头，也许能找到土豆皮。大多数人还在上工。在食堂边，我看见范妮和贝娅·查克尔在交谈，只好把手从口袋拿出来，换了悠闲的散步速度。垃圾堆是去不了了。范妮穿着那件淡紫色钩织衫，让我想起自己的酒红丝巾。自从携皮绑腿遭遇大败之后，我再也不想去赶集了。贝娅·查克尔能说会道，一定会做生意，何不托她用我的丝巾换些糖盐。范妮一瘸一拐痛苦地走进食堂，走向面包。我还没在贝娅面前站稳便问

206

道：你哪天去赶集啊。她说：大概明天吧。

　　贝娅什么时候想出营都行，如果需要通行证的话，她能从图尔那儿搞到。她坐在营地林荫道边的长凳上，等我去取围巾。围巾压在箱底，在白色亚麻手帕旁。我有几个月没碰它了，它像皮肤一样细嫩。我一阵战栗，面对它流动的方格花纹，颇感自惭形秽。我这般邋遢憔悴，而它依然柔软光滑，闪亮的方格和哑光的方格交错着。劳动营的岁月没有改变它，方格图案保持着先前的宁静秩序。它不再属于我，我也不再属于它。

　　把它交给贝娅时，她的眼睛略微斜睨，眼珠又那样迟缓地转动着。那双眼睛像谜一般，是她身上唯一美的地方。她把丝巾围上，简直抵御不了它的诱惑，双臂交叉着，双手轻抚着丝巾。狭窄的双肩，胳膊像细细的柴火棍。她的胯部和臀部却结实有力，像是粗壮的骨头撑起的底座。孱弱的上身和壮硕的下体，让贝娅·查克尔像两个不同的身体拼成的。

　　贝娅带上酒红丝巾去换给养。然而，第二天集合点名时，那条丝巾却围在图尔·普里库利奇的脖子上。接下来的一周，天天如此。我的酒红丝巾成为他集合点名的旗帜。从那时起，集合点名也成了我

207

那丝巾的哑剧表演。围巾挺衬他的。我的骨头灌了铅一般，呼和吸已分不清彼此，抬眼向上看，想在云朵的边缘发现一副挂钩，但这努力只是徒劳。围在图尔·普里库利奇脖子上的我的丝巾不允许我那么做。

点名结束后，我鼓起勇气，问图尔·普里库利奇，那围巾是从哪儿来的。他毫不迟疑地说：从家乡带来的，我一直就有的啊。

他闭口不提贝娅·查克尔，而且已经过了两个星期。我从贝娅·查克尔那里一粒糖或盐都没得到。那两个吃饱喝足的家伙知不知道？他们严重地欺骗了我的饥饿。难道不是因为他们我的处境才如此悲惨吗？惨得连自己的围巾都不再适我。他们难道不知道，只要没收到交换物，那围巾依然是我的财产？一个月过去了，太阳已经不再绵软无力。山菠菜又变成了银绿色，野莳萝也长得毛茸茸的。我走出地窖，采摘野菜，塞进枕头里。弯下腰时，光线被我挡开了，眼前只见黑色的太阳。我煮山菠菜吃，一嘴烂泥味道，我还是没有盐。图尔·普里库利奇依旧扎着我的丝巾，而我呢，依旧到地窖上夜班。收工后，在空空荡荡的午后，依旧去食堂后捡食垃

208

坂，那味道总比没盐的假菠菜和没盐的山菠菜汤要好些。

捡垃圾的路上，我又碰到贝娅·查克尔，这次没等我开口，她便直接说起贝斯基德山，说沿着它就可以进入东喀尔巴阡山脉北部。她讲起如何从小村子陆基跑到布拉格，讲起图尔最终放弃了传道士的工作，做起生意来。这时我打断了她：

贝娅，你把我的围巾送人了吧。

她说：他一把给抢过去了，他就是那样。

什么，我说。

哎呀，她说。他肯定要给你点什么，也许放你一天假。

她眼中闪动着的，不是太阳的反光，而是畏惧。不是畏惧我，而是畏惧图尔。

贝娅，我要一天假干什么，我说，我要糖和盐。

关于化学物质

　　和化学物质打交道，就像和炉渣打交道一样。谁也不知道，炉渣堆、干朽木材、铁锈、瓦砾，这一切会释放出什么。我说的不仅仅是气味。我们初进营地时，焦炭厂一片废墟，让人触目惊心。人们无法想象，这一切仅是战争的恶果。早在那场战争之前，那些腐朽的、生锈的、发霉的、碎裂的一切业已存在。它们和人类的冷漠、化学物质的毒素一样古老。人们看到，在这里，把工厂逼向毁灭的，就是那些化学物质自己，是它们联手而为。在铁管和机器里，铁质肯定发生了蚀损和爆裂。那工厂一度极为先进，全部是德国工业二三十年代的最新技术。在金属废料上，还可以看见"弗斯特"和"曼内斯曼"的字样。

　　要对抗这毒素，人们就得在废料里寻找它们的名字，就得在脑中搜寻容易接受的名词。因为我们感觉到，毒素的攻击在继续，它想对付我们这些囚犯。

对付我们的强制性劳动。还在家乡时，俄国人和罗马尼亚人就在名单上为"强制性劳动"找到了一个委婉的替代词：重建。这个词已经去了毒。既然叫"建设"，那就应该是"强制性建设"才对。

我无法避开化学物质，只好任其摆布。它们腐蚀了鞋子、衣服、手和黏膜。于是我下决心，把工厂的气味按利于我的方式重新解释。我琢磨出"香味街道"的点子，自觉不错，于是渐渐养成了习惯，给劳动营里的每一条路都发明一个诱人的名字：萘街，鞋油路，家具蜡街，菊花道，甘油香皂路，樟脑街，松香街，明矾路，橙花路。我不愿受这些毒物的摆布，干脆舒舒服服地对它们上瘾。这舒服的瘾头并不是说与它们妥协。舒服意味着，既然有饥饿词和吃喝词，也就有帮我们逃离化学品的替代词。而且，这些词于我个人而言，也的的确确不可或缺。不可或缺的同时，它们也是种折磨。因为，虽然明知拿它们派什么用场，我却依然得相信它们。

去卸煤站的路上，有一座有棱有角的冷却塔。那是一座污水处理塔，外壁流着水。我命名它为"宝塔"。下面是一个圆圆的水池，即使在夏天，也散发着冬大衣的气味，萘的气味。那是一种圆圆的白色气味，像家中衣柜里的樟脑丸。在宝塔那儿，萘发出一种有棱有角的黑色气味。经过宝塔时，它又变得圆白。我看到了童年时的自己。暑假时，我们坐火车去文奇山。在小科普沙[1]，透过车窗，看见燃烧着的天然气田。那火焰呈火狐色，让我震惊的是，火焰虽小，却把整个谷地的玉米田给烤焦了，像晚秋时分，一派萧瑟的灰。盛夏时节，这片田野就已老态龙钟。人们从报纸上得知，这是油气田。很糟糕的一个词，它意味着，气田又着火了，没人能扑灭。母亲说，他们想从屠宰场运牛血来，五千升呢，希望能够迅速凝结，变成个大塞子。我说，气田发出一股衣柜里冬大衣的味道。母亲说，没错，没错，一股萘的味道。

我们叫它地油，而俄国人叫它"乃福特"（NEFT）。有时在油罐车上可以看到这个词。它就是石油，看到它我就立即想起萘。没有哪儿的日光像在洗煤站的拐角处（即那栋八层楼高的废墟旁）这般刺人。阳光把沥青中的地油榨了出来，油味儿刺鼻，苦苦的，咸咸的，像一管巨大的鞋油。炎热的中午时分，

1　特兰西瓦尼亚的一座小城。

父亲会躺在长沙发上睡个把钟头，母亲就趁这个当口给他擦鞋。在洗煤站那八层楼高的废墟旁，无论我何时经过，都是这股气味，而在家乡只在中午才有。

五十八个焦炉组编了号，列成长长一溜，直直地戳在那里，像竖着的棺材。外面砌了瓦片，里面糊上耐火黏土，然而黏土已有些剥落。"糊上耐火黏土"让我联想到"吃饱的害羞飞蛾"[1]。地上有一摊发亮的油，耐火黏土碎块在里面结成晶体状，像黄色疱疹。那气味好似卡尔普先生院子里的菊花丛。而这里，只长些叶子苍白的毒草。正午躺在热风里，那草和我们一样营养不良，它给自体的重量压得摇摇晃晃，草茎弯折。

阿尔伯特·吉翁和我上夜班。傍晚时分我走去地窖，经过所有的管道，一些裹在玻璃棉里，其他的光秃秃的，锈迹斑斑。一些齐膝高，一些过头顶。至少有一次，我得沿着根管道走，而且是一来一去两个方向。至少有一次，我不得不去了解，一根管道从哪儿来，到哪儿去。然而，它输送些什么，或

---

1 二者在德语表达中有近似之处，因而引起叙述者的联想。

者究竟有没有输送什么，我始终不得而知。或者，至少有一次，我得沿着一根管道走，它冒着白色蒸汽，也就是说，它起码输送白色蒸汽，萘的蒸汽。应该有个人给我讲讲，焦炭厂如何运作，哪怕一次都行。一方面，我的确有兴趣，想知道这里干些什么。另一方面，我不知道，那些有专门术语的技术流程会不会干扰我的替代词。我是否真能记住这些小道与空地上所有骨架的名称。阀门嘶嘶地冒着白气，脚下的大地颤动着。对面一号焦炉的十五分钟报时钟叮铃铃响了，要不了多久，二号炉的也会响。排风机展示出它的阶梯和梯子，像钢铁的肋骨。排风机后面，月亮正在向荒原漫游过去。这样的夜里，我可以看到家乡小城的山墙，说谎桥[1]，指套长阶[2]，以及旁边的典当行"小宝盒"。我还看见穆斯匹利，我的化学老师。

管道丛林中的阀门是"萘泉"，会滴出萘来。夜里看去，阀门开关处白花花的。和雪不同，那白色是流动的。与夜色不同，焦炉塔的黑色是扎人的。

1　罗马尼亚锡比乌城的第一座铸铁步行桥，传说若在桥上说谎，该桥会塌掉，故此得名。
2　罗马尼亚锡比乌城小广场边上的一条狭长的下行长阶。

一个月亮在这儿，另一个照着家乡小城的山墙。在这里，就像在那里一样，月亮都照着一个院落，整夜亮堂堂的，照亮院中古老的物什：一张丝绒沙发，一部缝纫机。丝绒沙发散发着橙花的香气，缝纫机一股家具蜡的味道。

最令我惊叹的是抛物线塔，就是那个"壮妇"，那座雄伟的冷却塔，足有百米高。她染黑的紧身胸衣散发着松脂的香味。她形状永远如一的白色塔云是水蒸气。水蒸气毫无气味，却激活了鼻黏膜，从而强化了现有的一切气味，促进了替代词的发明。论骗术，只有饥饿天使可与"壮妇"匹敌。抛物线塔旁，堆着一座化肥山，还是战前生产的。柯贝里安曾说，化肥也是煤炭的衍生物。衍生物一词令人宽慰。老远看去，战前的化肥像包在玻璃纸里的甘油香皂，熠熠生辉。我看到十一岁的自己，在夏天的布加勒斯特，那是一九三八年，在胜利大街上，第一次去一家现代化百货公司，走进有一条街那么长的糖果部。鼻间是甜蜜的气息，手指间是沙沙作响的玻璃纸。我打了一个寒噤，紧接着，四周的热气和体内的热浪一同裹挟住我。我第一次勃起。那间百货商店依旧叫"索拉"（Sora），意思是姐妹。战

215

前的化肥是一层层夯实的，一层色黄透明，一层呈芥末绿，一层色泽灰暗。靠近去闻，气味苦若明矾。明矾块儿我必须信赖，它可是能止血的。有些植物长只靠明矾生长，开的紫花就像凝固的血，结的果子像上了褐色油漆，宛如荒原草丛中干了的土狗血。

属于化学物质的还有蒽。它伏在任何一条路上，啃噬橡胶雨靴。蒽是油砂，或者说结晶成砂的油。脚踏上去，它又立刻变成油，像踩烂了的蘑菇，要么是墨水蓝，要么是银绿色。蒽有一股樟脑的味道。

尽管有"香味街道"和替代词，聚醚酮坑仍然发出煤焦油的臭味。自打日光中毒后，我很怕那味道，也就为能在地窖干活儿而感到高兴。

可是，地窖里必定也有化学物质，只是看不见、闻不到、尝不出罢了。它们最为阴险。因为发现不了，也就没法给它们起替代名。它们跟我捉迷藏，也给我预先送来新鲜牛奶。每月一次，下班后，阿尔伯特·吉翁和我能得到新鲜牛奶，来对付那些看不见的物质。这样，我们就不会像俄国人尤立那么快中毒。在我日光中毒之前，他和阿尔伯特·吉翁搭班儿在地窖里干活。为了让我们坚持久些，每个月我们在工厂门房的小屋里，能够用铁皮碗领到半升新鲜牛奶。这简直是来自另一个世界的馈赠。它的味道是正常人的味道，是不用服侍饥饿天使的人的味道。我相信，它对我的肺很有补益。我相信，每一口都肃清毒物，像雪一般，纯洁得胜过一切。

一切，一切，一切。

每天我都企盼，它的疗效能持续一个月，时刻保护着我。我不敢说，但还是说了：我希望，鲜奶就是我那白色手帕未曾谋面的姐妹。也是我祖母流动不息的祈愿。我知道，你会回来的。

谁把那块国土给换了

一连三个晚上，我被同一个梦纠缠着。我又跨上白猪，穿越云层，朝家乡飞驰。可是，从空中望下去，家乡的大地变成另一番形状。大地的边缘不见了海洋，中间不见了山脉，不见了喀尔巴阡山。只有一片平坦的大地，没有人烟。唯有野燕麦四处生长，一片秋日的金黄。

我问道：谁把那块国土给换了。

饥饿天使在天上看着我，说：这是美国。

我问：特兰西瓦尼亚到哪儿去了。

它说：在美国。

我问：人们都到哪里去了。

它没再说话。

第二晚它也没说，人都到哪里去了。第三晚依然没说。这让我整个白天都惶惶不安。收工后，阿尔伯特·吉翁打发我去另一个男犯工棚，找齐特－洛玛。他解梦是很出名的。他把十三粒大大的白豆子放在我的棉帽子里摇，然后把它翻过来扣在箱子盖儿上，研究起十三粒豆子相互间的距离。此后，他又研究每个豆子上的虫眼、坑洼和刮痕。他说，第三和第九粒豆子间是一条街道，第七粒是我母亲。第二、第四、第六和第八粒是轮子，不过很小。那是辆童车。一辆白色童车。我提出异议，说家里这会儿不可能有童车，因为在我学会走路后，父亲便把它改装成了购物车。齐特－洛玛问我，那辆改装过的童车是不是白色的，他还在第九粒豆子上指给我看，车子里甚至有个戴蓝色帽子的头，很可能是个男孩儿。我戴上帽子，又问他还看到了什么。他说：没别的了。我的夹克里揣着一块省下的面包。他没有问我索要什么，说是看在第一次的份儿上。不过我相信，是因为我那副沮丧透顶的样子。

我回到工棚。关于特兰西瓦尼亚，关于美国，关于人们的去向，我一无所获。关于自身，同样一无所获。我思忖道，可惜那些豆子了，也许这营地里梦太多了，豆子都用旧了。本来用它们可以做碗好汤的。

我总是要自己相信，我没什么感情。若真有事往心里去，也只会有限地触动我。我几乎不哭。比起那些泪水涟涟的人，我不是更坚强，而是更软弱。他们敢于哭出来。人一旦只剩下皮包骨头，表达情感就是一种勇气。我宁愿做个懦夫。其实两者的区别微乎其微，我尽量不哭。一旦允许自己有情感，那么一个干巴巴与乡愁硬是无关的旧事，都会搅动我的痛处。比如，那旧事关乎板栗香味；当然，这也算乡愁，不过那颗奥匈帝国的板栗，散发着新制皮革的味道，这些是祖父讲给我听的。他在普拉港做水手时，曾剥过板栗吃，那是他随"多瑙号"帆船环游世界前。照这样，我缺失的乡愁便是祖父讲述的乡愁，用它我驯服了此间的思乡之痛。是啊，我若是还能有感情，肯定是因为气味。是板栗或水手这些词的气味。随着时间流逝，那气味会像齐特－洛玛的豆子，变得麻木。人若是不再哭泣，就会变成恶魔。若不是有东西挡着，我早该变成恶魔了。这类东西并不多，至多就是那句话：我知道，你会回来的。

早就教会了我的乡愁不去哭泣。现在还希望，乡愁被我这个主人抛弃。这样，它便不会继续关注我的生存状态，也不会再过问我家人的情况。那么，在我头脑中，家里不会有人，只有些物件。然后，我会在自己痛处上，将那些物件推来推去，就像人们随着那首《小白鸽》翩翩起舞，舞步移来移去。那些物件大小不一，有些或许太沉，但是它们自有尺度。

若能做到这点，强烈的眷恋便无法左右我的乡愁。那么，乡愁便只是对自己曾吃饱过的地方的饥渴之感。

土豆人

　　有那么两个月，除了吃食堂外，我在营地里还吃上了土豆。两个月的煮土豆，有时当开胃菜，有时是主菜，有时作甜点，区分甚严。

　　土豆去皮，加盐煮好，撒上野莳萝，便是开胃菜。土豆皮我会收集起来，因为第二天的主菜是土豆丁配面条。我的面条呢，就是前一天的土豆皮，加上当天新削的土豆皮。第三天的甜点呢，是土豆不去皮切成片，放在火上烤熟，然后撒上烤熟的野燕麦和一丁点儿糖。

　　我跟特鲁迪·佩利坎借了半升糖，还有半升盐。第三个停战日过后，特鲁迪·佩利坎同我们想到了一处，认为很快就能回家了。她拿出那件袖口镶着漂亮皮毛的钟式大衣，到集市上换了五升糖和五升盐。比起我换真丝围巾的那笔，这笔生意顺利得多。集合点名时，图尔·普里库利奇仍会戴那条围巾，其他时间就不一定了。炎炎夏日一定不会戴，入秋后，隔一两天又会戴上。我也就隔几天问问贝娅·查克尔，图尔何时能给我点儿补偿。

一天，集合点名时图尔·普里库利奇没戴那围巾。点完名，他命令我、我的地窖工友阿尔伯特·吉翁、律师保罗·加斯特到值班室见他。图尔浑身一股甜菜烧酒的臭味。不单是眼睛，他的嘴巴都油光泛亮的。他划掉表格上的某些栏目，在其他地方填上我们的名字，然后解释说，明天阿尔伯特·吉翁不用去地窖，我也一样，律师也不必去工厂。他在表格里填好了别的活儿。我们给他搞晕了。这当儿，图尔·普里库利奇却重新来过，再次解释说，明天阿尔伯特·吉翁照常去地窖，不过不是跟我，而是跟律师。我问他为什么不是我，他半垂下眼皮，说：因为明天早上六点整，你要去集体农庄。不要带行李，晚上就回来。我又问他怎么去，他说：怎么去，走路去呗。右手边会经过三座炉渣堆，你就沿着它们走，然后左手边就是集体农庄了。

我敢肯定，绝对不会只去一天。集体农庄上的人死得更快。人住在地洞里，要下去五六级台阶，屋顶是柴枝和草盖成的。头上漏雨，脚下涌水。饮用加洗漱，每天只有一升水。人不会饿死，但会在暑热中渴死。肮脏的环境，加上体外寄生虫，人会长脓疮，染上破伤风。谈到集体农庄，营地里个个色变。我敢肯定，图尔·普里库利奇不愿付我围巾钱，便打发我到集体农庄找死，他好名正言顺将围巾据为己有。

六点钟我出发了，夹克里塞着枕头，怕万一集体农庄上有什么东西可以偷。风"沙沙"地吹拂着长满野菜与甜菜的田野，橙红色的野草摇摆着，露珠波浪般闪耀。其中就有如火如荼的山菠菜。风迎面吹来，整个荒原袭入我的身体，想要摧垮我，因为我那般羸弱，而它又那般贪婪。一片野菜地与一片狭长的金合欢树林后，是第一座炉渣堆，再后面是草地，草地过去是片玉米地。然后便是第二座炉渣堆。草中露出土狗头，它们后腿直立，向这边观瞧。我看见褐色皮毛的背脊，手指长的尾巴，苍白的肚腹。它们的脑袋点动着，两只前蹄合在一起，像人类祈祷时的双手。就连它们的耳朵也和人一样，贴在脑袋两侧。那些头又点了一下，然后就只剩荒草在地洞上摇来摆去，与风吹的完全不同，前后只一秒钟时间。

直到这时，我才醒悟过来，土狗已经发现我独自一人走在荒原上，无人看管。土狗的直觉很灵敏，我想，它们在祈求我逃跑。逃跑倒是没问题啊，可能逃到哪里去呢？也许它们想警告我，因为很可能我已经踏上了逃亡之路。我环顾四周，看有没有人寻踪而来。就在后面很远处，依稀有两个人影，像是一个男人与一个孩子，扛着短把儿铁锹，没带枪。天空像一张蓝色的网，笼罩着原野，在远处与大地连成一体，无空可逃。

营地里已经三次有人逃跑了。三次都是喀尔巴阡山的乌克兰人，图尔·普里库利奇的老乡。他们俄语说得很棒，然而还是被抓获了，给打得不成人样，在点名时拉出来示众。后来就再也没见过他们，不是送去特别劳动营，就是送到坟墓里去了。

这时，我看到左边有间简陋的小屋，一个警卫腰带上挂着手枪。他是个瘦瘦的年轻人，比我矮半头。他冲我招招手，看来是在等我。他很赶时间，还没等我在他面前站定，便引着我沿菜田走去。他嗑着瓜子，一次吃进两粒，嘴迅速一动，从一个嘴角吐出壳儿来，与此同时，另一个嘴角又吞进两粒，空壳再次从另一边飞出。他吃得很快，我们走得同样快。我寻思，也许他是哑巴。他不说话，不出汗，

225

嘴巴耍着杂技，节奏丝毫不乱，一路走去，如脚踏双轮，御风而行。他沉默着，吃着，宛如一部去壳机器。他拽了一下我的手臂，示意停下来。在那儿，约有二十个妇女散开在田里。她们没有工具，徒手将土豆刨出来。警卫把一行田垄分派给我。太阳居于天空正中央，像块烧红的炭。我两手刨土，那地很硬。皮肤开裂了，泥土钻进伤口，火辣辣地疼。抬头时，眼前一群群闪亮的金星在飞舞。脑子里的血凝固了。在田间，这个佩枪的年轻人身兼数职，不光是警卫，还是工头、生产队长、领班、检验员。妇女们聊天给他逮到的话，便抡起土豆茎抽她们的脸，或者把烂土豆塞进她们嘴里。而且，他一点儿都不哑。我听不懂他骂些什么。那不是铲煤时的咒骂，不是建筑工地的叱令，或者地窖里的切口。

慢慢地，我对今天这事儿有了新的看法。定是图尔·普里库利奇和他商量好了，让我干一天活，等到晚上再毙了我，就说我想逃跑。或者晚上把我塞进一个地洞里，一个纯粹的单人地洞，因为我是这儿唯一的男人。也许不只这个晚上，而是今后的每个晚上，我都别想再回营地去了。

夜幕降临了，那家伙除了是警卫、工头、生产

226

队长、领班、检验员外，还是营地主管。妇女们排成行集合点数，喊出自己的名字与编号，然后将工作服口袋掏空，每只手里握着两个土豆，等待检查。她们可以留下四只中不溜的土豆。有一只太大的话，就得给换掉。我站在队列末尾，打开枕头接受检查。枕头里装了二十七只土豆，七个中等的，二十个大的。我也只能留四只，其余的必须倒出来。这个配枪的人问我叫什么。我说：雷奥帕德·奥伯克。他拿起一个不大不小的土豆，好像它和我的名字有什么关联，然后飞起一脚，踢得它从我肩膀上飞过去。我头一缩。第二只土豆他没用脚踢，而是砸向我的脑袋，同时拔枪便射，土豆在空中被击得粉碎，我的脑袋也轰然碎裂。我这般浮想联翩着，他却盯着我，看我如何把枕头塞进裤子口袋里。他扯着我的胳臂，将我拉出队列，给我指指黑夜，指指荒原，就是我今天早上来的方向，仿佛他又变回了哑巴。他让我立在那儿，命令女人们齐步走，自己跟在队伍后面，朝另一个方向走去。我站在田埂上，看着他和女人们越走越远，心里却明白，要不了一会儿，他就会离开队伍，独自回来。一声枪响，又没人证，这就叫：企图逃跑，就地枪决。

那队伍像条褐色的长蛇，越来越小。我站在那堆土豆前，生了根似的，心里渐渐明白了，若是有什么约定，也不是在图尔和警卫之间，而是在图尔与我之间。这堆土豆就是那个约定。图尔要用土豆来付我围巾钱。

我浑身上下都塞满了土豆，大大小小的，连帽子里都是。数了一下，总共两百七十三只。饥饿天使帮了我忙，它可是臭名昭彰的窃贼。然而帮过之后，它又变成臭名昭彰的施虐者，抛下我在回家的长路上独行。

我出发了。不一会儿，浑身上下便痒起来。头上的虱子、脖子前后的虱子、腋下的虱子、胸前的虱子、阴毛里一团团的虱子。雨靴的裹脚布里，脚趾之间更是奇痒无比。要瘙痒就得抬手，可袖子里塞满了土豆，如何抬得了。要走路就得弯膝盖，可裤腿里塞满土豆，弯腿也做不到。我拖着步子，挪过第一座炉渣堆。第二座怎么也看不见，抑或是没注意到。那些土豆比我还重。想要看到第三座炉渣堆就更难了，因为已是漆黑一片。满天的星斗连缀起来。银河从南流向北，理发师奥斯瓦尔德·恩耶特曾这么说。那次，他的第二个老乡没逃成，正在营地操场上示众。要想去西方的话，他说，就得跨过银河，再向右拐，然后照直走，一直保持在北斗星左边。不过，第二座和第三座炉渣堆，我始终没有发现，回程中，它们应该出现在左边。我宁愿随时随地受人监督，也不愿彻彻底底迷失方向。金合欢树，玉米田，还有我的脚步都披上了黑色的斗篷。野菜的头注视着我，像人的脑袋，留着各式发型，戴着各式帽子。只有月亮戴着顶白色女帽，像护士一样轻抚着我的脸。我心想，也许再也不需要这些土豆了，也许我在地窖里中了毒，已经病入膏肓，自己却一无所知。我听到枝叶间断续的鸟鸣，远处幽怨的低语。暗夜中的侧影是会流动的。我心想，别怕，要不然会给它们淹没。为了不去祷告，我对自己说：

一切持久的事物都不会随意变化自己，它们和世界之间只需要一种唯一且永远不变的关系。荒原与世界的关系是隐伏，月亮与世界的关系是照亮，土狗与世界的关系是逃逸，杂草与世界的关系是飘荡。而我与世界的关系，是吃。

风呢喃着，我听见了母亲的声音。离家前的最后一个夏天，在饭桌上，母亲说，别用叉子戳土豆，会散的，吃肉时才拿叉。这话她不该说的。母亲当时肯定无法想象，荒原识得她的声音。在荒原的暗夜中，土豆曾经扯着我坠向地面，头顶繁星无比刺眼。当年在饭桌上，谁也料不到，有一天我会像只衣柜那样拖曳着步子，穿过田野与草地，向营地大门挪去。谁也不曾料到，仅仅三年后，我成了个土豆人，在黑夜中形影相吊，把回营的路视为归家的路。

营地大门口，狗吠叫着，黑夜里，那声调分外高亢，总跟哭声相仿。卫兵没检查我，便摆手放行，或许是图尔·普里库利奇跟他讲好了。我听见他在背后笑，脚步笨重地在地上拖。我浑身塞得满满的，无法转身，想来他是在模仿我僵直的步态。

第二天上夜班时，我给阿尔伯特·吉翁带了三个中等大小的土豆。或许他想趁左右无人，到后面开口儿铁篮那儿，用火烤了吃。可他不想。他拿起每个土豆，仔细端详，然后放到帽子里。他说：为什么刚好两百七十三个。

摄氏零下两百七十三度是绝对零点，我说，不可能再冷了。

这会儿你倒搬出科学来说事儿了，他说，你当时肯定数错了。

不可能，我说，两百七十三这个数哪用人来数，它会自己数，它是公理。

公理，阿尔伯特·吉翁说，你当时该想点儿别的事儿。嗬，雷奥，你该逃的呀。

我给了特鲁迪·佩利坎二十个土豆，算是还了她的盐和糖。两个月后，就在圣诞节前几天，两百七十三个土豆终于告罄。最后那几个长了流弋的青色眼睛，很像贝娅·查克尔。我在想，要不哪天把这个告诉她。

天在下，地在上

在文奇山的夏日度假屋，果园深处立着一张没有靠背的长木椅。它有个名字，叫赫尔曼叔叔。之所以取这个名，是因为我们认识的人当中，没有叫这个的。赫尔曼叔叔那两个圆圆的椅子腿是两段树干，埋在地里。椅子只有坐人的那一面才锯得光滑，下面那一面还没剥掉树皮。烈日下，赫尔曼叔叔淌着松脂。清理掉后，第二天又生出来。

远远再往上走，在青草萋萋的小山丘上，站着路易娅姑姑。它有靠背和四条腿，比赫尔曼叔叔小，也比他苗条，只是年龄大些。赫尔曼叔叔是在它之后安装的。我从路易娅姑姑前面，沿山坡翻滚下去。天在下，地在上，中间是青草。草总会缠住脚，我就掉不到天里面去。我总是瞧见路易娅姑姑褐色的下身。

一天晚上母亲坐在路易娅姑姑上，我仰面躺在她脚前的草丛里。我们抬头观看，所有星斗都挂在天上。母亲拉紧羊毛衫的领子，包住下巴，直到领子像长了嘴巴。直到不是母亲，而是领子在说：

天和地就是世界。天有那么大，因为里面挂着大衣，每人都有一件。地有那么大，因为到世界的脚趾有那么远的距离。那儿太遥远了，人们不能去想，想到那个距离，就生出一种感觉，像胃里一阵空荡荡的恶心。

我问：世上最远的地方在哪儿。

世界停止的地方。

在脚趾那儿吗。

没错。

它也有十个脚趾吗。

我想是吧。

你知道哪件大衣是你的吗。

那可要等我到天上去的时候才知道。

不过死人才去那儿的。

是的。

他们怎么去那儿呢。

他们的灵魂飘到那儿去。

灵魂也有脚趾头吗。

没有，他们有翅膀。

那些大衣也有袖子吗。

有啊。

袖子是他们的翅膀吗。

没错。

赫尔曼叔叔和路易娅姑姑是一对儿吗。

要是木头能结婚，就是的。

然后，母亲站起身来回屋去了。我坐到路易娅姑姑上，就在母亲坐过的地方。那里，木头是温热的。果园里，黑色的风颤抖着。

无聊种种

这天我不用上早班，不用上中班，也不用上夜班。最后一个夜班后，总是漫长的星期三。这是我的周末，星期四中午两点才会结束。我身边有太多自由的空气。我必须剪剪指甲了，不过上次剪时，我觉得是在自己的手指上剪别人的指甲。至于是谁，我不知道。

透过工棚的窗户，可以看到林荫路，一直延伸到食堂。两个策莉走了过来，抬着一只桶，里面应该是煤，沉甸甸的。她们走过第一条长椅，坐到第二条上，因为它有靠背。我本可以打开窗招招手，或者干脆走出屋子。我已经踩进了雨靴，不过还是没动，穿着雨靴坐在床上。

布谷鸟钟里的橡皮小虫一副自大狂的架势，叫人厌倦。再就是炉子烟囱的黑色弯管。破旧的小木桌在地面上投下阴影。太阳转了位置，阴影也在更新。铁皮桶里如镜的水面很无聊，我肿胀的双腿里，也是百无聊赖的水。自行破裂的衬衣缝无聊着，借来的缝衣针也无聊着，缝补时无聊颤动着，一边缝，大脑一边滑落下来，遮住了眼睛，咬断的线也无聊着。

男人们打着牌，毫无激情，只有脾气，他们那令人看不透的抑郁也感到无聊。有张好牌谁都想赢，可是不管是赢是输，人们就会突然中断牌局。妇女们唱歌唱得无聊。清理虱子时，她们唱着怀乡的歌曲，坚硬的牛角梳和胶木虱子梳无聊地梳着。还有划痕累累的铁皮梳子，它们毫无用处地无聊着。有光头的无聊，也有瓷罐子般脑袋的无聊，那上面点缀着小脓花儿，以及由虱子咬的新痕和瘪下去的旧痕组成的花环。此外，还有巡夜人卡蒂闭口不言的无聊。卡蒂从不唱歌。我曾问过她：卡蒂，你不会唱歌吗？她回答道：我梳过头了。你没看见吗？没有头发，梳子刮得疼。

烈日下的营地院子，是空无一人的村庄，云彩的尖端都是火。在芳草依依的山坡上，我的费妮姑姑手指着落日余晖。风吹来，她的头发整个飞起，像个鸟窝，后脑勺中间分出一条白色的路子。她说：圣诞天使在烤糕点。我问：现在就烤。她说：是的，

236

现在就烤。

如果交谈不是机会，浪费掉的交谈就是无聊。一个简单的愿望，便会大费口舌，然而，也许没有一句能让人记住。我常常避免交谈，真要找人说话时，也是忧心忡忡，特别是怕跟贝娅·查克尔聊。也许，跟她说话时，我根本没指望得到什么。也许我潜入她狭长的双眼，是为了在图尔那里祈求怜悯。虽然不大情愿，我还是跟谁都大聊特聊，为的是减少独处的时间。好像在营地里，一个人真能独处。其实不能，即使在太阳下，营地如空荡荡的村庄，我也从未独自一人。

每次都是如此。我躺下来，因为晚些时候别人收工回来，此刻的宁静就不复存在。上晚班的人一觉睡不长，完成任务似的睡四个小时后，我就醒了。我可以算得出，还要多久，营地又会迎来一个百无聊赖的春天，外加一个毫无意义的和平年，以及马上就能回家的谣言。我躺在崭新的青草上，沐浴在崭新的和平里，整个大地都牢牢地捆在背上。然而，我们会从这儿搬去另一个营地，一个再往东的伐木营地。我把地窖里的物什装进留声机箱子里，装啊，装啊，就是装不完。别人已经在等了。火车头呜呜

237

地响，我在最后一刻跳上踏板。我们从一片冷杉林驶向另一片。冷杉树向两侧跳开，避让着铁轨，火车过后又弹回原位。我们到达目的地，下了车，头一个下去的是营地长官施矢万涅诺夫。我不慌不忙，希望没人发现，我的留声机箱子里没装锯子，也没装斧头，只塞了地窖里的物什和我的白手帕。下车后，营地长官立即换装。他制服上的是牛角纽扣。虽然我们在冷杉林中，他的肩章却印着橡树叶子。他不耐烦地对我说，dawaj，快干活儿，锯子和斧头我们有的是。我下了车，他递给我一只褐色纸袋。又是水泥，我想。可袋子的一角撕破了，有白色的面粉流出来。我谢了他的礼物，把袋子夹在左臂下，抬起右手敬了个礼。施矢万涅诺夫说：腿放松，在这山里我们还得搞爆破。这下我明白了，那白色的面粉原来是炸药。

不胡思乱想的时候，我本可以看看书。只是那本可怕的《查拉图斯特拉如是说》、那本厚厚的《浮士德》以及在极薄的纸上印刷的魏因黑伯尔我早已当卷烟纸卖掉了，为了聊慰饥腹。上周星期三放假时，我曾幻想，大家根本没上火车。工棚没有轮子，可它载着我们向东驶去。一边行驶，一边像手风琴那样拉开来。工棚没有震颤，外面金合欢树向后闪去，枝杈擦刮着窗户，我坐在柯贝里安边上，问他：我们怎么在坐车啊，又没有轮子。柯贝里安说：我们坐的可是一个滚珠营地啊。

我累了，没心情迫切渴求什么。无聊的种类繁多，有动作快的，提早跑在前面，也有动作慢的，落在后头。如果应对得当，它们影响不了我，反而每天都是财富。一年到头，在俄国人村落的上空，总挂着一轮薄月，甚是无聊，它的脖颈仿佛一朵黄瓜花，又像一把有着灰色阀键的小号。几天之后，生出一轮半月，像一顶挂起来的鸭舌帽。又过了些日子，一轮圆月无聊地俯瞰大地，丰盈得像要满溢而出。每天，营地围墙上的铁丝网无聊着，瞭望塔上的卫兵无聊着，图尔·普里库利奇闪亮的鞋尖无聊着，我那开裂的雨靴无聊着。冷却塔上的雾气百无聊赖，面包上白色的亚麻布亦百无聊赖。还有无聊的波纹状石棉瓦，沥青烟，积久的小油洼。

还有太阳也无聊。当木头干枯，土地龟裂得比头脑中的理智还薄的时候，连警犬也打着盹儿，懒得吠叫。不过，就在草要渴死的时候，天空阴云密布，长长的雨线下端觉得无聊起来，直到木头泡发了，

239

鞋粘在烂泥里，衣服粘在皮肤上。夏天折磨着它的树叶，秋天折磨着它的色彩，冬天折磨着我们。

掺着煤灰的新雪无聊，掺着煤灰的陈雪也无聊；掺着土豆皮的陈雪无聊，没掺土豆皮的新雪也无聊。雪地上的石灰痕和沥青印无聊，还有警犬身上面粉似的白毛和它铜管乐般深沉、女高音般嘹亮的吠叫。管道上结着冰柱，像玻璃做的白萝卜，它滴着水，真无聊。还有地窖台阶上丝绒家具般的那层雪，也在无聊。炼焦炉组上的耐火黏土块上，结了一道道冰线，融化时就像一张网状发套。还有，那些极其渴望人的黏雪也穷极无聊。它令我们目光呆滞，两颊灼烧。

俄国宽轨铁路旁，雪落在护栏的横档上，上面的螺丝生了厚厚一圈锈。螺丝们紧挨着，有时两个，有时三个，有时甚至五个，像肩章一样，似乎有不同的军衔等级。在铁路路堤上，有人倒毙的时候，死尸和铁铲倒在雪地里，一副无聊的图景。尸首还没被清走，人们就已将它忘却，因为在厚厚的雪里，看不清那些皮包骨头的尸首轮廓。只有被遗弃的铁铲无聊地躺在那儿。你最好别靠近那把铁铲。风轻轻吹起的时候，一个灵魂会飞翔起来，浑身装饰着羽毛。如果风很强劲，灵魂就像乘着波涛一样。一个人的死亡不仅仅解放了他的灵魂，还可能解放了一个饥饿天使，它会另找宿主。可是，两个饥饿天使，我们没有谁供养得起。

特鲁迪·佩利坎跟我讲，她和俄国女医生还有柯贝里安驾车去陆基那儿，把冻死的科琳娜·玛尔库抬上车。特鲁迪爬上车厢，打算在下葬前把尸体衣服脱光，可是女医生却说：这个不急。女医生和柯贝里安坐驾驶室，特鲁迪和尸体在车厢里。柯贝里安没驶向墓地，而是驶向营区。贝娅·查克尔正在医务室等，听到汽车轰鸣声，便抱着孩子走到门前。柯贝里安把死了的科琳娜·玛尔库扛在肩头，在女医生的指引下，没有进太平间，也没有进治疗室，而是进了女医生自己的房间。进得屋来，他不知道该往哪儿放，因为女医生说：等一下。他感到尸体在肩上沉甸甸的，便让它滑下来，脚撑在地上。尸体就那么靠着他，直到女医生挥手将罐头盒扫进一只水桶里，把桌面清干净。柯贝里安一句话也没说，便将尸体放到桌上。特鲁迪·佩利坎动手脱死人衣服，因为她觉得，贝娅·查克尔在等那些衣服。女医生说：先弄头发。贝娅·查克尔把她的孩子和其他孩子一起关进小木屋。那孩子不停地尖叫着踢木墙，直到其他孩子跟着尖叫起来；一只狗叫的时候，其他狗也会跟着吠。贝娅·查克尔把尸体的头拉出桌面外，让头发垂下来。科琳娜·玛尔库还从未曾理过光头，这简直是个奇迹。女医生这会儿用一把剃光剪把头发剪下来。贝娅·查克尔把它整整齐齐地放进一个木匣子。特鲁迪想知道，头发做什么好。女医生说：做双层玻璃里的防风垫。特鲁迪又问：那是给谁的。贝娅·查克尔说：给裁缝呗，就是霍易施先生，他给我们缝防风垫子，头发能阻住穿堂风。女医生用肥皂洗了手，说：我挺害怕的，人死后肯定挺无聊的。贝娅·查克尔格外高声地附和道：一点没错。贝娅·查克尔从病人登记表上撕下两页，把小木匣盖好。她把匣子夹在腋下，看上去好像她在俄国人村子的商店里买了容易坏的东西。她等的不是那些衣服，而且在死人被脱光前，就拿了匣子离开了。柯贝里安朝汽车走去。等到死人给扒得精光，还得要好一会儿，因为特鲁迪不愿剪破那件还算新的工作服。衣服被扯来撕去的时候，死尸夹克口袋里，掉出一枚猫形胸针，就掉在水桶边上。特鲁迪弯腰捡它时，看到水桶里一只锃亮的罐头盒上写着：罐头牛肉。她简直不敢相信自己的眼睛。她读那几个字的时候，女医生拾起了胸针。整个过程中，汽车在屋外轰鸣，没有开走。女医生手拿胸针走出屋去，回来时两手空空，她说：那个柯贝里安坐在方向盘前，嘴里不停地说"我的上帝啊"，说着说着就嚎起来。

无聊是隐忍着的恐惧，不愿张扬。只是有时，对它来说极其重要的是，它要知道我的情况如何。

我也可以从枕头里掏出一块省下的面包，就上一点儿糖或盐来吃。或者，把湿湿的裹脚布搭在炉子边的椅背上烤。小木桌的影子又拉长了，太阳肯定又转动了。春天，我是说明年春天，我兴许会从工厂的传送带上或者从汽修厂的轮胎上搞两块胶皮。然后就去鞋匠那儿。

早在去年夏天，贝娅·查克尔就在营地里第一个穿上了橡胶软鞋（Ballettki）。我到服装储藏室找她，要双新木鞋。正在鞋堆里翻找时，贝娅·查克尔说：我只有大号和小号，要么是顶针要么是船，中号都发完了。我试了好多双，为的是多待一会儿。起先我决定要双小号的，过一会儿又问，什么时候再进中号。最后我拿了双大号的。贝娅·查克尔说：现在就穿上吧，旧鞋就留在这儿。你瞧，我有什么，橡胶软鞋。

我问：从哪儿来的。

她说：鞋匠那儿。看，像光脚一样，可以弯的。

我问：这得多少钱。

她说：那你要问图尔了。

就两片胶皮，柯贝里安给我的话，兴许不要钱。它们至少也得两个铲面那么大。鞋匠那儿就要花钱了。要趁天气还冷去卖些煤。夏天，明年夏天，或许无聊会把裹脚布扯掉，穿上橡胶软鞋。那么，穿着它走路，就像没穿鞋。

我的替代兄弟

十一月初的一天，图尔·普里库利奇叫我去办公室。

我家里来信了。

我喜出望外，上颚直跳，嘴都合不拢了。图尔走到一个半开着门的柜子前，在一个盒子里搜寻。另一半关着的门上，贴着一张斯大林画像，灰暗的高颧骨像两座炉渣堆，鼻子像一座威严的铁桥，那副大髭须像只燕子。桌子边煤炉子发出空洞的鸣响，上面放着一个无盖的铁皮罐，红茶熬得嘶嘶作响。炉子旁放着一桶无烟煤。图尔说：添点儿煤，我这就给你找信。

我在桶里挑了三块大小适中的，火焰腾起，像只白兔穿过只黄兔。不一会儿，黄兔又穿过白兔，两只兔子将对方撕碎，两个声音尖叫着："哈索维。"火焰喷吐着热浪，迎面扑来；等待的焦虑也迎面扑来。我关上炉门，图尔恰好也关上柜门。他递给我我一张红十字会明信片。

明信片上用白线钉了一张照片，是用缝纫机整齐地踩上去的。照片上是个孩子。图尔注视着我的脸，我盯视着明信片上的脸，钉在上面的孩子凝视着我的脸，柜门上的斯大林审视着所有人的脸。

照片下写着一行字：

罗伯特，19474 月 17 生。

那是我母亲的笔迹。照片上的孩子戴着一顶钩织帽，下巴那儿打了个蝴蝶结。我又读了一遍：罗伯特，19474 月 17 生。就这么寥寥数字。那笔迹刺痛了我，母亲的想法真现实，为了省地方，用"19474 月 17 生"替代了"1947 年 4 月 17 日出生"。我的脉搏在卡片上跳动着，而不是在拿卡片的手上。图尔把邮件登记簿和一支铅笔放到桌上，要我找到自己的名字签上字。他走到炉子边，摊开手，一边听着茶水的嘶响，以及火焰中兔子的尖叫。登记簿的栏目在我眼前变得模糊，然后那些字母也朦胧难辨。我跪倒在桌边，双手无力地瘫在桌上，脸埋到手里，抽噎起来。

图尔问道，要不要来杯茶。还是喝杯烧酒。我还以为，你挺高兴的呢。

我说，高兴，我高兴，因为家里的老缝纫机还在。

我和图尔·普里库利奇喝了杯烧酒，接着又喝了一杯。对皮包骨头的人来说，这么喝就太过头了。烧酒灼胃，泪水烫脸。我许久许久没哭过了。我已经教会了自己的乡愁，不去流泪。我甚至把乡愁变成了无主之人。图尔把铅笔塞到我手里，把该填的那行指给我看。我颤颤巍巍地写道：雷奥帕德。图尔说，我要全名儿。我说，你来补全吧，我实在写不了了。

出门走进雪中，钉上去的孩子揣在工作夹克里。从办公室外面，我看见特鲁迪·佩利坎讲的双层玻璃防风垫。它缝得周周正正，塞得鼓鼓囊囊。科琳娜·玛尔库的头发肯定不够，里面必定还有别人的。电灯泡射出白色的喇叭形光柱，后面的瞭望塔在天空的映衬下摇来荡去。整个白雪覆盖的院落里，齐特－洛玛的白豆子撒了一地。雪和营地的墙一起滑动，越来越远。可就在营地的林荫道上，我正走着的地方，雪却腾空而起，没到了我的脖颈。风大镰刀般锋利。我失去双脚，只得靠面颊行走，没多久，面颊也消失了。唯一剩下的，那个钉上去的孩子，我的替代兄弟。父母为自己造了个孩子，因为指望不上我了。母亲把"生于"缩短成了"生"，她也会把"死于"缩短成"死"。她已经这么做了。那白色双线连锁缝如此整齐，母亲难道不该感到羞愧吗？在那行字下，我肯定能读这样的潜台词：

死在你待的地方吧，我无所谓了，家里还能省出些空间。

在这行字下面的空白处

母亲那张红十字会明信片，十一月份才寄到营地，路上走了七个月。它是四月份寄出的。当时，那钉上去的孩子已经出生大半年了。

这张钉着替代兄弟照片的明信片和我的白手帕一起压在箱底。明信片上只有一行字，对我只字未提。即便是那行字下面的空白处，也没提到我。

在俄国人村子里我学会了讨饭。母亲没有提到我，我却不想讨要。在余下的两年里，我强迫自己，不回那张明信片。在过去的两年里，我跟饥饿天使学会了乞讨。在余下的两年里，我跟饥饿天使学会了执拗的骄傲。这骄傲很残忍，就像看着面包却要保持坚定。它残酷地折磨着我。一天接一天，饥饿天使指给我看，母亲如何路过我的生活，去喂养我的替代品。她打扮得干净整齐，茶足饭饱，推着白色童车，在我脑海中走来走去。我从一起所在望向她，从一切我不在场的所在，包括那行字下面的空白处。

闵可夫斯基线

这儿的每个人都有属于自己的当下。这儿每个人都用雨靴或木鞋触摸着地面，无论是在十二米深的地窖里，还是在沉默的木板上。没活儿可干的时候，阿尔伯特·吉翁便与我坐在两块石头和一块木板搭成的长凳上。金属网里灯泡亮着，敞开的铁筐里焦炭燃烧。我们歇口气儿，两个人都沉默着。我常问自己，我还会数数吗？如果这是我们在劳动营的第四年，而且是第三个和平年，那么地窖里就有过的第一个和第二个和平年，而且肯定还有和平前的一年，只是我当时还不在这儿。地窖里的白班和夜班也会像土层那样多。我当时真该数一数，我和阿尔伯特·吉翁干了多少个班，可我还会数数吗？

我还读得懂书吗？圣诞节时，我从父亲那儿得到一本书：《你和物理》。书中写道，每个人、每件事都有自己的时间和地点。这是自然法则。因此，任何事物在这世界上都有其存在的理由。它与存在的一切都通过某种线相连，它的闵可夫斯基线。比如，我坐在这里，头顶上就笔直竖着根闵可夫斯基线。我身体一动，它也会弯曲，随我而动。因此，我并非形单影只。地窖以及营地的每个角落都有自己的线。线与线互不干扰。我们头顶上，是一座线的森林，管理得井然有序。在自己的位置上，每个人都与自己的线同呼吸。冷却塔甚至有双重呼吸，因为很可能冷却塔云也有自个儿的线。若要描述劳动营的一切，那本书里不能带了。比如说，饥饿天使也一定有闵可夫斯基线，可那书根本没说清，饥饿天使的线是否始终留在我们这里，所以它口里说会回来，其实却从未离开。也许饥饿天使很尊重那本书，早知道的话，我就把它带来了。

坐在地窖里的长凳上，我几乎总是沉默着，像穿过一条透光的门缝，观察着自己的头脑。书里还说，每个人都无时无刻、无处不在地放映着自己的电影。每个大脑中，都旋转着每秒十六帧的胶片卷轴。"停留概率"是《你和物理》中另一个令人难忘的词。似乎根本无法确定，我身在此处；而若想身在他处，根本不需要有离开的念头。事情是这样的：因为，作为位于某处——也就是地窖里——的一副躯体，我就是一个粒子，可通过我那根线，同时我也是一个波。作为波我亦可身在他处，而别处的人亦可到我身旁。我可以选择让谁来。我不要人，要与地窖的土层相配的物件。譬如"原蜥"。那种优雅的旅游巴士，深红的外表，镀铬的扶手，穿梭于赫尔曼城和萨尔茨堡之间，就叫"原蜥"。夏日里，母亲和费妮姑姑坐上"原蜥"，去离赫尔曼城十公里的锡比乌盐矿镇[1]温泉疗养。她们回来时，准许我舔舔她们裸露的胳膊，感受一下温泉的咸度。她们曾说起，草地上的草都覆上了一层珠母白色的盐鳞片。通过脑中透光的门缝，我让"原蜥"巴士在我与地窖间来回穿梭。它也有透光的门缝与闵可夫斯基线。我们的线互不相交，但彼此的透光门缝却在灯泡下邂逅。灯光中，飞灰和它的闵可夫斯基线回旋着。我们坐在长凳上，身旁的阿尔伯特·吉翁缄默着，头上顶着闵可夫斯基线。长凳就是沉默的木板，因为，阿尔伯特·吉翁不能跟我说，他正沉浸在哪部电影里，而我也不能对他讲，在地窖里，我有一部深红色带镀铬扶手的旅游巴士。每次换班都是件艺术品。不

1　罗马尼亚度假地，以盐浴著称。

过，每班的闵可夫斯基线只是一根钢索，带着辆周而复始装卸炉渣的小车。每辆带着线的小车不过是地下十二米的一车炉渣。

有时我相信，自己一百年前就死了。我的脚板是透明的。我通过脑中透光的门缝看着，其实我最关心的，是那对我纠缠不休却又难以启齿的希望，希望某人能在某时某地想起我。即便我在哪里他无从知晓，也都没关系。也许，我是一张结婚照里那位缺了左上牙的老人，而那照片根本不存在；也许我还是校园里一个羸弱孩童，而校园其实亦不存在。同样的，我是一个替代兄弟的竞争者和兄长，而他也是我的竞争者，因为我们两人是同时存在的。不过也可以说不同时，因为我们还从未谋面。

与此同时我也明白，在饥饿天使眼中，我的死亡暂时尚未发生。

黑狗

我从地窖里出来，走进清晨的雪中，感到一阵目眩。瞭望塔上立着四个黑色炉渣堆雕像。那雕像不是士兵，而是四条黑狗。第一条和第三条动了动头，第二条和第四条呆立未动。接着，第一条动了下腿，第四条呲了下牙，第二第三条呆立未动。

食堂屋顶上的雪是白色的亚麻布。范妮为何把盖面包的亚麻布盖在房顶上？冷却塔的烟雾是一辆白色童车，驶到俄国人村庄的白桦林里。我的白色麻纱手帕在箱底躺了三个冬天了，于是有一天，乞讨的我敲响了那位俄国老妪的门。一个与我年纪相仿的男人打开门。我问他是不是叫鲍里思。他说"恩亚特"（NJET）[1]。我问是不是有个老妇住在这儿。他说"恩亚特"。

食堂里这会儿很快就有面包了。等哪一次，独

1　俄语"不是"的意思。

自站在面包窗口前，我会鼓起勇气问范妮：我什么时候才能回家呢？我差不多就是一座黑炉渣雕像了。范妮会说：在地窖里不是有铁轨和一座山吗？那小车不是总往家里开的吗？坐上去就是了。以前你不是很乐意坐着火车去山里吗？我会说，那时不还没离开家嘛。你看没说错吧，范妮会说，一切还会照旧的。

不过想归想，这会儿我只是进了食堂门，站到窗口前的长队里。面包上覆盖着屋顶的白雪。我当然可以站在队尾，这样在窗口拿面包时，就能独自面对范妮了。不过我没那个胆子，因为范妮一如往常，一副冷冰冰的神圣气派，脸上像有三个鼻子，有两个是鸟嘴。

干吗斤斤计较

又到了基督降临节。让我感到惊异的是，工棚里的小桌上，立着我的小小铁丝圣诞树，上面长了羊毛做的绿色枞树叶。律师保罗·加斯特把它存放在箱子里，今年用三个面包球来装饰。他说，因为是在这儿的第三个年头。他觉得没人知道，他捐的面包球是从他老婆那儿偷来的。

他老婆海德伦住在妇女工棚里；夫妻是不允许同住的。海德伦的脸已经瘦得像死猴子的小脸了，嘴则像条裂缝，从一边耳朵裂到另一边。她两颊深陷，眼睛爆出，像只白兔。自打夏天起，她就在汽修厂干活儿，往汽车蓄电池里加硫酸。她脸上满是硫酸烧的洞，比工作服上的还要多。

在食堂里，人们每天都能看到，饥饿天使如何改变婚姻。律师就像个看守那样找他老婆。如果她已经在别人中间坐定，他会拽着胳膊拉她走，将她的汤放在自己的汤边。只要她眼睛一看别处，他那把

256

勺子就进了她的碗。要是给她发觉了，他便说：干吗勺勺计较啊。

元月份还没过几天，挂着面包球的小树还立在工棚桌子上，海德伦就死了。还没等面包球给拿下来，保罗·加斯特就穿上了他老婆的大衣。那大衣是小圆领的，兔皮的口袋盖已经磨烂了。他胡子也比以前刮得更勤。

一月中旬，我们的歌手伊萝娜·米悉穿上了那件大衣。律师也得以钻进她床帘后面。就在那期间，理发师曾问他：你们家里有孩子吗？

律师说：是问我吗？

理发师又问：有几个啊？

律师说：三个。

透过满脸的剃须泡沫，他死死盯着理发室的门，目光冻结了似的。门后的钩子上挂着我的棉帽，护耳耷拉着，活像一只中枪的鸭子。律师悠悠地叹了一口气，一蓬泡沫从理发师的手背上掉到地上。在它落下的地方，凳子腿中间，律师的雨靴几乎是脚尖着地立在那里。闪亮的崭新铜丝把鞋底与脚踝绑在一起。

我的饥饿天使曾经是位律师

海德伦·加斯特说，千万别跟我丈夫说这些。那天，律师保罗·加斯特牙齿化脓，没来吃饭，她便得以坐到贝娅·查克尔和我中间。那天，海德伦·加斯特能和我们聊天了。

据她讲，汽修车间上面是被炸毁的厂房，天花板上有一个树冠大小的洞。上面的厂房在清理碎砖瓦。有时，车间地上会扔着个土豆，是上头一个男人扔给海德伦的。每次都是那人。海德伦抬头看他，他也低头看海德伦。他们不能说话，和她在车间里一样，他在上面也给人看着。那人穿着条纹工装，是个德国战俘。最后一次，在工具箱间躺着一枚很小的土豆。海德伦有可能当时没注意，它在那儿已经躺了一两天了。要么是那人扔得比平时快，要么是它太小，于是滚得比平时远。也许他本打算扔到另一处。刚开始海德伦·加斯特拿不准，是上面那人扔的呢，还是工头放在那儿作引她进陷阱的诱饵。

她用脚尖将那个土豆碰下台阶。土豆有一半被台阶挡住，只有晓得它在那儿的人才看得见。她想等等，看工头是不是躲在哪儿监视她。直到下班前，她才捡起那个土豆，却发现上面绑着根线。那天，海德伦·加斯特与往常一样，一有机会就朝大洞上看，可却是再没见过那人。晚上回到工棚里，她咬断了那根线。土豆是切开的，里面夹着一个小布片。上面写着"阿尔弗里德·罗……"（ELFRIEDE RO），"诶尔……街"（ERSTRAS），"恩斯布……"（ENSBU），最下面一行写着"奥尔特施拉……"（EUTSCHLA）。其余的字给土豆淀粉糊掉了。晚饭后律师回工棚去了，海德伦·加斯特把那小布片扔进院子里依然着的小火堆里，然后烤熟了那两半土豆。她说我知道，我把一条消息给吃掉了，那是六十一天前的事儿。人家一定不会放他回家的，不过他肯定还没死，身体棒棒的。他就这么从地球上消失了，她说，就像土豆消失在我嘴里。我还挺想他的。

她眼中闪着薄薄一层冰。深陷的双颊紧贴着骨头，长着白色的汗毛。从她身上再榨不出什么了，对她的饥饿天使来说，这或许已不是秘密。我心里感到不舒服，似乎她越是信任我，她的饥饿天使就会越快地离她而去。似乎它想入住我的身体。

只有饥饿天使才能禁止保罗·加斯特偷他老婆的食物。可饥饿天使便是个小偷。所有饥饿天使都彼此相识，我想，像我们一样彼此相识。它们也拥有我们各自的职业。保罗·加斯特的饥饿天使和他一样是律师。海德伦·加斯特的饥饿天使只是保罗那个饥饿天使的助手。我的也只是个助手，至于是谁的，天才晓得。

我说：海德伦，喝汤吧。

她说：我喝不下了。

我伸手去拿她的汤。连特鲁迪·佩利坎也斜眼瞧过来。还有对面的阿尔伯特·吉翁。我开始舀汤，舀了多少勺我没有数。每一口我都没有慢慢喝，因为那样会耽搁很久。我只为自己吃，哪管得上海德伦·加斯特、特鲁迪·佩利坎和阿尔伯特·吉翁。我忘了周围所有人，忘记了整个食堂。我把汤喝进心里。在这个盘子前，我的饥饿天使不再是助手，它是那个律师。

空了的盘子我推到海德伦·加斯特的左手边还给她，盘子碰到了她的小拇指。她把根本没有用到的勺子舔干净，在夹克上擦干，好像是她吃了饭，而不是我。要么是她神志失常，弄不清自己是在吃还是在旁观。要么是她有意为之，故作吃过的样子。不管是哪种情况，人们都看见，饥饿天使在她裂开的嘴里伸直躺着，它的外表仁慈而苍白，内里却是深蓝。它甚至有可能水平地立在那里。可以肯定，它能在飘着碎菜叶的汤里数出她余下的时日。不过它或许忘记了海德伦·加斯特，而是把秤调得更精确，安在我的小舌上。在我吃饭时它就能计算，何时能从我身上榨取多少。

我有个计划

饥饿天使为我称重时，我会骗它的秤。

我会跟省下的面包一样轻，跟它们一样硬得咬不动。

我对自己说，你会看到，这是个简短的计划，却能支撑良久。

铁皮之吻

晚饭后，我去地窖上夜班。天空中有一抹亮色。从俄国人村庄那儿，飞出灰色项链般的鸟群，向劳动营飞来。我不知道，那些鸟儿是在那抹亮色里，还是在我嘴中的软腭上发出尖利的叫声。我也不清楚，那尖利的叫声是鸟嘴发出的，还是摩擦双脚发出的。或许是翅膀发出的，那里面没有了软骨，只剩下老骨头。

有一刻，灰色项链上有一小块断开了，裂成几撇八字胡。其中三撇飞进后面那个瞭望塔里士兵的帽檐下，飞进他的前额，在那里停了很久。一直等我走到对面工厂大门那儿再次回头时，它们才从帽檐下后脑勺那里飞出来。警卫的枪摇晃起来，人却呆立不动。我心想，他是木头做的，枪却是肉做的。

我既不愿跟瞭望塔上的卫兵互换，也不愿与鸟群项链掉个个儿。还有炉渣工，每夜走同样的六十四级台阶到地窖里干活儿的炉渣工，我也不想当。可是我想变身。我知道，我想变成那杆枪。

那天夜班与往常一样，阿尔伯特·吉翁负责捅炉渣，我负责一车车倒。然后两人交换。热气腾腾的炉渣将我们裹在烟雾里。炙热的炉渣块发出松脂的香气，我汗津津的脖子闻上去像蜂蜜茶。阿尔伯特·吉翁的眼白忽来闪去，好似两个剥了皮的蛋，牙齿宛如一把除虱梳。可是，他黝黑的面孔却不在地窖里。

休息的时候，坐在沉默的木板上，微弱的焦炭火照亮了我们的鞋，一直照到膝盖。阿尔伯特·吉翁扣好扣子，问我：你说海德伦·加斯特更想那个德国人呢还是更想土豆。那样的线她不止咬断过一次了，谁知道别的布片上写些什么。律师偷她吃的没偷错。夫妻做久了，就会变得饥渴，偷情才能让人饱足。阿尔伯特·吉翁轻轻拍拍我的膝盖。我以为他是说该干活儿了。然而他却说：明天那汤归我，你的闵可夫斯基线有什么意见吗？我的闵可夫斯基线沉默着。我们木讷地又坐了一会儿。我黝黑的手放在长凳上没人看得见。他的也一样。

第二天在食堂里，保罗·加斯特不顾牙龈化脓，又坐在老婆身边了。他又能多吃了，海德伦·加斯特又得沉默。我的闵可夫斯基线觉得，我跟许多次一样失望。而阿尔伯特·吉翁却从未如此令人生厌。他想败坏律师的胃口，一心找架吵。他抱怨律师的鼾声让人无法忍受。这下我也火了，冲阿尔伯特·吉翁说，我敢说他的鼾声比律师的大。见我坏了他的事儿，阿尔伯特·吉翁急红了眼。他冲我扬起手来，那张骨骼嶙峋的脸像个马头。我们俩较劲的当口，律师的勺子早已伸进他老婆的盘子里。她的勺子伸到汤里的次数越来越少，他的则越来越多。他吸吮着汤，而她却咳嗽起来，好让嘴巴有事做。咳嗽时她紧捂住嘴，小拇指翘起来像个贵妇，而那小指被硫酸腐蚀得斑斑驳驳，又被润滑油染得肮脏不堪，同食堂里所有的手指一样。只有理发师奥斯瓦尔德·恩耶特有双洁净的手，可它们同蒙着污垢的手一样黑；那手背上长满黑毛，像是跟土狗借来的。不过，特鲁迪·佩利坎自打当了护士后，手也变干净了。干净归干净，因为老给病号揉鱼石脂，它们成了黄褐色。

正当我对海德伦·加斯特翘起的小指与我们大伙儿的手浮想联翩，卡尔利·哈尔门走过来，要跟我换面包。我的脑子正忙着，没心思跟他换，便回绝了他，守着自己那块。他转身去找阿尔伯特·吉翁换。那一刻我后悔了，因为那块面包，阿尔伯特·吉翁正在咬的那块，看上去比我的大三分之一。

四下里每张桌子上都是铁皮的叮当声。我心想，每勺汤都是个铁皮吻。自己的饥饿对每个人来说都有一种陌生的力量。那一刻我理解得多深刻呀，可是遗忘得又那么快。

事物之道

　　那个赤裸裸的事实是，律师保罗·加斯特从他老婆海德伦饭盘子里偷汤，直到有一天她站不起来死掉了，因为她别无他法，就像他偷她的汤，因为他的饥饿别无他法，就像他随后穿上了她那件有着小圆领和磨烂了的兔皮口袋盖的大衣，对她的死他无法负责，就像她对自己再也站不起来无法负责，就像随后我们的歌手伊萝娜·米悉穿上了这件大衣，而律师老婆死了多出一件大衣并不是她的责任，就像律师老婆一死他就自由了，这并不是他的责任，就像他用伊萝娜·米悉取代了老婆，也并不是他的过错，而伊萝娜·米悉想把个男人弄到床帘后面或者想搞件大衣，或者此二者无法截然分开，也不是她的过错，就像冬天那般冰冷不是冬天的错，就像大衣能暖和身子也不是大衣的错，就像那些日子是一串因果链条，这也不是那些日子的错，而那些原因和后果虽然只围绕着一件大衣，但它们却是赤裸裸的事实，这也不是它们的错。

此乃事物之道：因为个人无法对什么负责，所以没人能对什么负责。

白兔

父亲，在白兔的追猎下，我们就要没命了。在愈发多的面孔上，它在深陷的双颊中生长。

它尚未长成，在我体内向外观望，望着那肉体，因为那肉体即将成为它的。哈索维。

它的双眸是煤，它的口鼻是铁皮盘，它的腿是拨火钩，它的肚腹是窖里的小车，它行走的路是笔直向上通往大山的铁轨。

它仍待在我体内，粉红的皮肤，手握长刀等待着，那是范妮的面包刀。

乡愁。好像我需要它似的

　　回乡七年了，七年来我未尝乡愁的滋味。有天，在圆形广场一家书店橱窗里，我看见海明威的《节日》[1]，却看成了乡愁的《节日》。为此我买下了那本书，让自己走入乡愁，走上了回乡之路。

　　有些词语很跋扈，我唯有俯首听命。它们与我截然相异，表面一套，想的另一套。它们光顾我，为的是促我思考：还没等你说愿不愿意，某个事物便已迫不及待连出另一个。乡愁。好像我需要它似的。

　　有些词是冲我来的，好像专为重返劳动营而造，但"重返"一词除外。我若再给送回劳动营，"重返"一词便会毫无用处。另一个无用的词是"回忆"。我若再次回去，"创伤"一词也失去效用。同样的词还有"经历"。对付这些无用的词，我必须装傻。然而，每次与我交手后，它们就变得愈发强硬。

1　为《太阳照常升起》的英文版书名。此处 Hemingway 和 Heimweh（德语的"乡愁"）拼写近似，所以叙述者看错了。

头发里、眉毛里、脖颈里、腋窝里、阴毛里，都是虱子。床上有跳蚤。肚子里有饥饿。可人们不会说：我有虱子有跳蚤有饥饿。而是说：我想家。好像人们需要想家似的。

乡愁在有些人那里被诉说着，被歌唱着，被沉默着；行走时有乡愁，坐着时有乡愁，睡卧时也有乡愁；乡愁悠长而无奈。有人说，随着时间流逝，乡愁变得空洞，只剩无火的微烟，真的消耗殆尽，因为它与实实在在的家已毫不相干。说这种话的人就有我。

我知道，仅在虱子方面就有三重乡愁：头虱、毡虱和衣虱。头皮上、耳根后、眉毛里、脖颈后的头发里，头虱爬动着，瘙痒着。弄得后颈痒的，也可能是衬衫领子里的衣虱。

衣虱不爬。它们盘踞在衣物的线缝里。名为衣虱，却不以线为食。毡虱在阴毛里爬，引起瘙痒。阴毛一词难以出口。人们会说：我下面痒。

虱子大小各异，不过一律白色，状若小蟹。两个拇指指甲捻碎它时，会发出干而脆的啪啪声。一边指甲上是它水汲汲的死尸，另一边是黏黏的血渍。虱子蛋无色，像串玻璃念珠，或者透明豌豆，在卵

271

荚里排列着。带有斑疹或普通伤寒的虱子才可怕。除此之外，尽可以与它们共处。大家早就习惯了周身上下瘙痒不休。人们或许以为，通过理发室梳子，虱子在从这个人头上传到那个人头上。不过虱子嫌那麻烦，它们只需在工棚里从一张床爬上另一张床。人们将床腿放入盛了水的罐头盒里，以切断虱子的通道。然而，与我们一样，它们饥饿难忍，也就能找到别的路。点名时，食堂窗口排长龙时，坐在食堂长桌边时，装卸时，蹲着抽烟休息时，就连跳探戈时，我们都在传播虱子。

我们给推子剃光了头。男人们是在理发室被奥斯瓦尔德·恩耶特剃光的。女人们是在医务室边上的一间木板隔开的小屋里被俄国女医生剃的。首次剃头时，女人们可以带走发辫，放进箱子好纪念自己。

我不晓得，为何男人们不彼此帮忙捉虱子。女人们每天都扎堆儿，又讲又唱又相帮着捉虱子。

齐特琴手洛玛第一年冬天就知道如何清除羊毛衣上的虱子。黄昏，气温刚降到零下时，在地上挖个三十厘米深的坑，把毛衣塞进去，再草草盖住，只留一指长衣角在外面。夜里，所有的虱子都爬出来。在第一抹晨曦中，它们在衣角上聚成白色的一团。

这样就可以用鞋把它们一次全歼。

进入三月份，一米来深的冻土消失了，我们就在工棚间挖了些洞。每天晚上，毛衣的衣角们伸出地面，像编织成的花园。晨曦中，花园里亮着白色的泡沫，如花椰菜一般。我们踩死虱子，把毛衣扯出来。它们又能保暖了，齐特琴手洛玛说：衣服就算埋起来也死不了。

回乡七年了，我已经七年没长虱子。可六十年来，盘子里有花椰菜时，我都是在吃第一抹晨光中毛衣衣角上的虱子。鲜奶油至今都不仅仅是蛋糕上点缀的奶油。

第二年起，除虱有了新招数。除淋浴外，每周六还有"艾图巴"，即温度超过一百摄氏度的蒸汽室。我们的衣服挂在铁钩上，铁钩连着滑轮，沿着轨道周转着，像屠宰场冷冻室里的吊钩。我们的淋浴时间有限，热水也有限，而衣服烤干却需要很久，大约一个半小时。冲完淋浴，我们赤条条在外屋等候，佝偻的身体长满疥疮，光着身子像被淘汰的牲口。没人感到羞耻。连正常的身体都没有了，还有什么好害羞的。就是因为这身体，我们才给抓到劳动营干苦力。身体消耗得越多，因它而接受的惩罚就越多。这副躯壳属于俄国人。在他人面前我毫不害羞，只是对自己感到羞耻。这种羞耻我以前就有过，那时我皮肤光滑，在海王星浴场，被薰衣草的香蒸汽和令人呼吸急促的幸福感搞得意乱情迷。在那里，我从未想到会变成淘汰了的两腿行走的牲口。

衣服从艾图巴里出来时，散发着热烘烘的咸臭味。衣料烫坏了，破破烂烂的。不过到第二三道除虮工序时，就有人私带甜菜，在艾图巴里烤制水果蜜饯。我从未带甜菜进去过。我和一把心铲打过交道，还和煤、水泥、沙子、炉渣砖、地窖炉渣打过交道。我也曾为了土豆经历过可怕的一天，但我从未在甜菜地里干过活儿。在艾图巴里享用蜜饯的，唯有在集体农庄上装卸甜菜的人。我在家时就知道蜜饯的模样：绿莹莹的，覆盆子红的，柠檬黄的。它们像小宝石，镶在环形蛋糕上，吃的时候嵌在牙缝里。而这种甜菜蜜饯呈土褐色，削去皮后，像涂上糖浆的拳头。看着别人吃，我的乡愁就吃起环形蛋糕，胃抽搐着。

第四年新年前夜，我在妇女工棚吃到了甜菜蜜饯。它们摆在一个蛋糕上。那块蛋糕不是烤的，是特鲁迪·佩利坎拼起来的。没有蜜饯果子，就用烤甜菜，没有坚果，就用葵花籽，没有面粉，就用玉米面儿，没有蛋糕盘子，就用医务室太平间松动了的釉面砖。蛋糕之外，每人还分到一根集市上买来的好彩烟。我吸了两口就醉了。头离开肩膀飘上去，与其余几张面孔混在一处，床旋起来。我们肩碰着肩摇摆着，唱起牲口车厢的布鲁斯：

> 林中月桂吐艳
>
> 战壕白雪皑皑
>
> 一封短短信笺
>
> 字字伤我心怀

巡夜人卡蒂拿着块蛋糕，坐在值夜灯下小桌边的釉面砖上。她局外人似的看着。但歌声一停，她就在"椅子"上摇摆起来，发出"呜呜呜啊，呜呜呜啊"的声音。

她发出的这种深沉的"呜呜呜啊"，就是四年前那个雪夜，押送列车最后一次途中停车时，火车头发出的沉闷的声音。我呆住了，有几个人哭起来。连特鲁迪·佩利坎都忍不住了。巡夜人卡蒂看着这痛哭的场面，吃着她的蛋糕。看得出来，她吃得很香。

有些词语很跋扈，我只有俯首听命。我已记不清，俄语的"沃施"（WOSCH）指的是跳蚤，还是虱子。我用它既指跳蚤也指虱子。这个词也许根本不认识它指代的这些小动物。可是我认识。

跳蚤爬到墙的高处，在黑暗中从天花板向床上坠落。我不知道，是不是有光它们就不掉下来，还是掉下时没人看见。为了防跳蚤，工棚里值夜灯通宵亮着。

我们睡的是铁床。锈迹斑斑的铁管上，焊缝甚是粗糙。铁管里跳蚤可以繁殖，草垫下未被刨平的床板上也会滋生。跳蚤肆虐的时候，几乎总在周末，我们奉命把床搬到院子里。工厂里的男人们制作了铁丝刷子。床架与床板上，刷子过处，尽是碾碎的跳蚤留下的红褐色血迹。奉命实施这场跳蚤灭绝战，让我们雄心万丈。我们期盼着一张干净的床，一个安泰的晚上。我们乐见跳蚤的血，因为那是我们的血。血越多，刷子挥得越来劲。我们满腔的仇恨都被勾了起来。我们满怀豪气，挥刷直取跳蚤性命，仿佛它们是俄国人。

突然间，无边的疲劳感袭来，像重拳击中脑袋。

豪迈之气亦有疲惫之时，好不令人悲哀。一刷一刷间，豪气渐馁，重振威风要俟下次了。我们抬着清干净跳蚤的床回到工棚，心里却明白，这一切只是徒劳。我们自嘲说：至少可以睡一个安稳觉了。什么是知足？这就叫知足。

六十年后我做了一个梦：我第二次，第三次，甚至是第七次被遣送。我将留声机箱子放在水井边，在集合点名场上瞎逛。没有劳动分队，也没有工头。没什么活儿可干。我已经被这世界和营管忘却了。我是营地里的老人儿，满肚子的经验。我开解自己道，毕竟我还有心铲，白班和夜班始终是件艺术品。我不是个来路不明的人，我会干活儿。我谙熟地窖与炉渣。第一次被遣送时，有一块甲虫大小的深蓝色炉渣嵌在胫骨上，长进肉里了呢。我像展示英雄勋章那样展示胫骨上那点。我不知道该睡哪儿，这里的一切都是崭新的。工棚哪儿去了，我问。贝娅·查克尔哪儿去了，图尔·普里库利奇哪儿去了。我的每个梦中，瘸腿的范妮都穿着件不同的钩织衫，斜披着白色亚麻面包布的绶带。她说，没有营管了。我感到被冷落了。这儿没人要我，又绝不许我离开。

梦里是在哪个劳动营呢？心铲和炉渣地窖是不

277

是真的存在，梦会在乎吗？对我来说，五年的囚禁生活已经够了，可梦也会在乎吗？这个梦会将我永远放逐了吗？会让我在第七个营地连可干的活儿都没有吗？这的确伤透了我的心。我无法反驳这个梦，不论它第几次将我遣送，也不管自己身处哪个劳动营。

若是命中注定，这辈子会被再次遣送，那么我知道：还没等你说愿不愿意，某个事物便已迫不及待连出另一个。是什么驱使我进入这个关联？为什么每到夜里，我都想要拥有主宰自己不幸的权利？为什么我无法自由？为什么硬要那营地属于我？乡愁。好像我真的需要它似的。

清醒的一刻

一天下午，巡夜人卡蒂坐在工棚里那张小木桌旁，也不知坐了多久。很可能是冲布谷鸟钟来的。我进门的时候，她问我：你住这儿吗？

我说：是啊。

我也是，她说，不过是在教堂后面。今年春天我们搬进新房子了。然后我的小弟弟就死了。他已经老了。

我说：他不是比你小吗？

他病了，病人就会老啊，她说。然后我就穿上了他的羚羊鞋，去了老房子那儿。有一个男人在庭院里。他问我，你怎么来的呀？我让他瞧了瞧那双羚羊鞋。然后他说，下次来的时候带上头。

后来你干啥了，我问她。

后来我就进了教堂，她说。

我问道：你小弟弟叫什么名字。

她说：叫拉齐，跟你一样。

我说：不是啊，我叫雷奥。

她说：那是在你们家，在这儿你就叫拉齐。

我心想，真是难得的清醒啊，在这名字里居然看出"虱子"。拉齐来自"拉蒂兹虱子"（Ladislaus）[1]。

巡夜人卡蒂站起身来，弓着背走到门边，回头看了看布谷鸟钟。不过她的右眼朝我斜瞟了过来，眼球转动的样子就像是转动旧丝绸。她竖起食指说：

知道吗？千万别在教堂里跟我打招呼。

1　Laus 是德语中"虱子"的意思。

干草般随意

夏日时节，我们得到准许，可以在点名场上跳舞。夜色降临前的短暂时刻，燕子们追逐着它们的饥饿，树木已经被黑暗勾勒出锯齿状的轮廓，云彩通体红色。再晚一些，食堂上空挂着一轮手指般纤细的弯月。风吹送着科瓦契·安彤的鼓声，点名场上的舞伴们像灌木丛般晃动着。焦炭炉组的钟潮水般鸣响起来。此后紧接着，厂区亮起火光，把我们这边的天空都照亮了。在火光暗淡之前，可以看到伊萝娜唱歌时颤动的喉头，还有手风琴手康拉德·凡恩那双忧郁的眼睛，总是看向侧面，虽然那边空无一物。

康拉德·凡恩拉开、合上手风琴肋骨似的键盘，动作带着强烈的动物性。他的眼皮显得滞重，一副耽于色欲的模样。然而，那眼中的空洞过于冰冷，缺乏色欲的灼热。音乐没能深入他的心。他将乐曲驱离开，那乐曲却爬进了我们的心。他手风琴拉得沉闷而拖沓。自从齐特琴手洛玛去了敖德萨，从那儿乘船回家后，乐队便失去了温暖明亮的音色。也许手风琴和乐手同样失了音准，而且心里纳闷，点名场上成双成对灌木般摇来摆去的囚犯真的在跳舞吗？

巡夜人卡蒂坐在长凳上，两脚有节奏地悠来荡去。有男人请她跳舞的时候，她就逃进如墨的黑暗中。有时她会跟女人跳，跳时抻长脖子看着天。换步子时她节奏不乱，看来曾是老手。坐在长凳上，看到有舞伴们身体靠得太近，她便投块小石子过去。她一脸严肃，可见不是闹着玩儿。阿尔伯特·吉翁说，大部分人忘了这是在点名场，居然说自己是在圆形广场上跳舞。他再也不和策莉·旺特施奈德跳，因为她纠缠不休，无论如何要委身于他。不过，在这黑暗中，引诱人的不是他，而是那音乐。冬日的舞会上，人们的情感像手风琴琴键般皱巴巴的，被禁锢在食堂里。夏天之舞掀起了一股干草般的随意，淹没了我们的忧郁。工棚窗户上透出微弱的光，人们与其说相互看见，不如说是相互感觉。特鲁迪·佩利坎认为，在圆形广场上，乡愁从脑袋里滴落到肚子里去了。舞伴的搭配每个钟头都在变化，这是乡愁的搭配。

我相信，人们找舞伴[1]时表现出的偏好与心机的混合，也许和煤的混合同样千差万别，同样可怜可叹。可是，你只能混搭你手头的东西。不是能，而是只能。就像我绝不能参与这种混合，而同时又必须小心，不让别人猜到我为何如此。

手风琴手兴许猜到了什么，脸上有些拒我于外的表情。虽然我觉得他讨厌，可那表情还是让我很受伤。每次工厂的火光照亮天际，我都不由自主地朝他的脸望去，目光停留着，直到天际的火光消失。每隔十五分钟，我就看到，在手风琴上方，他的脖子撑着一个狗头，还有那吓人的白眼珠，像石头一样，正朝旁边看去。然后天空陷入黑暗。我要再等上一刻钟，等那丑陋的狗头又出现在亮光中。夏日点名场上跳《小白鸽》时，每次都一样。只有到了九月底，只剩最后几场露天舞会了，情形才有所不同。

我经常双脚踩着凳子蹲在长凳上，膝盖收起来顶着下巴，这次也不例外。律师保罗·加斯特跳累了，

1　此处德语为 Paarungen，又有"交配"之意。

坐到我的脚边歇口气，一言不发。也许他有时还会想起死去的老婆，海德伦·加斯特。就在他向后靠的时候，俄国人村子上空坠落了一颗星星。他说：

雷奥，你该赶紧许个愿吧。

俄国人村子吞下了那颗星，其余的星斗像粗盐粒一样闪耀着。

他说，我什么也想不起，你呢。

我说：希望我们都活着吧。

这是个谎言，说得如干草般随意。我真正的愿望，是我的替代兄弟死掉。我想让母亲痛苦，那个兄弟我反正也不认得。

劳动营里的幸福

幸福总是突如其来。

我熟知嘴的幸福和头的幸福。

嘴的幸福在吃时降临，它比嘴短，甚至比"嘴"这个字还短。人们说出它时，它都来不及上升到脑子里去。嘴的幸福根本不愿意人们议论。我说到嘴的幸福，必定在每句话前加上"突然"。而且，每句话说完后会再加上：不要跟任何人说，因为所有人都很饿。

我只说一次：突然你扯下树枝，摘些金合欢花吃。你不要跟任何人说，因为所有人都很饿。你在路边摘酸模吃。你在管道间摘野百里香吃。你在地窖门边摘甘菊花吃。你在篱笆边摘野蒜吃。你扯下树枝摘黑色桑果吃。你在休耕的田里摘野燕麦吃。你在食堂后面没找到一片土豆皮，只有一根菜梗，你把它放进嘴里。

冬天一无可摘。收工后，走在回工棚的路上，不

285

知道哪块儿的雪味道最佳。是在地窖台阶上呢，还是等走到白雪覆盖的煤堆那儿、抑或是到营地大门才掬上一捧。你想也没想，就从篱笆支柱的白色帽子上捧起一把雪，给你的脉搏、嘴巴、脖子带来一股清新，直沁入心坎儿。突然间，疲惫消失了。你不要跟任何人说，因为所有人都累了。

只要没有崩溃，这天同往常便别无二致。你会祈愿，每天都一如往常。理完第九个，就到第五个了，理发师奥斯瓦尔德·恩耶特说。按照他的法则，运气有那么一点颠三倒四的味道。我一定是走运的，因为我祖母说了：我知道，你会回来的。这个我也没跟任何人说，因为所有人都想回家。要想走运，就要有个目标。我一定要寻找目标，就算它只是篱笆柱子上的雪。

嘴的幸福人们难以言说，而头的幸福更为人乐道。

嘴的幸福喜欢独处，它沉默寡言，在内心默默生长。头的幸福喜欢群居，它渴求与人分享。它四下游走，寻找他人，而且还尾随而至。它持续之久，久到人无法应付。头的幸福被切分成小块，很难分拣，它随意混合，迅速演变，从明亮的幸福到

暗淡的

模糊的

盲目的

妒忌的

隐蔽的

飘忽的

迟疑的

狂暴的

纠缠的

动摇的

坠落的

抛弃的

堆积的

串起的

遭骗的

磨烂的

捏碎的

杂乱的

期待的

刺人的

危险的

重现的

狂妄的

遭窃的

遭弃的

剩余的

以及差之毫厘的幸福。

头的幸福也许令人两眼湿润、脖子拧转、手指颤抖。但是，就像铁皮罐头盒里的青蛙，那幸福感在脑中扑腾。

最后的一种幸运就是多了一点点的幸运。

它在死亡时到来。我仍然记得，伊尔玛·普费佛在灰浆池里淹毙的时候，特鲁迪·佩利坎呻着舌，嘴张得像个巨大的零，只说了一个词：

幸运太多了那么一点点。

我认为她是对的，因为清理尸首时，人们目睹了解脱，脑袋中那个坚硬的巢，呼吸中那架令人眩晕的秋千，胸口里那部热衷于节奏的泵，腹部那间空荡的候车室，都最终获得了安宁。从未有过纯粹的头的幸福，因为每张嘴里都是饥饿。

劳动营过去六十年了，吃依然令我兴奋不已。我用所有的毛孔在吃。与别人一道进餐时，我会让人家很不舒服。我吃得非常自我。其余的人对嘴的幸福一无所知，聚在一起吃得彬彬有礼。可就在吃饭时，我的脑海中会闪过那多了一点点的幸运，就像我们此刻坐在这里，它有一天也会找上每一个人，人们必须把脑袋里的巢，把呼吸里的秋千，把胸膛里的泵，把腹腔里的候车室交出来。我如此爱吃，是因为我不想死，因为死了就再也不能吃。六十年了，我知道，即便归乡也无法驯服劳动营的幸福。时至今日，它还会用饥饿把其他感觉从中间一咬两段。而我的中间却是空空如也。

归家后的每一天，每一种感觉都有自己的饥饿，都要求给予回应，可我无法满足它们。谁也别想再靠近我。我被饥饿吓怕了，人们难以接近我，不是因为我高傲，而是因为我卑下。

人要生活。人只活一回

在皮包骨头的日子里，我的头脑空空如也，除了永远嗡嗡作响的手风琴，日日夜夜反复奏响着：寒冷刀一般割着，饥饿欺骗着，疲惫重压着，乡愁耗损着，跳蚤虱子叮咬着。我想跟那没有生命也就不会死亡的物体做交换。我想在我的身体和空中的地平线及地上的土路之间达成一个拯救交换协议。我想借用它们的持久韧劲，让我没有躯体就能生存，直到最恶劣的时候过去，再滑落回自己的躯壳，出现在棉衣里。这和死亡无关，反而和死亡恰恰相反。

零点就是那无法言说的东西。它和我看法一致，认为人对于它无法言说，说也最多只在兜圈子。零大张的嘴能吃，却不能说。零把你锁在它令人窒息的温柔中。这个拯救交换不能容忍比较。它不容你分说，直截了当：一铲子 ＝ 一克面包。

在皮包骨头的日子里，我的拯救交换计划肯定是成功了。时不时定是拥有了地平线和土路的韧劲。

棉衣里如果只有皮和骨头，我的命肯定不保。

身体如何养活自己，对我来说至今都仍谜。身体像建筑工地，在拆也在建。每天你看着自己与他人，却不曾注意，在你的身体里，有多少东西正崩塌，又有多少在重建。卡路里如何消耗净尽，又如何再次充盈；它攫取时，如何抹掉你体内的所有痕迹，而它给予时，又如何把痕迹放回原处。这些始终是个谜。你不知道从何时起你恢复了状态，但你的确又有了气力。

在劳动营的最后一年，我们拿到工钱，可以去集市上购物了。我们吃李子干，吃鱼，吃俄式甜芝士或者咸芝士煎饼，吃肥肉和猪油，吃甜菜馅的玉米饼，吃油油的葵花籽黏糖。没几个星期，我们的营养状况得以恢复。俄国人称海绵一样的虚胖做"巴姆斯蒂"（BAMSTI）。我们又变成男人和女人了，仿佛经历着第二个青春期。

白天里，男人们依旧穿着棉衣棉裤，拖着步子走来走去，而女人们的虚荣心就已经开始露头了。男人们尚觉自我形象不赖，就只负责给女人们弄打扮用的材料。对服饰、对新的营地时尚，饥饿天使感觉灵敏。男人们从工厂里带回雪白的棉索，一米来

291

长、胳膊粗细。女人们把棉索拆开，把线接起来，用铁钩针钩织成胸罩、三角裤、衬衣和紧身胸衣。结头钩织时都放到内面，完工后，表面一个不见。她们连束发带和胸针都织。特鲁迪·佩利坎戴着枚睡莲胸针，像一个挂在胸前的小咖啡杯。某个策莉戴着枚铃花胸针，是挂在铁丝上的白色顶针。伊萝娜·米悉戴了一朵用红色瓦灰染就的大丽花。在棉花变形的第一阶段，我仍然觉得自己挺好看的。不过很快我就想把自己打扮一新。那件带有丝绒绳边的大衣穿破了，我就花了不少时间，以它为原料，手工缝制了一顶帽子。至于该做成什么样子，我胸有成竹，设计颇为复杂，细节个个精致。在轮胎橡胶做的拱形框架上缠上布条，这个帽框很大，可以歪歪地挂到耳朵上。用一块盾牌形的屋面油毡，做椭圆形的帽子顶端，再用水泥袋子纸加固一下，帽子的整个内面，用一件破旧汗衫尚能利用的部分填塞。内部的填充物对我来说很要紧，这是以前的虚荣心在作怪，看不见的地方也要漂漂亮亮的。这是一顶鸭舌帽，作为一顶蕴含期待的帽子，它期待更好的日子来临。

俄国人村子的商店里有香皂、粉和口红，刚好配上营地妇女们的钩织时尚。所有这些商品都是一个牌子的，克拉斯尼牌（Krasnyi Mak），也就是红罂粟。这些化妆品都是粉色的，有股很冲的甜香味。这让饥饿天使惊诧不已。

最早流行起来的是出门穿的鞋，叫做橡胶软鞋。我把半个橡胶轮胎带给鞋匠，其他人从传送带上搞来涂了胶的布。鞋匠会做夏天穿的轻便鞋，薄薄的软底，很合脚。它们在鞋楦子上制作出来，样子颇为优雅。男人女人都穿它。饥饿天使的脚都变得轻盈起来。《小白鸽》的乐声疯狂了，所有人都跑到场子上跳起来，直到午夜前国歌奏响。

既然女人们不仅愉悦自己与同伴，还让男人们觉得赏心悦目，那男人也得努把力，这样的话，女人才会让他们爬进床帘后，抚弄她们的钩织内衣。所以，橡胶软鞋之后，鞋以上的部分也逐渐发展成男人的时尚。新的时尚和地下恋情，野地里的苟合，怀胎受孕，城里医院里的刮宫术。医务室的木栅栏后，婴儿数也日渐增加。

我去找巴纳特地区顾滕布伦的霍易施先生。这人我是在集合点名时认识的。白天他在一间炸毁的工厂里清理废墟。晚上缝补穿烂的工作服来挣点儿

293

烟草钱。他是裁缝出身，自从饥饿天使漫不经心四下闲逛后，他就成了抢手的专家。霍易施先生展开一条标着厘米刻度的薄布条，把我从脖子到脚量了一番，然后说，裤子要一米五的布，夹克要三米二。外加三个大的、六个小的纽扣。夹克的衬里由他负责。我还希望夹克上能有条带扣环的腰带。他建议我用两个金属环做个滑扣，再在后背做个褶子，中间缝起来做成两个开口。他说，这叫地窖褶，这阵子在美国很流行。

我跟科瓦契·安彤订了两个金属环，然后带上所有的现金去了俄国人村子的商店。裤子布是深蓝色的，上有浅灰色的颗粒。夹克布是米黄色和水泥袋褐色交替的格子图案，每个格子都有凹凸不平的浮雕效果。我立即买了一条现成的领带，上有苔绿色的菱形格子。另外还有三米浅绿色棱纹平布，可以做件衬衫。然后是裤子和夹克纽扣，还有十二粒很小的，用在衬衫上。那是一九四九年四月间的事。

三个星期后我拿到了衬衫，以及带着地窖褶和铁扣环的外套和裤子。这下，那条哑光与亮光菱形图案交替的酒色丝巾倒会挺配我的了。图尔·普里库利奇早就不戴它了，很可能已经扔掉。饥饿天使不在脑子里了，不过还坐在脖颈上。它记性很好。其实它根本不需要这么好的记性，营地时尚也是一种饥饿，眼睛的饥饿。饥饿天使说：别把钱都用光了，谁知道还会发生什么事呢。我心想，所有能发生的都发生了。我想要穿上出得了门的正式衣服，在营地林荫道上散步，在舞场上跳舞，甚至穿过荒草、格栅和瓦砾到地窖去上班。每次上班前，我都要在地窖里换衣服。饥饿天使提醒我：得意忘形必招祸。我说：人要生活。人只活一回。就连山菠菜都来赶时髦，戴着红色的首饰，为每片叶子都裁剪出一副不同的手套，每副手套的拇指都形状各异。

我的留声机箱子这时已经换了新锁，不过渐渐显得不够用了。我让木匠打了一个结实的木箱，好收纳我的新衣裳。还向钳工车间的保罗·加斯特订了一把牢固的螺纹箱锁。

第一次在舞场展示新衣时，我就想：所有能发生的都发生了。就让一切保持现状吧。

总有一天我会走在优雅的铺石路面上

第四个和平年到来了，山菠菜依旧婉转悠扬地绿着。我们再也没有发狂的饥饿，也就不用采食它了。我们确信，饿了我们四年后，再让我们吃饱，不是想让我们回家，而是让我们留在这里干活。每一年，俄国人都期盼着来年，而我们却心存恐惧。于我们而言，旧时代挡住了去路；对他们来说，新时代流入了他们辽阔的国度。

有传言说，图尔·普里库利奇和贝娅·查克尔这些年来在洗衣间里私囤衣物，拿到集市上售卖，再与施矢万涅诺夫分赃。这一行径导致许多人冻毙；就算按营规，他们也该有内衣、工作服和鞋子。我们不再去数死了多少人。可一算过了几个和平年，我才知道，在特鲁迪·佩利坎的医务室记录中，从第一个到第二、第三、第四个和平年，有三百三十四个人永远安息了。一连好几个星期，我不去想这个数字，可是有一天，它像拨浪鼓般出现

296

在脑海里，从早到晚跟随着我。

焦炉组的铃声响起时，我常常想，那是辞旧迎新的钟声。希望能有一天，我看到的不是营地林荫道边的长凳，而是公园里的长凳，上面坐着个自由人，一个从未进过劳动营的人。一天晚上，在舞场上，大家都在说着"绉胶底"[1]。我们的歌手伊萝娜·米悉问那是什么。卡尔利·哈尔门朝律师保罗·加斯特瞥了一眼，说"绉胶"是谐了"翘辫子"[2]的音；在荒原上空的天堂里，我们都穿"绉胶底"的鞋。伊萝娜·米悉依然将信将疑。聊完"绉胶底"，大家又说起"法乌利腾"[3]，据说如今在美国很流行。伊萝娜·米悉又问"法乌利腾"是个啥。手风琴手康拉德·凡恩觉得，"法乌利腾"嘛，是种发型，就像是耳朵边儿翘着个鸟尾巴。

每隔两个星期，俄国人村子电影院会为我们这些囚犯放电影和每周新闻纪录片。电影有俄国的，也有美国的，甚至有从柏林调过来的UFA[4]电影。在一

1　此处德语为Kreppsohle，为粗糙橡胶做的鞋底。

2　此处德语为Krepieren，故与Krepp（绉胶）发音近似。

3　此处德语为Favoriten。

4　为Universum Film Aktiengesellschaft的缩写，中文名为德国万国电影制片公司，也称UFA电影公司，成立于1917年，是第二次世界大战前德国最大电影公司，战后解体。

部美国新闻纪录片中，五彩纸屑像雪花般在摩天大楼间飘舞，络腮胡子的男人们穿着"绉胶底"鞋高声欢唱。看完电影，理发师奥斯瓦尔德·恩耶特说，大胡子就叫"法乌利腾"。他说，我们如今是彻底俄国化了，可同时又跟美国人一样时髦。

我也不知道啥是"法乌利腾"。我很少去电影院。因为上夜班，放电影时不是在地窖里，就是给地窖的活儿累得缓不过劲。不过这个夏天我有了橡胶软鞋，因为柯贝里安送了我半个轮胎。还有，我可以锁上留声机箱子了，因为保罗·加斯特给我做了把钥匙，上面有三个精巧的小凸起，像是鼠牙。此外，我还从木匠那儿弄到一个配了螺丝锁的新木箱。我一身上下都是新衣。"绉胶底"鞋根本不属于地窖，"法乌利腾"自己会长，也许挺适合图尔·普里库利奇那张脸。我觉得它滑稽透顶。

我心想，尽管如此，应该会有那么一天，作为平等的人跟贝娅·查克尔和图尔·普里库利奇在别的地方碰面，比如说，在某个火车站，有铸铁壁柱和蔓缀的牵牛花，像一个温泉度假地。比如说，我上了火车，发现图尔·普里库利奇坐在同一包厢内。我会打个简短的招呼，在斜对面坐下来，仅此而已。

我会表现得好像就仅此而已，因为我会看见他的婚戒，却不会问他是否是跟贝娅·查克尔结的婚。我会打开三明治的包装，放在小折叠桌上。白面包上涂着厚厚的黄油，还有粉红的熟火腿。三明治不好吃，可我不会让人看出来它不好吃。或许，我会碰到齐特琴手洛玛。他会和歌手伊萝娜·米悉一道来。我会看见她的甲状腺肿块又长大了。他们是来接我去雅典娜音乐厅[1]听音乐会的。我会用假嗓跟他们说抱歉，请他们暂时离开。然后我会变成验票员和引座员，在入口处接待他们，伸出食指说：请出示你们的票；我们这里是按单双数的，你们是 113 和 114号，得分开坐。直到我笑出声来，他们才认出是我。或许我根本不会笑。

我还设想过，可能会在一个美国都市里，再次碰到图尔·普里库利奇。他没戴婚戒，却挽着策莉姐妹中的一个走上台阶。策莉没有认出我，而他却像埃德温叔叔那样眨了眨眼睛。埃德温叔叔眨眼时总爱说：这下我又拿一根睫毛冒险了。我也许会继

1　位于罗马尼亚首都布加勒斯特的富兰克林大街。由法国设计师阿尔贝特·葛雷伦设计修建，建成于 1888 年，是布加勒斯特最有代表性的建筑之一。于 2007 年被正式列入《欧洲遗产名录》。

续向前走，仅此而已。或许我从劳动营出来时，还是挺年轻的，就像人家说的，风华正茂，一如伊萝娜·米悉颤动着喉头用咏叹调唱到的：我才要满三十岁。也许我会第三次、第四次遇见图尔·普里库利奇，在我的第三个、第四个、第六个、甚至第八个未来，我仍会频繁地遇见他。也许有一次，我从旅馆三楼的窗户朝下面的街道看，天也许正在下雨。下面有个男人准备撑开伞。伞卡住了，他忙了许久才打开，浑身都淋湿了。我也许会看到，那双手是图尔的，但他不会知道我在看。我也许会想，要是他知道的话，就不会花那么多时间撑开伞了，或者就会戴上手套，或者根本不会出现在这条街上。如果那人不是图尔·普里库利奇，只是有双他的手，我便会趴在窗口冲他喊叫：到街对面去啊，那儿有雨篷，你就不会淋湿了。他兴许抬起头来说：怎么跟我你呀你的。我便会回答：我没看到您的脸，我只是用"你"来称呼您的手。

我曾想象，有一天会走在优雅的铺石路面上，那个地方迥异于我出生的小城。优雅的铺石路面是黑海边上的一条人行道。海水荡漾着，泛起白色的泡沫，那景象是我平生所未见。人行道上闪烁着霓虹灯，萨克斯管吹奏着乐曲。我会遇到贝娅·查克尔并且认出她，她眼睛转动时依旧那般迟疑，目光依旧那般偏斜。我肯定没有脸，因为她没有认出我。她依然一头厚重的头发，只是没有编结发辫，白如面粉的头发在鬓边飘动，如海鸥展翅。她的颧骨依旧突出，下棱角分明的暗处如正午时分两个屋角下的阴影。我会想起那个直角，想起营地后面的居民点。

上一年的秋天，营地后面兴建了一处俄国人定居点。从芬兰运来实木构件，盖成一排排芬兰式的房舍。卡尔利·哈尔门跟我描述道，那些构件严格按标准加工，且配有详细的安装图纸。不过，所有构件卸货时都搞乱了，谁也不知道，哪些跟哪些搭。结果安装时闹得一团糟，构件要么少了，要么多了，要么拿错了。那些年，只有那位建筑工程师把强迫劳工当作文明人，因为在他们的国家，直角就是九十度。他觉得遣送来的人有头脑，因此我才记住了这些。在一次抽烟休息时，他在工地上大谈社会主义的良好愿望与无能。从他这番话里人们认识到：俄国人知道什么是直角，但就是做不出来。

我曾想，也许有一天，不知是多少个和平年之后，也不知是在哪一个未来，我会到那群山连绵的国度，即梦中我骑白猪飞去的地方，人们说，那里就是我的家乡。

营地里流传着一种关于归乡的说法，说是我们回家时，最好的年华已经逝去。我们会经历与一战后归乡战俘同样的命运，回乡之路终会到来，只是要走上几十年。施矢万涅诺夫也许会命令我们参加最后也是最短的一次集合点名，他会当众宣布：我就此解散劳动营。你们滚吧。

每个人也许都会靠着自己的力量继续向东进发，和家乡的方向恰好相反，因为向西的路都堵死了。翻过乌拉尔山脉，横穿整个西伯利亚、阿拉斯加、美国，然后穿过直布罗陀海峡，进入地中海。二十五年后，我们也许会走出东方，越过西方，回到家乡，如果还有家乡存在的话，如果我们的家乡还没给俄国吞并的话。也许还有其他说法：我们根本不会离开，因为关在这里很久后，营地也许会变成没有瞭望塔的村庄，虽然我们仍然不是俄国人或乌克兰人，但住久了就变成了居民。或者，我们只能留在这里，直到死了离开的心，因为我们已经相信，家乡不再有人等着我们，那里早就换了主人，所有人都已被遣送，天知道去了哪里，他们自己都无家可归。此外还有种说法，说最终我们愿意留下，因为已经无法适应家庭生活，而家也无法适应我们。

要是很久很久没有家里的消息，人们会问自己，是否仍想回家，家乡还有什么值得留恋的。营地消磨了对故土的眷恋。人们不必做任何决定，也不愿做任何决定。虽然想回家，但这念头仅仅停留在对过去的回忆上，这种渴慕不敢面向未来。人们觉得，回忆便是渴望。如果脑海里总是转着同一个东西，于我们而言，世界已经逝去，它那般遥远，我们甚至都不会想念它，那回忆和渴望又有何区别呢？

回家后我会变成什么样？我曾想过，在峰峦间的峡谷中，我也许是四下游荡的归乡者，前面是火车般"哧哧哧"的声音。我也许会掉进自己设的陷阱，我也许会陷入再熟悉不过的事物中。我也许会说，那是我的家人，而我指的却是营地里的难友。母亲可能会说，我该做个图书管理员，那样便不会在屋外受冻。她还会说，反正你一直爱读书。祖父也许会说，我应该考虑一下，做个旅行推销员。他还会说，你反正一直想到处跑跑。母亲可能会这样说，祖父或许会那样说，可是我们却在这里，在刚刚到来的第四个和平年，除了知道有个替代兄弟外，他们是否还活着，我一无所知。在营地这里，旅行推销员这样的职业是一种头的幸福，因为它为大家提供了话题。

有一次，坐在地窖的沉默木板上，我跟阿尔伯特·吉翁谈起此事，还真的撬开了他的口。当时我说，也许以后会做个旅行推销员吧，提箱里装满各色杂货，有丝巾和铅笔，彩色粉笔，药膏和去污水。祖父有一次给祖母带回来一枚夏威夷扇贝，大得像留声机的喇叭，里面嵌着淡青色的珍珠母。或许我也会做建筑工程师，做规划蓝图的建筑工程师，我坐在地窖的沉默木板上说，做氨熏蓝图的建筑工程师。这样就会有自己的办公室。我也许给有钱人造房子，其中一所整个是圆的，就像这里的铁篮子。房子规划图我先是画在黄油面包纸上。正中画一个从地下室到穹顶的轴。所有的房间像切成四分之一、六分之一或八分之一的蛋糕块儿。那张黄油面包纸会被放入画框内，下面垫张氨熏纸，然后将框子在太阳下暴晒五到十分钟。随后，用氯化铵蒸汽把氨熏纸熏成个纸筒，要不了一会儿，漂亮的规划图就会慢慢显现出来。氨熏蓝图制作完毕，粉红、丁香紫、肉桂褐，颜色不等。

阿尔伯特·吉翁听完后开口道：氨熏蓝图，蒸汽你还没熏够是吧，我看啊，你是累过头了。我们为什么会在这地窖里，我们没有手艺。理发师、鞋匠、裁缝，在这儿这些才算手艺。它们原本就是不错的行当，在营地里更是好得不得了。不过，要么在家时你就会这门手艺，否则就想都别想。它就是你命里的手艺。早知道会到营地，大伙儿不早就学理发、做鞋和裁衣了吗。那样的话，谁也不会去做旅行推销员或建筑工程师或蓝什么工程师。

阿尔伯特·吉翁说得在理。抬灰浆算手艺吗？如果一个人长年累月地抬灰浆，抬炉渣砖，铲煤，用手从地里刨土豆，打扫地窖，他自然熟门熟路，可却学不到任何手艺。这是重体力劳动，不是手艺。他们需要的是我们的体力，不是手艺。我们自始至终就是小工，小工哪有什么手艺。

我们的饥饿不再疯狂，山菠菜依旧是银绿色，要不了多久便会长出木质纤维，呈现出耀眼的红色。只是因为我们挨过饿，所以才不去采摘它，而是到

305

集市上去购买现成的食物，一通乱吃。现在，旧日的乡愁覆上了一层迅速长出的新肉，一副虚胖的模样。看着新长的肉，我还是用那套老话安慰自己：总有一天就连我也会走在优雅的铺石路面上。就连我也会。

如静寂般彻底

皮包骨头的日子过去了，拯救交换也过去了，我的面前有了橡胶软鞋，有了现金，有了吃的，皮下有了新肉，箱子里有了新衣，这时却要被释放了，这真让人无法承受。对于五年的劳动营生活，现在能说的就五点：

一铲子 = 一克面包

零点不能言说。

拯救交换是那边的来客。

营地中的"我们"是单数。

广度进入深度。

不过，这五点有一个共同之处：

它们是根本性的，一如它们之间的沉默，而非证人面前的沉默。

无动于衷的人

一九五〇年初，我从劳动营获释，回到家乡。我又坐在起居室里了，坐在雪白的石膏天花下深深的四角形里。父亲在画喀尔巴阡山，每隔几天就画一幅水彩，画中灰色的山峰如牙齿，每幅画上，大雪覆盖的冷杉树几乎是同样的布局：山脚边是一排排的，山坡上是一丛丛的，而山脊上要么两两成双，要么形单影只，间或点缀着一棵白色鹿角般的白桦树。最难画的显然是云朵，每幅画上，它们都似灰色的沙发靠枕。每幅水彩画上，喀尔巴阡山都是一幅睡态。

祖父已经过世。祖母坐在丝绒沙发椅上玩填字游戏。有时她会问个字：东方长沙发，Z 开头的鞋的部位，帆布屋顶。

母亲为她的替代孩子罗伯特打了一双又一双羊毛袜。第一双是绿色的，第二双是白色的。接下来的几双是褐色的、红白点子的、蓝色的、灰色的。那双白色袜子让我产生了幻觉：母亲打的是虱子结成的块。打那儿以后，只要我看到袜子，就会想起工棚间编结而成的花园，黎明的微光的毛衣衣角。我躺在沙发上，毛线团放在母亲座椅边的铁皮碗里，它的生命力可比我强多了。毛线从碗中爬出来，向下坠，落下去。拳头大小的两团毛线能打出一只袜子，整个线的长度是无法计算的。把所有袜子的线加起来，也许是沙发到火车站的距离。火车站附近我总是避开。现在我的脚暖和了，只是脚背上的冻疮疤很痒，裹脚布若冻在皮肤上，那儿总是首当其冲。冬日里，不到四点钟天色就暗下来。祖母按亮灯。灯罩有浅蓝色的喇叭口，蓝色的流苏边儿。天花板捞不到多少光，石膏花饰持续灰着，像开始融化的积雪。第二天一早，它又变回雪白。我想象，夜里我们在其他房间睡觉时，它会再次冻结，像齐柏林飞船后那块荒地上绣上了花似的冰层。衣柜边上，钟滴答滴答地响着。钟摆晃动着，在家具之间，仿佛用铲子把我们的时间抛来抛去，从衣柜抛到窗口，从桌子抛到沙发，从烤箱抛到丝绒沙发椅，从白天抛到黑夜。墙上滴答作响的是我的呼吸秋千，胸膛里是我的心铲。我很想念它。

一月底的时候，埃德温叔叔一大早就到家里接我，带我去见他木箱厂的工头。到了街上，在学校巷卡尔普先生家隔壁的窗户里，我看到一张脸。冰花图案将脖子以下部分分隔开来。额头盘着条冰发辫，鼻子上端的两侧是斜睨着的绿眼睛——我看见贝娅·查克尔，她梳着条沉重的灰白发辫，穿着件白花晨衣。卡尔普先生的猫像往常一样坐在窗口，而我却为贝娅·查克尔难过，她衰老得如此之快。我知道，那只猫只可能是猫，电报杆不可能是卫兵，雪地上刺眼的白色不是营地林荫道，而是学校巷。我知道，家里的一切都不会变，它们维持着原样。所有一切，除了我。周围是对家乡感到腻歪的人们，我却因自由而晕眩。我的性情变幻无常，被训练得悲观向下、卑屈惶恐，脑子里尽是服从。我看到窗中贝娅·查克尔期待的目光，她肯定是目送我从窗前走过。我本该打个招呼，至少点下头或者招下手。不过等我反应过来，为时已晚，我们已经走过两栋房子了。等走到学校巷尽头，就要拐弯时，叔叔挽起了我的胳膊。他定是察觉到，虽然跟他靠得很近，我的心思却完全在别处。也许他挽着的根本不是我的胳膊，而是我穿着的他的旧大衣。他胸

310

腔里发出呼哨声。在我看来，他沉默良久后说出的话，原来根本就不想说。我觉得，是肺叶逼他说的，因此他有了两个声音：希望他们招你进厂子吧。我看啊，你们家人现在都牢骚满腹的。家人抱怨的是那个"无动于衷的人"。

在皮帽挨着左耳的地方，他耳廓上的褶皱平滑地分开，我的耳朵亦是如此。我忍不住想瞧瞧他的右耳。我挣脱了他的手，换到他右边。他的右耳与我的更像些。在更靠下的位置，耳轮才变得光滑，又长又宽，像是熨过。

木箱厂录用了我。我每天从"无动于衷的人"中走出来，下班后又走进去。每次回到家，祖母都会问：

你回来了。

我会说：我回来了。

每次出门时，她会问：你走了。

我会说：我走了。

问我的时候，她会上前一步，手捂住前额，一副难以置信的样子。她的手是透明的，皮包着血管和骨头，像两把丝扇。祖母问我那些话时，我很想搂住她的脖子。"无动于衷的人"阻止了我。

这些天天重复的问题小罗伯特听在耳中。若他想起来，会学着祖母的样子，向我走一步，手捂住前额，两个问题并作一个：你回来了，你走了。

每一次他捂住前额时，我都看到掌根的肉褶子。每次他那样问，我都想掐住我替代兄弟的脖子。"无动于衷的人"阻止了我。

一天，下班回到家，我看见缝纫机罩子下露出白色蕾丝花边的一角。还有一天，厨房门把上挂着把雨伞，桌上摆着个打烂的盘子，像是从中间切开，分成大小均等的两半。母亲的大拇指用手帕包着。另有一天，父亲的吊裤带放在收音机上，而祖母的眼镜却在我的鞋子里。还有那么一天，我的鞋带把罗伯特的玩具狗莫皮和茶壶把绑在一起。我的帽子里有一块面包屑。或许趁我出门时，他们便摆脱掉那"无动于衷的人"。或许他们又恢复了生气。在这个家里，这件事就像营地里的饥饿天使。从来就搞不清，是我们共同拥有一个"无动于衷的人"呢，还是每人都有自己的"无动于衷的人"。

我不在场的时候，他们很有可能会笑。很有可能会替我难过，或是对我骂骂咧咧。很有可能会亲吻小罗伯特。很有可能说，对我要有耐心，因为他们爱我，或者只是默默地想，手上却忙着活儿。很有可能。或许回家时我也该笑。或许我也该替他们难过，或者咒骂他们。或许我也该亲亲小罗伯特。或许我该对他们说，对他们我需要耐心，因为我爱他们。只是，如果都不能默默地这样想，又如何能说出来。

回到家乡的头一个月里，我的房间彻夜亮着灯，因为没了值夜灯，我感到恐惧。我认为，只有白天累了，夜里才会做梦。直到我在木箱厂上了班，梦才再次光顾了我的睡眠。

祖母和我一起坐在丝绒沙发椅上，罗伯特坐在旁边的凳子上。我像罗伯特一样小，而他像我一样大。罗伯特站到凳子上，把挂钟上方天花板上的石膏花饰取下来，挂在我和祖母的脖子上，像条白色的围巾。父亲跪在我们面前的地毯上，举着他的莱卡相机，母亲说：大家笑一笑，这是她死前最后一张照片。我的腿刚刚超出凳子沿儿。因为这个姿势，父亲只能从下面拍到我的鞋，鞋底朝前，冲着门口。这样，即使父亲不情愿，我的短腿也让他别无选择。我取下肩膀上的石膏花饰。祖母搂住我，又把那花饰压在我脖子上，透明的手紧握着它。母亲用一根毛针指挥着父亲，直到他开始倒数：三,二，等到一的时候按下快门儿。完了以后，母亲把毛针斜插进自己的发髻，又取下我们肩头的石膏花饰。罗伯特拿了花饰，站到凳子上把它装回去。

你在维也纳有个孩子吗?

　　我的脚已经踏进家门几个月了，可是没人知道，我都看见了些什么。也没人问。人只有重新变为人们谈论的那个人时，讲述才有可能。我很高兴没人问，可是内心却颇受伤害。祖父要是健在的话，肯定要问东问西。他已经过世两年了。在第三个和平年后的那个夏天，他死于肾衰竭，现在和死人为伴，与我阴阳两隔。

　　一天晚上，邻居卡尔普先生来家里，归还借去的水平仪，看见我便结巴起来，这毫不奇怪。我谢了他的黄色皮绑腿，撒谎说在营地时它们很保暖。我又补充道，说它们还带来了好运，帮我在集市上捡到了十卢布。因为兴奋，卡尔普先生的瞳仁像樱桃核一样在眼眶里轱辘。他双臂抱拢，大拇指抵着胳膊，晃动着身体，说道：你祖父一直在等你啊。他过世那天，云雾遮山，奇异的云朵从四面聚拢到小城上空，像奇异的箱子。云朵们都知道，你祖父是

315

个走南闯北的人。其中一朵肯定从你那儿来，虽然你是一无所知。约莫五点钟，葬礼结束了，随即雨静静地落下，持续了半小时。记得那天是星期三，我还要赶到城里买胶水。回来的路上，经过你们家门口，我看见大门前有一只没毛老鼠，皮皱皱的，靠在木门上直打哆嗦。我心里嘀咕，它是没尾巴呢，还是尾巴坐在屁股下。等我站到它前面，才看清那是一只疙疙瘩瘩的癞蛤蟆。它瞅着我，腮边两个白色的囊鼓起来，此涨彼消，甚是可怖。我的第一反应，是用雨伞把它拨开，可却没那个胆子。我心想最好别碰，这是只癞蛤蟆，正用白色的囊与我打招呼，肯定和雷奥的死有关。大家都认为，你已经死了。起初你祖父天天盼你回来。后来就慢慢松懈了。大伙儿都觉得，你已经死了。你也没来过信，所以今天你还活着。

两者之间没什么关系，我说。

我的呼吸颤抖起来，因为卡尔普先生噙着稀疏的髭须，好让我注意到，他本人并不相信这个说法。透过阳台窗，母亲斜睨着庭院，可是，除了一线天空与屋顶的油毛毡外，一无可看。祖母说，卡尔普先生，您也得听听别人的说法。那会儿他们跟我讲，那白色的囊与我丈夫的死有关。您当时也说，那是我丈夫在打招呼。卡尔普先生嘟哝了几句，更像是自言自语：我现在说的才是真的。当时你丈夫死了，我怎么能再说雷奥也死了呢。小罗伯特在地板上拖着水平仪，发出"哧、哧、哧"的声响。他把莫皮放在火车顶上，拉拉母亲的衣服说：上火车呀，我们去文奇山。水平仪里，滑向一边的绿眼睛抖动着。火车顶上坐着莫皮，水平仪里坐着的却是贝娅·查克尔。她透过水平仪的窗子，看着卡尔普先生的脚趾。卡尔普先生没讲什么新鲜东西，净说些不得体的话。我心里明白，我的归来确乎出人意料，让家人松了口气，可他们并不开心，而是震惊多于惊喜。我还活着，他们白为我伤心了。

自回家后，一切事物都长了眼睛。所有事物都瞅见，我无主的乡愁依然未曾离去。最大的那扇窗前立着缝纫机，木盖板下是那该死的摆梭与白线。留声机又装回我那小破箱子里，原复原样地摆在屋角桌上。绿色和蓝色的窗帘依旧垂着，地毯上蜿蜒着同样的花卉图案，依然镶着纷乱纠结的流苏边儿，柜门、房门开关时，一如既往地会发出吱嘎声，地板依旧在老地方嘎嘎作响，阳台楼梯的扶手在同样

317

的地方开裂着，每级台阶都凹下去，阳台栏杆上的铁丝篮里晃动着同样的花盆。这一切都与我无关。我封闭在自己之中，又给抛出自己之外，我不属于他们，我想念我自己。

去劳动营之前，我与家人共同度过了十七个年头，共用那些大物件，门、柜子、桌了和地毯。还有小物件，如小碟子、咖啡杯、小盐瓶、肥皂、钥匙。还有窗口与灯盏的光。如今我已经换了个人。大家彼此都明白，我们已不再是过去的我们，也绝不可能再变回过去的我们。彼此已成陌路自然令人沉重，可彼此靠得那么近，却依然心生怯意，那份沉重便让人无法承受。我的头还在箱子里，呼吸着俄国的空气。我不愿离去，却散发着一股远方的气味。我没有办法一整天待在家里。我需要一份工作，以逃离那种沉默。我已经二十二岁了，却一无所长。如果钉木箱也算职业，我又成了一个小工。

八月的一天，傍晚时分我从木箱厂回到家，阳台桌上有我一封信，是理发师奥斯瓦尔德·恩耶特写来的。看信时父亲在一旁瞧着，就像是吃饭时有人盯着你的嘴。我读道：

亲爱的雷奥！希望你已经回到家乡。我们老家什么人都没有了。于是我搬去奥地利住。现在我住在维也纳的玛格丽特[1]，这里有很多老乡。或许你什么时候到维也纳来，我再给你刮胡子。我在一个老乡那儿又干起了老本行。图尔·普里库利奇到处说在营地里他是理发师，而我是工头。贝娅·查克尔跟他分手了，却还是替他圆这个谎。她孩子取名叫蕾亚。是不是和雷奥帕德有点儿关系？两个星期前，建筑工人在多瑙河的一座桥下发现了图尔·普里库利奇。他嘴里塞了一条领带，前额被斧头从中间劈开了。斧头就放在他的肚子上，凶犯踪迹皆无。真遗憾，那个凶手不是我。他真是活该。

我把信折起来，父亲问我：

你在维也纳有个孩子吗？

我说：信你也看了，里面可没这么说。

他说：谁知道你们在劳动营都干了什么。

我说：是啊，没人知道。

1　维也纳的一个区。

母亲正牵着我的替代兄弟罗伯特的手。罗伯特胳膊里夹着锯末填充的玩具狗莫皮的胳膊。母亲和罗伯特进了厨房。出来时，她一手牵着罗伯特，一手端着一盘汤。罗伯特把莫皮紧紧搂在胸前，一手拿着喝汤的勺子。勺子是给我拿的。

自从到木箱厂上班后，收工后我会漫无目的地穿过城市。冬天的下午庇护了我，因为天色早早就暗下来。商店橱窗亮着黄色的灯光，像是公共汽车站。橱窗里有两三个穿着一新的石膏人像等着我。它们紧靠在一起，脚前摆着价格牌，好像它们要小心翼翼，生怕踩着什么。好像脚前的价格牌是警察做的标记，好像就在我到达前，有个死者刚刚被抬走。小一点的货品摆在橱窗的高处。那里摆满了陶瓷和金属餐具。经过橱窗时，我就像扛着抽屉一样，把它们扛在肩上。惨淡的灯光下，货品正等着买主，它们比买主活得更久。也许和群山一样久。从大广场那儿我忍不住走进了居民区。窗口的帘幕上透出灯光。样式繁多的尖顶圆花窗和繁复的绣线图案上同样映着秃树枝的黑色映像。屋里的人们没有注意到，因为狂风大作，他们的窗帘有了生命，白色的绣线与黑色的树枝不断组合着。直到街的尽头，天空才豁然开朗，我看到晚星在融化，于是把脸靠上去。这样，时间也耗得差不多了，我终于能肯定，回去时家人都已经吃过了。

我已经不会用刀叉吃饭了。不但手在抽搐，吞咽时喉咙也在抽搐。我知道挨饿是怎么回事，人在饿了很久后终于得到食物，会如何慢慢享用，或者狼吞虎咽。可是我已经忘却，该咀嚼多久，该何时吞咽，才算是有吃相。父亲坐在对面，桌面在我看来大得就像半个世界。他半闭着眼睛瞧着我，掩饰着他的同情。一瞥之下，他整个的震惊变得明亮起来，像他嘴唇内侧石英般闪亮的粉红黏膜。祖母毫不犹豫地护着我，这一点她做得最好。她熬很稠的汤，可能就是让我不必辛苦地摆弄刀叉。

八月份收到信的那天，我们吃排骨青豆汤。看完信后我不怎么饿了。我切了厚厚一片面包，先吃了桌上的面包屑，然后开始喝汤。我的替代兄弟跪在地板上，把滤茶网套在玩具狗头上做帽子，然后把它两腿分开骑在阳台小柜的抽屉沿上。罗伯特所做的一切我都觉得怪异。他是一个拼凑起来的孩子：眼睛是母亲的，深蓝色，浑圆而苍老。这双眼睛会永远如此，我心想。上唇继承了祖母，鼻子下端宛如尖尖的领子。上唇也会永远如此。他弧形的指甲遗传自祖父，它们也会永远如此。他的耳朵像埃德温叔叔，那弯曲的皱褶在耳郭上部弯曲变平。三种不同的皮肤，六只同样的耳朵，因为这耳朵也会永远如此。他的鼻子不会一成不变，我想，鼻子会随着成长而变化。以后它也许会像父亲的，鼻根的边缘骨楞楞的。如若不然，他就根本没有像父亲的地方了。那么父亲就不能为这个替代孩子加点儿什么了。

罗伯特走到我身边，站在桌旁，左手拿着头戴滤茶网的莫皮，右手抓住了我的膝盖，好像那是凳子角。八个月前我回到家乡，和家人拥抱，自那儿之后，这个家里再没人碰过我。对他们而言，我无法接近，对罗伯特而言，我是家里的新物件。他抓住我就像抓着家具，好扶稳自己，或是往我大腿面上放些东西。这次，他把莫皮塞进我的夹克口袋里，好像我是他的抽屉。我端坐不动，好像就是个抽屉。我真想把他推开，可是"无动于衷的人"阻止了我。父亲把那个玩具狗和滤茶网从我口袋里掏出来，说道：

拿着你的宝贝。

他和罗伯特下了台阶，走到庭院里。母亲坐到我对面来，看着面包刀上的苍蝇。我搅动青豆汤，看见自己在奥斯瓦尔德·恩耶特那儿，坐在理发室的镜子前。图尔·普里库利奇走进门来。我听见他说：

小的宝贝上面写着"我在这里"。

大些的宝贝上面写着"你还记得吗"。

最美丽的宝贝上却写着"那儿我曾去过"。

"那儿我曾去过"从他嘴里说出来像"图瓦瑞西奇"[1]。

我已经有四天没刮胡子了。在阳台窗户的镜像里，奥斯瓦尔德·恩耶特黑毛覆盖的手移动剃刀刮过白色的泡沫。刀锋过处，我的脸从嘴巴到耳朵留下一道橡皮带般的皮肤。或许当时那就是饥饿长长的裂缝一般的嘴巴。父亲说到宝贝时，竟会和图尔·普里库利奇一样毫无概念，因为他们两人从未有过饥饿的嘴。面包刀上的苍蝇对阳台就像我对理发室一样熟悉。它从面包刀飞到柜子上，再从柜子上飞到我那片面包上，然后落到碟子边，从那儿再飞回面包刀上。每一次它都斜斜地起飞，嗡嗡地盘

---

1 俄语"同志"的音译。此处德语"那儿我去过"的发音听上去和俄语"同志"的发音有相近之处。

旋，然后悄无声息地降落。小盐瓶的黄铜盖上打着精致的小洞，它从不落在那儿。我一下明白了，为何回家后我还没用过盐瓶，它的盖子闪烁着图尔·普里库利奇黄铜般的眼睛。我吸溜吸溜地喝着汤，母亲细听着，仿佛我会把那封来自维也纳的信再读一遍。面包刀上，苍蝇转动的时候肚子闪着光，有时像露珠，有时又像柏油珠。露珠，柏油，当前额在鼻子上方斜斜地被劈开时，时间一秒一秒地挨过。哈索维，可一整条领带怎能塞进图尔那张短短的嘴巴。

手杖

　　下班后，背着家的方向，我从居民区街道的另一端穿过大广场。我想去三圣教堂看看，那白色的壁龛和那以山羊为大衣领子的圣者是否还在。

　　广场上站着一个胖胖的男孩儿，穿着白色长筒袜、短短的小方格子裤和褶边衬衫，好像是从节日庆祝活动中跑出来的。他将一束白色大丽花瓣瓣撕碎，喂给鸽子。八只鸽子以为地上撒的是面包，去啄那些白色的花，随后就不去理睬了。过了几秒钟，它们把这忘了个干净，又晃晃脑袋，再次去啄刚刚啄过的花瓣。饥饿让它们误将大丽花看作面包，可这错觉持续多久？那个男孩子又是如何想的？他是狡猾呢还是跟鸽子的饥饿一样蠢？我不愿意去想饥饿的这个诡计。如果男孩儿撒的不是捻碎的大丽花而是面包，我可能根本不会驻足停留。教堂的钟显示六点差十分。我快步穿过广场，担心教堂六点钟会关门。

就在这时，我碰到了特鲁迪·佩利坎。自从离开营地后，我还是头一回遇见她。看到彼此时，我们已经近在咫尺。她拄着根拐杖。眼见已无法避开我，她把手杖放倒在路面上，弯腰去看鞋。可鞋带并没有松开。

我们返回同一个城市的家，已经半年有余。拒绝相认为了彼此好。这无须解释。我迅速把头扭开。可是我多想把她搂在怀里，跟她说，我赞成她这么做。我多想跟她说：见你被迫弯下腰我很难过，我不需要手杖，若是你允许，下次为了咱们两个，让我来弯腰。她的手杖打磨得甚是光滑，底端是一个生锈的爪，抓手是个白色的球。

我没进教堂，而是径直朝左，走回那条我刚走出来的狭巷。阳光刺背，暑热在头发下面四处乱窜，仿佛头是光光的铁皮。风卷起尘灰，像一层地毯，树冠上风在鸣唱。台阶上卷起灰尘的漩涡，旋转着穿过我，慢慢弥散开去。它下落的时候，路面涂上一层黑点。风呼呼地响着，吹来了第一阵雨珠。雷阵雨来了。玻璃流苏沙沙地响着，突然间雨线变成皮鞭。我逃进一家纸品店。

进门时，我用袖子抹去脸上的雨水。女店员从

326

挂着帘子的小门后走出来。她趿着双流苏缀边的旧毡鞋，每只脚像是长着圈毛刷。她在柜台后站定。我站在橱窗那儿没动，有那么一会儿，一只眼望着她，另一只盯着外面。这时她右脸颊鼓胀起来，手撑在柜台上，瘦骨嶙峋的，那枚印章戒指显得太沉重，是枚男人的戒指。她右脸颊又瘪了，甚至凹进去，而左边的却鼓起来。我听见她的牙卡拉卡拉地响，是在含一块糖。她闭上一只眼睛，紧接着又闭上另一只，那眼皮是纸做的。她说我泡茶的水开了，然后消失在小门里，同时，一只猫从门帘下钻出来。它冲我跑过来，偎在我腿边，好像认识我。我把它抱起来。它轻得没有分量。我对自己说，它根本不是猫，是灰条纹的无聊披着皮毛，是狭巷里恐惧催生的耐心。它嗅了嗅我湿漉漉的夹克。它的鼻子光光的，那弧线像是脚后跟。它把前爪搭到我的肩膀上，朝我耳朵里看去，感觉不到它的呼吸。我把它的头推开，它蹦到地板上。蹦下去悄然无声，落地时像是一块布。它是中空的。女店员也是两手空空从小门后走出来。茶在哪里，她不可能这么快喝完的。这暂且不说，这回她右边脸颊又鼓起来。她的印章戒指刮着了柜台。

我想买个本子。

计算本还是笔记本，她问道。

我说：笔记本。

您有没有零钱，我找不开，她说，一边吸吮着糖。这回两颊都凹了下去。糖滑出来掉在柜台上。它有着透明的纹路。她迅捷地把它塞回嘴里。那根本不是糖，她含吮着枝状吊灯上一颗抛光的玻璃珠。

笔记本

第二天是星期日。我开始在笔记本上写作。第一章叫作：前言。头一句是：你会理解我吗，问号。

"你"指的是这个本子。写了七页，是关于一个叫 T.P. 的人。接着写一个叫 A.G. 的人。接下去写的是 K.H. 和 O.E. 的故事。另有一个名叫 B.Z. 的女人。我给特鲁迪·佩利坎取了个"天鹅"的化名。工厂的名字考克索西姆·撒沃德（Koksochim Zavod），卸煤车站的名字雅斯诺瓦塔雅，我都照实写下来。柯贝里安和巡夜人卡蒂的名字同样未改。我还提到了她的小弟弟拉齐和她清醒的那一刻。这一章以一个长句收尾：

早晨洗完脸后，一颗水珠从头发上滑落，像一颗时间之珠，沿着鼻子滑落到嘴中，我最好长一副梯形胡须，这样城里的人就认不出我了。

接下来的几周里，我扩展了"前言"，整整写满三个本子。

我隐瞒了一个事实。早在踏上回乡的旅程时，特鲁迪·佩利坎和我就心照不宣地上了不同的牲口车厢。那只破旧的留声机箱子我没有写。我的新木箱和新衣服却照实详述：橡胶软鞋，鸭舌帽，衬衫，领带和西装。归乡路上，到达西格黑图尔·马尔马提埃[1]，那是回程中首个罗马尼亚火车站，在那儿的收容所，我患了啼泣痉挛症，这件事我也避而不谈。略去不提的还有遭到隔离的那周，待在火车站铁轨尽头一个货仓里。我的内心是崩溃的，害怕被遣送回自由，害怕这临近的深渊，它让归乡之路越来越短。我两手微肿地坐在那儿，在留声机箱子与新木箱之间，身上是新长的肉和新做的衣服，像坐在巢穴里。牲口火车没有封闭。火车驶进西格黑图尔·马尔马提埃车站，车门大敞着。月台上铺着一层薄薄的雪，我踩着糖和盐。灰色的水坑冻起来，冰面上累累划痕，像缝在明信片上的那张我兄弟的脸。

1　罗马尼亚小城市，靠近乌克兰边界。

罗马尼亚警察为我们发放回乡证件，手握这张告别营地的证明，我涕泪长流。算上在巴亚马雷[1]和克劳森堡[2]的两次转车，到家最多只要十个小时了。我们的歌手伊萝娜·米悉依偎在律师保罗·加斯特身边，眼睛望着我，自以为声音很低地说着。可每个字都没逃过我的耳朵，她说：

　　你听，他噪得都收不住了。

　　我后来经常琢磨这句话。我把它写在空白页上，第二天又划掉了，第三天又写在下面，然后又给划掉，接着再写上去。那页写满的时候，我把它撕下来。这就是回忆。

　　我没提到祖母的那句话：我知道你会回来的；也没提到那条亚麻布手帕和带来健康的牛奶，而我却像欢庆胜利似的，连篇累牍地描绘着自己的面包和脸颊面包。然后是我在和地平线及土路进行拯救交换时的毅力。描写饥饿天使时，我进入了一种迷恋的状态，似乎它不曾折磨我，而是拯救了我。因此我把"前言"划掉，在它上方写上"后记"二字。此刻我是个自由人，却陷入无法改变的孤独，对自

1　罗马尼亚西北部城市。
2　罗马尼亚城市，特兰西瓦尼亚的克卢日地区首府。

己而言，我是个伪见证人，这一切是我内心深处最沉痛的失败。

三个笔记本藏在新木箱里。回家后，木箱放在我床下，装换洗衣服。

我依旧是那架钢琴

钉箱子的活儿我干了整整一年。我的嘴能一次叼十二根钉子，同时将另外十二根从指间弹出去。我能钉得跟呼吸一样快。工头说：你的手很扁，天生是块儿钉钉子的料。

其实这跟我的手关系不大，倒是跟俄国工作量的平稳节奏密切相关。一铲子＝一克面包变化成一个钉子头＝一克面包。我满脑子是聋哑人米茨，彼得·施尔，伊尔玛·普费佛，海德伦·加斯特，科琳娜·玛尔库，他们赤裸裸地躺在地下。对工头来说，它们是些黄油箱和茄子箱。在我看来是新松木做的小棺材。钉子须从我指间飞出才能钉下去。一个小时我要用掉八百根钉子，没人学得来。每根小钉子都有个坚硬的头，每钉一根，饥饿天使都在一旁监督。

第二年，我在一所夜校报读了混凝土浇筑课程。白天在乌特查的建筑工地当混凝土工。就在那里，我在吸水纸上画出了平生第一张房屋设计图，一座圆形房子。甚至连窗户都是圆的，因为所有带棱角的都像牲口车厢。每画一笔，我都在想工头的儿子逖逖。

夏暮时分，逖逖跟我去了桤木公园。公园门口站着个老农妇，挎着一篮火红的野草莓，小得像舌尖。每个草莓的绿色叶托处长着个柄，和最细的铁丝相仿。这儿那儿还带着一两片三个锯齿尖的小叶子。她给了我一颗尝尝。我买了两大纸袋草莓，给逖逖也给自己。绕着饰有木雕的亭子我们悠然漫步。然后，我引着他沿小溪一直朝前走，穿过灌木丛，到了浅草丘的背后。吃完草莓，逖逖把纸袋揉成团，准备扔掉。我叫住他：给我吧。他朝我伸出手，我攫住它不放。他冷冷地看了我一眼，那是在说：干什么！此后，再怎么说笑也于事无补。

秋天倏忽即逝，树叶很快就变得色彩斑斓。我再也不去桤木公园了。

第二年冬天，刚刚十一月，雪就积了起来。小城裹上了棉装。所有男人都有女人。所有女人都有孩子。所有孩子都有雪橇。所有人都肥肥的，对家乡满腹厌倦。人们穿着紧身黑大衣，穿行在白色之间。我那件大衣是浅色的，太大，而且有些脏了。它乡土味儿十足，不过仍是埃德温叔叔那件旧大衣。路人嘴中呼出的气息冲荡而出，泄露了他们的秘密：所有厌倦家乡的人仍旧生活在这里，而生活却飞离了他们。所有人都目随着它，所有眼睛都闪着光，像玛瑙、绿宝石或者琥珀做成的胸针。或早或迟或就在眼前，总有一天，多了那么一点点的幸运会等候着他们。

我想念那些瘦骨嶙峋的冬日。饥饿天使不假思索地四处跟随我。它带我进入蜿蜒的街道。从另一头来个男人。他没穿大衣，而是罩着一块缀着流苏的方格毯。他没有女人，而是推着一辆小小的手推车。车里坐着的不是孩子，而是一只白脑袋的黑狗。那狗有节奏地轻点着头。格子布走得更近时，我看到在那男人的右胸上有个心铲的轮廓。车经过我身边，那心铲原来是熨斗烫坏的一块，而那狗是一个铁皮罐，罐口挂着一个搪瓷小喇叭。等我回头看时，挂着小喇叭的罐子又变成了一条狗。这时我来到了海王星游泳池。

抬头看去，徽章上的天鹅长了三只冰柱做的琉璃脚。天鹅在风中摇摆着，一只琉璃脚断了。冰柱散裂在地上，像粗盐一样，在营地里我们还要把粗盐粒敲碎。我用鞋跟把它们踩碎。直到它们碎成可以

335

抛洒的粉末，我才走进敞开的铁门，站在入口大门处。想都没想，我便穿过大门来到大厅。黑色的石头地面像平静的水面一样映出人影。在下面，我看见自己的浅色大衣朝售票间游过去。我说买一张票。

女售票员说：一张还是两张。

但愿她嘴里说的仅是光造成的错觉，而不是一种怀疑。但愿她看到的仅仅是大衣的重影，而不是我正回到以前的老路上。女售票员换了人。不过那间大厅我很熟悉，光洁的地板，中间的柱子，售票窗的碎花玻璃，饰有睡莲图案的贴瓷墙壁。那冷冷的装潢有自己的记忆，那些装饰物没有忘记我是谁。我的钱夹掖在夹克里。因此我伸手去掏大衣口袋，说：

我把钱包落在家了，身上没钱。

女售票员说：没关系。票也撕了，你下次再给钱吧。我给你记上。

我说：不，绝对不行。

她从售票间里伸出手来，试图抓住我的大衣。我向后一闪，鼓起腮帮子，头一缩，脚后跟在前，拖着腿倒退着，擦过中间立柱，朝大门方向退去。

她在身后喊道：我相信你，我给你记上。直到这时，我才看见她耳后别着的绿色铅笔。我的背撞到了门把手，把门一下子撞开。我必须用力顶着，因为金属弹簧太硬了。我从门缝钻出去，门在我身后吱嘎作响。我冲出铁门来到街上。

天已经黑了。徽章上的天鹅洁白地睡着，空气黑黝黝地睡着。街角灯光下，雪灰色羽毛般飘落着。我站着没动，却在脑袋里听见自己的脚步声。然后我迈步前行，脚步声再也听不见了。我嘴里发出氯气和薰衣草油的气味。我想着"艾图巴"，从一个路灯到另一个路灯，一直到家，和飞旋的雪花交谈。那不是我漫步其中的雪花，它来自远方，饥肠辘辘，乞讨时它就认得我。

这天晚上，祖母也向前挪了一步，手摸我的额头问道：回来这么晚，是不是有女朋友了。

第二天我就在一所夜校报读了混凝土浇筑课程。在学校院子里我认识了艾玛。她在修会计课。她有双明亮的眼睛，不是图尔·普里库利奇那样的黄铜色，而是皮毛的淡黄。而且同城里所有人一样，她也穿着件乡土味十足的大衣。四个月后，我和艾玛结了婚。当时她父亲已经气息奄奄，我们便没办婚礼。我搬去和艾玛的父母住。所有东西我都带上了，三个笔记本和衣服都塞进营地带回来的木箱里。四天后艾玛的父亲死了。她母亲搬到起居室，把摆着婚床的卧室让给了我们。

我们跟艾玛的母亲住了半年。后来，我们离开赫尔曼城，搬到首都布加勒斯特去。我们的门牌号是六十八，跟工棚里的床数相等。我们的住房在五楼，只有一间房和一个做饭的小角落，厕所在走廊上。不过在住处附近，走上二十分钟，就有个公园。这座大城市的夏天来临时，我就会抄那条尘土飞扬的近路。这样只需走十五分钟。在楼梯井那儿等电梯的时候，电梯井的铁丝笼里两条浅色的粗绳时上时下，好像是贝娅·查克尔的辫子。

有天晚上，我和艾玛坐在金罐餐厅里，离乐队隔着一张桌。侍应生斟酒时，捂着耳朵说：您听到了吧，我一直跟老板打包票说，钢琴音不准。可你猜他怎么着，把钢琴师扫地出门了。

艾玛目光锐利地看着我。她的眼里转动着黄色的小齿轮。它们已经出现了锈迹，她的眼睑在眨动时会挂在齿轮上。她耸了一下鼻子，小齿轮脱开了，艾玛眼神清澈地说：

哎，你瞧见了吧，总是抓演奏的人，钢琴却没事儿。

她为什么要等侍应生走开才说这句话呢。我希

338

望她不明白自己说的是什么。我当时在公园里用的假名就是"演奏者"。恐惧不懂得抱歉。我不去附近的公园了，而是换了地方。在新选的那个远离寓所、靠近铁路的公园，我用了"钢琴"这个名字。

一个下雨天，艾玛戴了顶草帽回家。她下了公共汽车。在车站附近，那家叫"外交官"的小旅馆旁边，雨棚下面站着个男人。艾玛走过时，他问能否允许他蹭个伞，就到街角另一个汽车站。他戴着顶草帽。他比艾玛高一个头，还戴着草帽，艾玛只好把伞举得高高的。不打伞也就罢了，那人还把艾玛半个身子挤到雨中，自己却手插在口袋里。他说，要是雨水在地上溅起水泡的话，雨就会连下好几天。他妻子过世的时候，也是这样的雨。他把下葬的日期推迟了两天，可是雨没有停的意思。晚上他把花圈放在露天里，这样花就能喝着水了，可是这招不灵，花吸水过多，腐烂掉了。然后他的嗓音变得又湿又滑，嘴里咕哝了些什么，最后一句是：我太太跟棺材结婚了。

艾玛说结婚和死可不是一回事儿。他却说，二者肯定都令人恐惧。艾玛反问道，为什么要恐惧呢。他却要她拿出钱包来。他说，要不然我就得在公共汽车上偷个钱包，而钱包的主人战前会是个有身份的妇人，如今却体弱多病。钱包里除了她死去丈夫的照片外一无所有。他跑掉了，草帽掉进了水洼里。艾玛把钱包给了那个男人。他说：别叫，要不就是一下子。他手里攥着把刀。

艾玛讲完这件事后，又加上了一句：恐惧不懂得抱歉。我点点头。

这样见解相同的情况我和艾玛经常有。我没多说什么，因为我说话的话，只会换个法子把自己包裹在沉默中，包裹在所有公园的秘密中，也包裹在与艾玛看法相同这个事实背后的秘密中。我们的婚姻维持了十一年。我知道，艾玛会一直同我在一起。但我不明白为什么。

当时，"布谷鸟"和"夜间小盒"在公园里被捕了。我知道，在警察局几乎所有人都会交代，他们两个提到"钢琴"的话，我找什么借口都没用。于是，我递交了去奥地利探亲的申请。费妮姑姑的邀请信是我自己写的，这样会快一些。下次你再去，我对艾玛说。她没有意见，因为不允许夫妻俩一起去西方国家。我在劳动营时，费妮姑姑嫁到奥地利去了。一次，她坐"原蜥"巴士旅行，去锡比乌盐矿镇泡盐浴，路上遇到格拉茨的一位糕点师阿洛伊斯。我跟艾玛讲过费妮姑姑的火钳、波浪卷发和纱裙下面的蝗虫，好让艾玛相信，我期望再见到费妮姑姑，认识她的糕点师阿洛伊斯。

时至今日，这都是我最沉重的心债，我装扮成去短途旅行的模样，带了一只轻便箱子上了火车，朝格拉茨出发了。在那里，我写了张巴掌大小的卡片：

> 亲爱的艾玛，
>
> 恐惧不懂得抱歉。
>
> 我不会回来了。

艾玛不知道我祖母的那句话。我们从不提劳动营。我借用了那个句子，写到卡片上时加上"不"字，这样的话，它的反面也派上了用场。

那是三十多年前的事。

艾玛后来再婚了。

我没再结婚。只是滥交。

难耐的欲望和得逞时的下作早已是久远的事情，虽说如此，我的头脑还是被别人的举手投足所诱惑。有时是街上某个摇摆的动作，有时是商店里的两只手。在有轨电车里，是寻找座位的某种方式。在火车包厢里是那个问题：这里有人吗，是那种故意拖长的踟蹰，紧接着我的直觉得到了证实，就是那种把行李塞到架上的样子。在饭店里，它是侍者说"是，先生"的方式，与他嗓音质感毫无关系。直到今天，最能诱惑我的都是咖啡屋。我坐在桌旁，打量着客人们。在一两个男人那儿，是他们呷着咖啡的样子。放下咖啡杯时，他们下唇内的皮肤闪亮着，像粉红的石英。就有一两个客人，其余的都不是。就因为这一两个，我的脑中产生了欲望的模式。虽然我知道，他们同橱窗里的小人像一样呆板，看上去却显得年轻。虽然他们也知道，我对他们不合适，因为我被年龄打了劫。我曾经被饥饿打了劫，以至于配不上自己的丝巾。不过饥饿并未得逞，我吃了东西又长出新肉来。然而，年纪若要打劫你，没人能鼓捣出新肉来。先前以为，我不会白白给人夜里发配到第六、第七、甚至第八个劳动营。那五年虽然被窃走，可也许我能把它们拿回来，这样我会老得慢些。可事情并非如此，肉体的衰老不能这样计算。它内里一片荒芜，脸上却闪烁着光芒，就像视觉的饥饿。它说：你依旧是那架"钢琴"。

　　是啊，我说，一架再也弹不了的钢琴。

关于宝贝

小的宝贝上面写着"我在这里"。

大些的宝贝上面写着"你还记得吗"。

最美丽的宝贝上却写着"那儿我曾去过"。

普里库利奇认为,"那儿我曾去过"应该写在那些宝贝上。在下巴下面,我的喉头上下蠕动着,仿佛在吞咽自己的手肘。理发师说:我们还在这里啊。第九后面跟着第五。

当年在理发室我仍相信,如果没死在这儿,以后便会有"后来"。我们出了劳动营,自由了,甚至有可能重回故乡。那样我们就可以说:那儿我曾去过。只是,第九后面跟着第五,我们的运气莫名其妙,令人困惑不解,所以必须得说清楚,事情发生在哪里,是如何发生的。为什么像图尔·普里库利奇这样的人会在回到家乡后声称,他根本不需要运气呢。

也许当年在劳动营,就有人盘算着,出去后要干掉图尔·普里库利奇。在图尔·普里库利奇穿着漆

343

皮小包般的鞋，走在营地林荫道上时，饥饿天使正跟着这个人四处乱窜。皮包骨头的日子里，在点名时或者在禁闭室里，有人也许在脑海中一遍遍演练，如何才能把图尔·普里库利奇从额头中间劈开。或许此人当时站在铁轨旁，雪埋到了脖子，或许站在卸煤站那儿，煤埋到了脖子，或许在大沙坑里，或者在水泥塔中。也许躺在工棚的床上，在昏黄的值夜灯光下辗转反侧，发誓报仇。图尔·普里库利奇在理发室里谈起宝贝的时候，眼中油光泛亮；也许就在那天，那人就在策划谋杀。也许在图尔问镜中的我"你们在地窖里怎么样啊"的那一刻。也许就在我回答"很惬意，每个班都是件艺术品"的那一瞬间。很有可能嘴里塞领带、腹部放斧子的这么一宗谋杀，就是一件姗姗来迟的艺术品。

此时我也明白了，我的宝贝上写着"我留在那里"的字样。营地放我回家，是为了产生距离，有了它，营地就会在我的头脑中放大。自我回家后，我的宝贝上就不再写着"我在这里"，也不再写着"那儿我曾去过"。我的宝贝上写着：我离不开那里。营地逐渐地从我的左太阳穴伸展到右太阳穴，以至于我说到整个头颅的时候，像是在说一块营地，劳动营营地。人无法保护自己，通过沉默不行，通过讲述也不行。沉默是一种夸张，讲述也是一种夸张，二者谁也说不清"那儿我曾去过"到底意味着什么。况且，也不存在合适的尺度。

即便如此，宝贝的确存在，这点图尔·普里库利奇算是说对了。我的归乡是个残缺不全的运气，我不断地感激它。这运气是求生的陀螺，一点不起眼的事情都会让它旋转起来。像我所有的宝贝一样，它掌控着我，我既无法忍受它们，也无法摆脱。这些宝贝我用了六十多年。它们既让人软弱又惹人厌烦，既亲切又可憎，既健忘又记仇，既陈旧不堪又崭新如初。它们是阿图尔·普里库利奇给我的嫁妆，和我无法区分开。我一开始列举它们，便脚步踉跄。

我那高傲的卑微。

我那暗里抱怨的恐惧。

我那迟疑的仓促，始终从零跃到整。

我那倔强的屈从：附和所有人，为的是反戈一击。

我那笨手笨脚的机会主义。

我那礼貌周到的贪吝。

我那虚弱的、源于渴慕的怨妒：别人清楚地知道，问生活索要什么，而我却一无所知。这种感觉像冻硬了的羊毛，冰冷而卷曲。

我那自不再挨饿后才有的陡峭的空虚感，被汤勺舀空的感觉，外面被挤压，内里空荡荡。

我那透明的侧面，走向内心那一刻却分崩离析。

我那笨拙迟缓的午后，时间与我缓慢地在家具间滑过。

我那彻底的困境。多么需要人靠近，却紧紧抓住自己。退缩时，依然保持丝绸般的微笑。自饥饿天使之后，我再也不允许任何人占据我。

最沉重的宝贝是我的工作强迫症。它与强迫劳动相反，也是种拯救交换。我的体内坐着慈悲的强迫者，它是饥饿天使的亲戚。它知道如何驯服所有其他宝贝。它爬进我脑子里，把我推进强迫症的魔力中，因为我惧怕自由。

从窗口望出去，便看到格拉茨宫殿山上的钟塔。房间靠窗的地方，摆着张大制图板。写字台上铺着的，是我最新一幅建造图，像被子弹击中的桌布。它仿佛外面街上的夏日，尘灰满面。我端详着它，它已记不得我。开春以来，我家门前的路上，有个男人每天都会散步而过，牵着条短毛白狗，挂着根超细的黑色手杖，手柄微弯，像放大了的香草荚。只要我愿意，完全可以跟他打个招呼，说他的狗像极了那只我的乡愁骑着飞越天空的白猪。打心底里说，我想跟那条狗聊聊。要是哪次它能独自出来，或者只和香草荚一道儿，那该多好。也许会有那么一天吧。反正我不会搬走，这街道也跑不到哪儿去，而夏天依旧绵长。我有时间，我可以等。

我最喜欢坐在白色丽塑板小桌旁，它一米长，一米宽，面积一平方。钟塔敲响两点半，阳光照进屋子。地板上，小桌的阴影宛如留声机箱子。它为我播放着月桂之歌，或是那首我们挤在一块儿跳的《小白鸽》。我搂过沙发靠枕，在迟缓的午后翩然起舞。

我曾有过其他舞伴。

我跟茶壶共舞过。

跟糖罐。

跟饼干盒。

跟电话。

跟闹钟。

跟烟灰缸。

跟房钥匙。

我最小的舞伴嘛，是扯下来的大衣扣子。

不，不对。

有一次，就在白色丽塑板小桌下，我找到一粒沾满灰尘的葡萄干，便当即与它跳起舞来。然后，我把它吃掉了。然后，我的心里涌起一种辽远的感觉。

后记

一九四四年夏天，苏联红军已深入罗马尼亚境内，法西斯独裁者安东内斯库被捕并被处死。罗马尼亚投降，出人意料地向一直为盟国的纳粹德国宣战。一九四五年一月，苏联将军维诺格拉多夫以斯大林的名义，向罗马尼亚政府索要所有生活在其境内的德国人，他们要为在战中被破坏的苏联的重建出力。所有年纪在十七到四十五岁之间的男人和妇女被流放到苏联劳动营，进行强制劳动。

我的母亲也在劳动营待了五年。

因为它让人想起罗马尼亚法西斯的历史，流放这个话题是个禁忌。只有在家里，或是和自己也有过流放经历的很熟的人之间，才会谈起在劳动营的岁月。即使谈起来，也只是暗示而已。这些偷偷摸摸的谈话伴随了我的童年。我不明白它们的内容，却感受到了其中的恐惧。

二〇〇一年，我开始记录下对村里以前被流放者的访谈。我知道，奥斯卡·帕斯提奥也被流放过，跟他讲起我打算写这个题材。他想用他的回忆帮助我。我们定期会面，他讲述，我记录。不过不久之后就萌生了共同创作的念头。

二〇〇六年奥斯卡·帕斯提奥突然辞世时，我已有四大本写满的手稿，有几章的草稿也已打好。他死后，我整个人像是僵住了。笔记中透出来的亲近感更让我深刻地体会到失去的一切。

一年之后，我才能艰难地脱离"我们"这个语境，独立地完成这部小说，但若没有奥斯卡·帕斯提奥提供的关于劳动营的细节，我是无法做到的。

赫塔·米勒

二〇〇九年三月